GAEA

Gaea

CONAN THE BARBARIAN

蠻王科南

III 黑河彼岸

Robert E. Howard
勞勃・霍華

戚建邦 ——— 譯　譚光磊 ——— 企劃

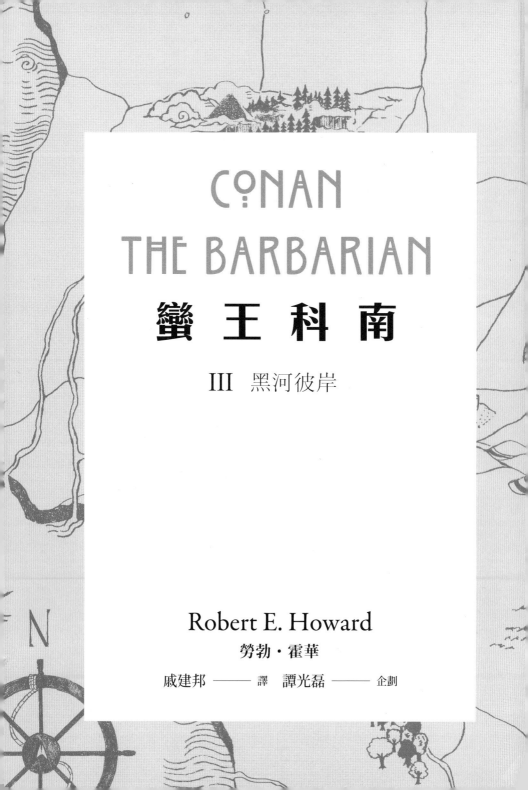

蠻王科南III—黑河彼岸

目次

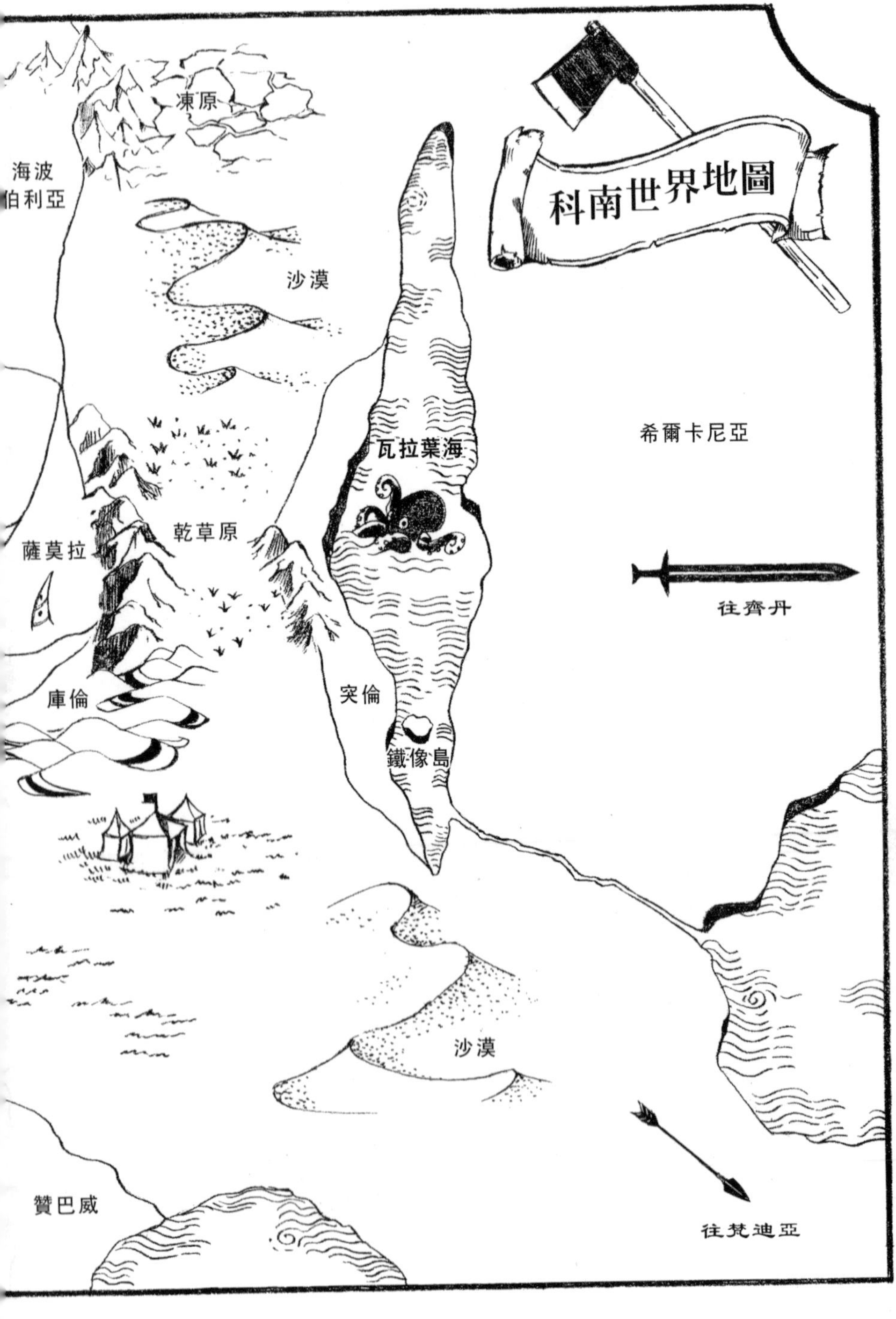
科南世界地圖
凍原
海波
伯利亞
沙漠
希爾卡尼亞
瓦拉葉海
薩莫拉
乾草原
往齊丹
庫倫
突倫
鐵像島
沙漠
贊巴威
往梵迪亞

華納海姆
阿斯嘉德
辛梅利亞
邊界國
不列
桑尼亞
波松尼亞邊界
皮克特荒野
西海
阿奎洛尼亞
納米迪亞
科林西亞
波坦
俄斐
科斯
辛加拉
科拉加
阿果斯
閃姆
N
斯堤及亞
庫許
達法
凱山
龐特
黑國

地圖繪製／布克

◆ 城邦

葛瓦勒寶藏

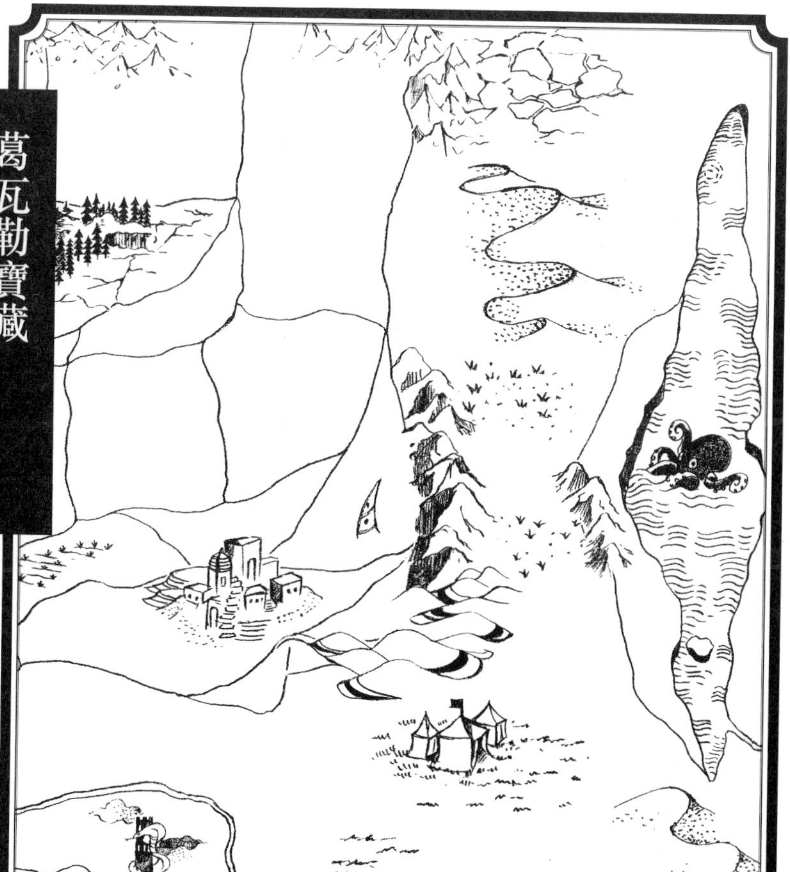

首次刊登於一九三五年三月號的《怪譚》雜誌，霍華的原名是〈畢亞金的僕人〉（*The Servants of Bit-Yakin*）。這是另一個略嫌公式化的「奪寶故事」，背景搬到了海伯里亞紀元的非洲，幾派人馬（包括科南）爲了爭奪傳說中的「葛瓦勒之牙」，必須跋山涉水去朝拜古老的神諭「葉拉雅」，殊不知那是一個活人假扮的詐騙圈套，全篇作品除了科南打怪和英雄救美，還有狗咬狗、黑吃黑的歡樂感，科南則十足反英雄的形象。

——編者

01 — 密謀之道

叢林中有座峭壁，晨曦照射下宛如翠藍和暗紅石塊組成的高聳石牆，於起伏不定的蕨葉、樹葉祖母綠海上朝東西兩側弧狀延伸。峭壁看起來難以攀爬，巨大的岩壁宛如堅硬的石頭幃幔，綴以陽光下閃閃發光的石英。不過費力慢慢往上爬的那個男人此刻已經爬到一半了。

他是丘陵人，習慣攀爬嚴峻的峭壁，而且他的力量和靈活度都超乎尋常。他身上只穿了一件紅絲短褲，涼鞋掛在背上，以免妨礙攀岩，劍和匕首也是。

此人體格壯碩，肢體像獵豹般柔軟。他的皮膚在太陽下曬成古銅色，齊整的黑髮用銀環固定。他鐵般的肌肉、銳利的目光、穩健的雙腳都很利於攀岩，因為這座峭壁必須把這些特質發揮到極限。叢林在他下方一百五十呎外隨風搖晃，早晨天空在上方同樣距離外勾勒出崖頂的輪廓。

他爬得好像有必要盡快爬上去的模樣；但他還是被迫龜速移動，像是趴在牆上的蒼蠅。他用手腳摸索峭壁上凹陷或凸起的支撐點，不過都很危險，有時甚至得靠指甲撐住。但他持續往上，用抓的，用扭的，步步為營。他三不五時會停頓片刻，休息痠痛的肌肉，甩開眼中的汗水，轉頭掃視叢林，在一片翠綠之間找尋人類活動的蛛絲馬跡。

如今壁頂離他不遠，他觀察，頭上數呎外的岩壁上有道開口。片刻後他抵達該處——發現那是座小山洞，就位於懸崖邊緣下方。他探頭到洞口，隨即嘟噥一聲。他掛在那裡，手肘卡著洞口。那山洞小到類似岩壁上的壁龕，但裡面不是空的。小山洞裡有具皺巴巴的棕色乾屍，盤腿而坐，雙手交疊在乾扁的胸口，垂下皺縮的腦袋。它的四肢用已經腐爛的皮帶固定。如果屍體本來有穿衣服，歲月也老早就把布料化為塵土。但在交抱的手臂和皺縮的胸口間有一卷羊皮紙，年代久遠，呈老象牙般的顏色。

攀岩者伸長手臂，取走羊皮紙卷軸。他看都不看就把卷軸塞入腰帶，然後使勁向上，最後終於站在壁龕洞口。他往上一跳，抓住懸崖邊緣，然後一氣呵成雙手使勁，翻身上崖。

他停在崖邊，喘氣片刻，接著往下看。

那感覺像是看著一個大碗的內部，四周讓環形石牆圍繞。碗底長滿樹木和濃密的植物，不過最濃密的部分還是外圍叢林。峭壁高度都差不多，毫無缺口地圍了一圈。這是自然界的奇景，或許全世界再也找不到類似的地形：巨大的天然露天劇場，環狀森林平原，直徑三到四里，與世隔絕，侷限在一圈峭壁之中。

但懸崖上的男人並沒有費心讚歎地質景觀。他神色迫切地搜尋下方樹頂，在明亮翠綠之間看見大理石圓頂建築時吐了一大口氣。果然不是神話；下面那座就是傳說中阿克明農宮殿遺跡。

辛梅利亞人科南，足跡踏遍巴拉洽群島、黑海岸，及許多其他自由狂野的地區，為了追逐傳說中超越突倫諸王財富的寶藏而來到凱山王國。

凱山是位於庫許東方內陸的野蠻國度，遼闊草原跟南方森林交會處。這裡人種混雜，深膚色的貴族統治主要以純種黑人組成的人民。統治者——親王和大祭司——宣稱他們是白人種族的後裔，而該種族在神話時代統治了一個以阿克明農城爲首都的國度。許多相互衝突的傳說解釋該種族日後墮落，及倖存者捨棄該城的原因。關於阿克明農寶藏「葛瓦勒之牙」的傳說也同樣撲朔迷離。但這些隱晦的傳說已經足以吸引科南來到凱山，越過遼闊的平原、河道密布的叢林及群山。

他找到凱山，這個國家本身就被許多北方和西方國家的人視爲傳說，而且他打聽到的傳言足以證實人稱「葛瓦勒之牙」的寶藏確實存在。但他查不出埋藏寶藏的地點，也有很多人質疑他出現在凱山的動機。那裡不歡迎來歷不明的陌生人。

但他並不會不知所措。他冷靜自信地在野蠻奢華的宮廷中向猜忌心重的達官貴人提出條件。他是個專業的戰士。爲了尋找工作機會（據他所說）而來到凱山。只要價錢合適，他願意訓練凱山部隊，率領他們對抗龐特人，他們的宿敵，近期龐特人在戰場上取勝已經引起脾氣不好的凱山國王震怒。

這個提議並沒有聽起來那麼厚顏無恥。科南聲名遠播，即使在遙遠的凱山也有人聽過；他身爲黑海盜船長，領導南方海岸之狼讓黑國全境都聽說、敬仰、懼怕他的名字。他沒有拒絕黑領主提出的測試。邊界持續都有小規模戰役，所以辛梅利亞人有很多機會月體驗他近身肉搏的能力。勇猛善戰的他令早已聽說他領導能力高強的凱山領主印象深刻，所以雇用他的機會很高。科南暗自期待這個工作能讓他有正當理由待在凱山一段時間，以便查出葛瓦勒之牙的下落。接著讓事情節外生枝的傢伙出現了。以蘇美克里爲首的贊巴威使節團抵達凱山。

蘇美克里是斯提及亞人，一個冒險家兼惡棍，而他的智慧建議他來到這個必須東行多日才能抵達的雙國王偉大混種貿易國度。他跟辛梅利亞人認識許久，關係不好。蘇美克里也是來跟凱山王談條件的，同樣也跟征服龐特有關——該國位於凱山以東，不久前驅逐了境內的贊巴威商人，還燒掉他們的堡壘。

他的提議蓋過科南的聲望。他提議親自率領一支由黑長矛兵、閃姆弓兵，和傭兵劍士組成的部隊自東方入侵龐特，幫助凱山國王併吞敵國。友善的贊巴威國王只要求獨占凱山及其附庸的對外貿易——以及，爲了表達善意，一部分葛瓦勒之牙的寶藏。寶藏不是要拿去花的，蘇美克里連忙對心生疑慮的酋長解釋；它們會被放在贊巴威神廟裡，跟達貢和德凱托金神像一起成爲該國神廟中的客座神祇，作爲凱山及贊巴威結盟的象徵。這些鬼話讓科南忍不住嘴角上揚。

辛梅利亞人沒有跟蘇美克里和他的閃姆夥伴，查凱巴針鋒相對。他知道如果蘇美克里辯贏了，就會立刻要求驅逐他的宿敵。科南只有一條路可走：在凱山國王做出決定前把寶藏弄到手，然後逃出凱山。但如今他已經肯定寶藏沒有藏在凱西亞這座由茅草屋、泥巴牆及牆內用石塊、泥巴、竹子建成的王宮所組成的王城裡。

他忐忑不安地等候，而葛魯加大祭司宣布下此決定前，他們必須確保諸神對於聯盟贊巴威，及對方會不會違背此神聖誓約有什麼看法。他們必須諮詢阿克明農的神諭先知。

這是一件大事，不論王宮還是擁擠的茅屋，所有人都很興奮地談論此事。祭司已經有一個世紀沒有造訪寂靜城了。根據傳言，神諭先知乃是葉拉雅公主，阿克明農最後一任統治者，在風華正茂時死去，屍體奇蹟般地不受歲月侵擾。古代的祭司會前往那座亡靈作祟的城市，而她就會傳授他們智慧。最後一個去找神諭先知的祭司是個邪惡的人，意圖竊取世人稱之爲葛瓦勒之牙的奇特珠寶。但他在無人王宮中遭遇淒慘的命運，而他的侍祭逃出生天，述說恐怖的故事，嚇得足足百年沒有祭司敢去那座城市諮詢神諭。

但葛魯加，現任大祭司，對自己的知識和正直極具信心，宣稱他願意帶幾名追隨者一起去重振傳統習俗。大家興奮之下，口風就不嚴謹，讓科南得知尋訪數週不果的線索——從在祭司隊伍出發日凌晨偷送辛梅利亞人離開凱西亞的小祭司那裡偷聽而來。

他以最快的速度騎馬趕路一夜一日又一夜，於黎明前抵達阿克明農的懸崖，位於該國領土西南角，渺無人煙的叢林中，一般人民的禁地。除了祭司外，沒人膽敢接近到亡靈作祟的谷地數里之內。就連祭司也已經一百年沒進入過阿克明農。

根據傳說，從來沒人爬過這些懸崖，只有祭司知道進入山谷的祕密入口。科南沒有浪費時間尋找入口。阻礙這些黑人、馬上民族、平原和平地樹林居民的峭壁對於出生辛梅利亞崎嶇丘陵的男人而言並非無法征服。

如今他站在峭壁崖頂，低頭看著環形山谷，好奇當初究竟是什麼瘟疫、戰爭或迷信，把古老的白人種族逼出他們的要塞，去跟四周的黑人部族雜交融合。

這座山谷曾是他們的大本營。王宮聳立其間，王族和朝臣居住其中。真正的城市位於峭壁之外。廢墟藏在起伏不定的翠綠叢林中。但在下方林葉間閃閃發光的圓頂建築則是阿克明農王宮的一部分，完全不受歲月侵擾。

他一腳甩下懸崖邊緣，開始迅速往下爬。峭壁內側比較多裂縫，也沒那麼陡峭。他只花了不到爬上來的一半時間就抵達谷底的草地。

他一手握劍，警覺打量四周。他沒理由懷疑宣稱阿克明農沒人居住，只有過往鬼魂作祟的人在說謊。但科南生性就是謹慎多疑。四周一片死寂，就連樹葉在樹枝上抖動的聲音都沒有。他彎腰細看樹下，除了樹幹還是樹幹，深入樹林內的藍色陰影中。

無論如何，他還是保持警覺，手握長劍，雙眼始終留意兩側陰暗，步伐輕快卻沒在草地上踏出任何聲響。四周隨處可見古代文明的遺跡；無聲又崩壞的大理石噴泉位於一圈高樹中央，而那些樹對稱到絕不可能是自然生長。高矮樹木入侵整齊種植的果園，但輪廓依然清晰可辨。地上有寬大的石板，碎痕處處，雜草破縫而出。他看到牆頂有裝飾的牆壁，雕刻精美的石塊，從前可能是聲色場所。

透過前方的樹林，隨著他逐漸接近，明亮圓頂及其下建築物本身愈來愈明顯。沒過多久，他擠過一團盤根錯節的藤蔓，來到一塊相形之下不算擁擠的空地，還是有些樹木，不過沒有低矮樹叢，眼前是王宮寬敞的柱廊。

他踏上大理石台階，發現建築物的保存狀態遠比適才路過的外圍建築好。厚牆壁和粗大的石柱似乎都堅固到不受歲月和風吹日曬侵蝕。不自然的寂靜一樣籠罩此地。萬籟俱寂中，他涼鞋宛如貓掌般的腳步聲聽起來格外響亮。

這座宮殿某處躺著多年來在凱山祭司面前充當神諭先知的肖像或雕像。而這座宮殿的某處，除非那個口風不緊的祭司說謊，藏著阿克明農遭人遺忘的國王留下的寶藏。

科南來到一座高聳的走廊，兩側都是石柱，石柱之間有拱門，不過門扉早就腐爛殆盡。他在黯淡的光線中通過大殿，穿越走廊對面微開的雙扇大銅門，這扇門可能維持開啓的狀態數百年了。他來到一座大圓頂房間，肯定是阿克明農國王的晉見廳。

這座晉見廳呈八邊形，高聳天花板的大圓頂肯定有精心設計過的開孔，因爲整座大廳的採光遠比適才的走廊好多了。而大廳對面有天青石台階通往一座高台，高台上有張大椅子，雕飾華麗，椅背甚高，從前肯定披著金布罩。科南突然嘟噥一聲，雙眼發光。阿克明農的金王座，遠古傳說中如此稱呼它！他以實際的目光估計王座的重量。這張王座價値連城，如果他有辦法搬出去的話。王座點燃了他對寶藏本身的想像力，讓他貪念中燒。他手指扭動，只想插入凱西亞市集廣場裡的說書人口中那些口耳相傳數百年傳說故事裡的寶石堆——無法在世界上複製的珠寶，紅寶石、綠寶石、鑽石、血石、蛋白石、藍寶石，還有遠古世界的金銀財寶。

他本來以爲會在王座上看到神諭先知的肖像，既然沒有，肖像或許放在王宮其他地方，如果眞的有這種東西的話。但自從他打起凱山的主意，已經有很多神話證實是眞的，他毫不懷疑自己會在這裡找到某種雕像或神。

王座後方有道狹窄的拱道，在阿克明農時代肯定有簾幕遮蔽。他看向拱道，發現其後是一座壁龕，空無一物，右側有條通往它處的窄廊。他轉過頭去，發現高台左側也有一扇拱門，而這扇拱門跟其他拱門不同，有門。而且不是普通的門。門的材質跟貴金屬王座一樣，刻了許多奇特的花紋圖案。

他伸手碰門，門順勢開啓，彷彿鉸鍊最近才上過油。他停在門內，瞪大雙眼。

他位於一間不算大的方形房間，大理石牆壁，有雕飾的天花板，還鑲了黃金。牆底和牆頂都有黃金雕飾，除了他進來的門外，房間沒有其他門。但那些細節都是他下意識留意到的。他的目光完全專注於躺在面前象牙台座上的女人。

他本來以爲會看到雕像，或許是以失傳的藝術技巧雕塑而成。但沒有任何藝術技巧能夠仿製眼前如此完美的形象。

那並非石頭、金屬或象牙雕像。那是貨眞價實的女人肉身，科南不知道什麼遠古邪惡魔法能夠完美無瑕地保存這具身體。她身上的衣服也是好的——這令科南皺起眉頭，內心感到不安。保存肉身的魔法應該不能影響衣物。但衣服就是好的——鑲著同心圓小寶石的金胸兜、鍍金涼鞋、用寶石腰帶束起的短絲衫。不管是布料還是金屬都沒有腐朽的跡象。

葉拉雅即使身亡，依然美若冰霜。她的身體宛如雪花石膏，修長性感；好似漆黑泡沫的秀髮上有顆閃閃發光的大紅寶石。

科南皺眉看著她，然後用劍敲敲台座。他認爲台座有可能是空心的，裡面塞滿寶藏，結果聽起來是實心的。他轉身在房間裡踱步，難以抉擇。他時間不多，該先搜哪裡？他偷聽祭司跟個妓女提到寶藏就藏在王宮裡。但王宮很大。他考慮是否該先躲起來，等祭司離開再繼續搜。但他們回歸凱西亞時很可能會把寶藏一併帶走。因爲他很肯定蘇美克里已經收買了葛魯加。

以科南對蘇美克里的了解，足以預料他的計畫。他知道是蘇美克里對贊巴威王提出征服龐特的策略，而那只是他們眞正目標的一步棋而已——他們想要葛瓦勒之牙。那些謹愼的國王要先看到寶藏眞實存在的證據才願意進行下一步。蘇美克里要求抵押珠寶就是爲了當證據。

有了寶藏存在的證據後，贊巴威國王就會展開行動。龐特會同時遭受東西兩國入侵，但贊巴威會確保大部分都是凱山在作戰，到時候，當龐特跟凱山筋疲力竭，贊巴威就會擊敗兩國，掠奪凱山，以武力搶走寶藏，就算必須摧毀所有建築，折磨所有人民也在所不惜。

但還是有另一種可能：如果蘇美克里有辦法得到寶藏，這傢伙典型的作法就是出賣雇主，把寶藏收入自己的口袋，然後逃跑，把辛巴威使節團當成代罪羔羊。

科南相信諮詢神諭云云只是說服凱山王同意蘇美克里提議的手段——因爲他毫不懷疑葛魯加跟所有想偷珠寶的人一樣陰險狡詐。科南不曾與大祭司接觸過，因爲以賄賂而言，他不可能出得起比蘇美克里更多錢，嘗試這麼幹肯定會落入斯堤及亞人的圈套。葛魯加會在人民面前揭發辛梅利亞人，詆毀他正直的名聲，一舉除掉蘇美克里人的宿敵。他好奇蘇美克里是怎麼腐化大祭司的，用什麼才能賄賂坐擁世間最大寶藏的男人。

無論如何，他都很肯定神諭先知會被迫宣稱諸神希望凱山採用蘇美克里的計畫，他也很肯定先知會說幾句中傷他的話。之後凱西亞就沒有辛梅利亞人的容身之地，反正科南騎馬離開後就沒打算再回去了。

神諭間沒有任何線索。他回到大王座廳，伸手觸摸王座。王座很重，但他能讓它傾向一側。下方的地板，厚大理石台座，是實心的。他再一次把注意力放到壁龕上。他認爲神諭先知附近會有神祕地下室。他開始仔細沿著牆壁敲，沒多久窄道口對面的牆上敲出空心的聲響。細看之下，他發現大理石板的縫隙比較粗。他插入匕首開始撬石板。

那塊石板無聲無息開啓，露出牆上一座壁龕，沒有其他東西。他怒罵一聲。壁龕是空的，看來從來沒被當成寶庫過。他湊到壁龕裡，看到牆上約莫跟人嘴平行的高度有許多小洞。他透過小洞看，然後心照不宣地哼了一聲。那面牆是分隔壁龕跟神諭間的牆。神諭間裡看不見那些洞。科南冷笑。這解釋了神諭先知的祕密，只是比想像中簡陋。葛魯加會親自或派人躲在壁龕裡，透過小洞說話；容易受騙的侍祭，全部都是黑人，就會把那當成是葉拉雅的聲音。

辛梅利亞人突然想到，拿出剛剛從乾屍手裡取來的羊皮紙卷軸，小心翼翼地攤開，因爲卷軸老舊到隨時都可能化爲碎片。他皺眉看著卷軸上依稀可辨的小字。高大的冒險家在世界各地遊走期間涉獵過許多知識，其中包括說和閱讀眾多外國語言。躲在家裡的學者會讓辛梅利亞人的語言能力嚇到，因爲他的冒險生涯讓他知道有時候是生是死取決於是否通曉陌生語言。

卷軸上的字很奇特，感覺很熟悉，偏偏看不懂，而他不久後就發現原因。那是古體的佩里許文，跟他熟悉的現代佩里許文有許多差異，因爲三百年前有支游牧部族更動了這種語言。這種古老純正的語言令他受挫。不過他看出有個字一再重複，而他認得那是個名字：畢亞金。他認爲那是卷軸作者的名字。

他眉頭深鎖，嘴唇下意識隨著紙上的文字而動，概略看過整份卷軸，發現大部分難以翻譯，剩下的內容則隱晦難明。

他知道卷軸作者，畢亞金，是跟僕人自遠方而來，進入阿克明農谷。後來的內容都看不懂，充滿了不熟悉的用語和文字。就他能夠翻譯的部分來看，他們似乎經歷了很長一段時間。葉拉雅這個名字出現過很多次，而卷軸最後，畢亞金顯然知道自己死期將近。科南微感驚訝地發現洞穴裡的乾屍肯定就是卷軸作者，神祕的佩里許人，畢亞金。他死了，就跟他預告的一樣，而他的僕役顯然根據他死前的指示，將他安置在峭壁上的開放洞穴裡。

奇怪的是，阿克明農傳說中並沒有提到畢亞金。顯然他是在原始居民離開後才抵達此谷的——卷軸裡也如此記載——但古時候前來諮詢神諭的祭司都沒看過這個男人及其僕役似乎有點奇怪。科南很肯定乾屍和卷軸都已超過百年。從前祭司前來跪拜死去的葉拉雅時，畢亞金就住在山谷裡。但傳說故事並沒有提到他，只有提到遭人遺棄的城市，只有亡靈在其中作祟。

此人爲什麼要待在人跡罕至的地方，他的僕役處理主人屍首後又去了哪裡？

科南聳肩，把卷軸塞回腰帶——接著他大驚失色，手背上起滿雞皮疙瘩。令人昏昏欲睡的寂靜中突然響起一陣刺耳的敲鑼聲。

他轉身，如大貓般伏低身形，手握長劍，瞪向傳來鑼聲的窄道。難道凱西亞的祭司已經到了?不太可能，他知道；他們不會那麼快就抵達山谷。但那陣鑼聲顯然表示有人。

科南基本上是直接行動派。他會深思熟慮都是長年跟陰險狡詐之人打交道而培養出來的能力。遇上突發狀況時，他就會訴諸本能。所以此時此刻，他並沒有像普通人般選擇躲藏或從反方向溜走，而是直接奔向傳出聲音的走廊。他的涼鞋發出的聲音不比獵豹肉球踏地聲響；他雙眼瞇成兩條縫，嘴唇不自禁呈嘶吼貌。出乎意料的聲響讓他的靈魂短暫接觸恐慌，而危機喚醒的原始紅怒向來都處於辛梅利亞人意識邊緣。

他沒多久就從蜿蜒的走廊抵達一座小室外庭院。某樣反射陽光的東西吸引他的目光。一個鑼，一個大金盤，掛在牆上延伸出的金槓上。附近躺著一根銅鑼錘，但是沒有聲響，也沒有人的蹤跡。四周的拱門都空蕩蕩的。科南蜷伏在門廊內，待了很長一段時間。大王宮中完全沒有聲音和動靜。他的耐心終於耗盡，他沿著庭院繞一圈，探頭到拱門後看，隨時準備像光一樣跳開閃避，或像眼鏡蛇般往左右出擊。

他來到鑼旁，步入最近的拱門。他只看到一間昏暗石室，地上散布著殘礫敗瓦。鑼下明亮的大理石板地上沒有腳印，但空氣中有股氣味——難以歸類的淡淡臭味；他像野生動物般撐大鼻孔，可惜怎麼聞也聞不出所以然來。

他轉向拱門——突然之間，看似實心的石板地化爲碎片，他的身體當場下沉。墜落的同時，他攤開雙臂，抓住洞緣。結果石塊在他手指間粉碎。他墜入伸手不見五指的黑暗，轉眼間摔進冰冷的黑水，捲入湍急的水流中。

02 女神甦醒

辛梅利亞人剛開始沒有掙扎，任由水流帶他穿越無光黑夜。他漂在水面上，咬著他的劍，即使墜落時也沒放開，而他沒有費心猜測自己究竟身陷什麼險境。但突然間一道光貫穿前方的黑暗。他看見波濤洶湧的黑水水面，彷彿深處有什麼怪物在擾動，還看到水道的石牆向上傾斜，形成拱頂。水道兩側都有狹窄的壁架，就在拱頂下方，但他搆不到。前方有一處拱頂破洞，大概是坍塌了，光就是從那個洞灑落的。除了那道光外，水道一片漆黑，發現自己一旦通過那道光就會再度回歸未知的黑暗時，辛梅利亞人突然感到心慌。

接著他又看到別的東西：每隔一段距離就有銅梯從壁架垂到水面，而他面前就有一道。他立刻展開行動，對抗逼他待在水道中央的水流。水彷彿有實體的泥濘手掌般拉扯他，但他以絕望拚命的力量對抗激流，一吋一吋地奮力逼近岸邊。如今他來到銅梯前，使勁向上抓住最底下的橫檔，氣喘吁吁地掛著。

數秒過後，他離開翻騰的水面，不太放心地爬上鏽蝕的銅梯。橫擋彎曲下垂，但是沒斷，於是他爬上壁架，距離拱頂約莫一個人高。高大的辛梅利亞人站直時必須低頭。銅梯旁的石壁上有扇沉重的銅門，可惜科南打不開。他把嘴裡的劍插回劍鞘，吐出鮮血——因爲跟河水掙扎時劃破了嘴唇——將注意力轉移到拱頂上的洞。

他伸手穿過裂縫，抓住洞緣，小心測試，確保撐得住他的體重。片刻過後，他爬出洞口，發現自己身處一間年久失修的寬敞石室。大部分天花板都塌了，鋪設在地下水道拱頂上的地板有一大塊也是。殘破的拱門通往其他房間和走廊，科南相信他依然身處大王宮中。他不安地懷疑王宮裡多少房間蓋在地下水道上，古老的地板什麼時候又會坍塌，再度把他摔回剛剛爬出的激流中。

而且他也懷疑剛剛的意外是否眞是意外。是那些腐朽地板無法負荷他的體重，還是有其他更邪惡的解釋？至少有一件事很明顯：他絕非王宮裡唯一的活物。那個鑼不是自己敲響的，不管鑼聲的本意是不是要引誘他墜入陷阱。王宮中的死寂突然顯得凶險異常，危機四伏。

會不會有人在進行跟他一樣的任務？他突然靈光一現，想起神祕的畢亞金。有沒有可能這個人居住阿克明農期間已經找到了葛瓦勒之牙——他的僕役離開時就已經帶走寶藏了？大老遠跑來卻徒勞無功的可能激怒了辛梅利亞人。

他挑選一條照說通往一開始進入王宮之處的走廊，迅速沿著走廊前進，想到底下有條翻騰不休的黑河就忍不住放輕腳步。

他的思緒始終繞著神諭間及其中的神祕屍體轉。那個房間裡必定存在著寶藏的線索，如果寶藏依然待在長久以來的藏寶處。

大王宮還是跟之前一樣寂靜，只聽得到他迅速走動的腳步聲。他經過的房間和走廊都已淪爲廢墟，但隨著他持續前進，毀壞的程度愈來愈不明顯。他有點好奇爲什麼要在壁架上搭建銅梯通往地下水道，不過一會就聳聳肩不再多想。他對古代遺留下來無關緊要的問題不感興趣。

他不確定從此刻身處的位置要怎麼前往神諭間，但沒多久他就抵達一條走廊，其中一道拱門通往之前的大王座廳。他做出決定：漫無目標地在王宮裡尋找寶藏是不會有結果的。他得找個地方躲起來，等待凱山祭司抵達，然後，等他們假裝諮詢完神諭先知，他就跟蹤他們前往他們會去的藏寶處。或許他們只會拿走一點寶藏。他只要拿剩下的就滿足了。

出於某種難以抗拒的魅力，他回到神諭間，再度凝望被人當成女神崇拜的公主，陶醉於她冷酷的美艷之中。那具美麗非凡的軀體究竟藏了什麼祕密？

他突然大吃一驚。他深吸口氣，後腦寒毛豎起。屍體依然跟上次見到時一模一樣，安安靜靜、動也不動地躺著，身穿黃金珠寶胸兜，鍍金涼鞋和絲衫。但如今有些微不同。她的四肢不再僵硬，臉頰宛若蜜桃，嘴唇鮮紅——

科南驚慌咒罵，拔出長劍。

「克羅姆呀！她是活的！」

話才說完，對方的黑長睫毛揚起；她睜開雙眼，高深莫測地看著他，瞳孔漆黑、目光明亮、神祕。他僵在原地，啞口無言。

她體態慵懶地坐起身來，目光始終對著他困惑的雙眼。

他舔舔乾唇，找回嗓音。

「妳——妳——妳是葉拉雅嗎？」他結巴說道。

「我是葉拉雅！」她的嗓音豐潤，宛如天籟，他以全新的目光打量她。「不要怕，只要你聽話，我不會傷害你。」

「死掉的女人怎麼可能在幾世紀後又活過來？」他問，彷彿在懷疑自己的感官告訴他的事實。他的眼中開始出現好奇的目光。

她揚起雙臂，比劃神祕的手勢。

「我是女神。一千年前，偉大諸神詛咒降臨在我身上，位於光明邊界之外的黑暗諸神。我體內的凡人死去，但我體內的女神卻永生不死。幾個世紀以來，我都躺在這裡，每天晚上日落甦醒，一如往昔上朝，朝臣都是過往歲月的幽靈。人類，如果你不想見識會永遠炸碎靈魂的景象，立刻給我離開！我命令你！走！」她的語氣變得專橫跋扈，舉起纖細的手臂一比。

科南，目光炙烈，緩緩還劍入鞘，但卻沒有聽命行事。他朝她接近，彷彿受到強大的魅力吸引——他毫無預警地像熊般一把抱住她。她發出非常不像女神的尖叫聲，接著是絲綢撕裂的聲響，因爲他粗暴地扯下她的裙子。

「女神！哈！」他語氣輕蔑不屑。他忽略俘虜瘋狂掙扎。「我就奇怪阿克明農的公主怎麼會有科林西亞口音！我冷靜下來後立刻就想到我見過妳。妳是穆莉拉，查凱巴的科林西亞舞女。妳屁股上的弦月胎記就是證明。我在查凱巴鞭打妳時見過一次。女神！去！」他不屑地狠狠打了洩露眞相的屁股一下，女孩可憐兮兮地喊痛。

她傲慢的神態蕩然無存。她不再是古老的神祕女神，變成害怕又羞愧的舞女，隨便哪個閃姆市集都買得到。她毫不害臊地大聲哭了起來。俘虜她的人帶著憤怒與獲勝的表情低頭瞪她。

「女神！哈！妳是查凱巴帶來凱西亞的蒙面女人之一。妳以爲騙得了我，妳這個小笨蛋？我一年前就在阿克畢坦納見過妳跟查凱巴那隻豬玀在一起，而我不會忘記任何見過的面孔——女人的身體也一樣。我想我要——」

她在他懷裡掙扎，修長的手臂在極度恐懼下繞過他的粗頸；她淚流滿面，啜泣到歇斯底里。

「喔，請不要傷害我！不要！我是被逼的！查凱巴帶我來此假扮神諭！」

「爲什麼，妳這個褻瀆神明的小蕩婦！」科南吼道。「妳難道不怕神嗎？克羅姆呀！世界上已經沒有老實人了嗎？」

「喔，拜託！」她哀求，嚇得直發抖。「我不能違背查凱巴的命令。喔，我該怎麼辦？我會被這些異教神詛咒的！」

「妳以爲祭司發現妳是假冒貨會怎麼處置妳？」他問。

她雙腳一軟，徹底崩潰，抱住科南的膝蓋，口齒不清地哀求原諒和保護，楚楚可憐地宣稱她絕對沒有任何不良企圖。這模樣跟剛剛的古代公主形象相去甚遠，不過並不意外。之前給她勇氣的恐懼如今造成她崩潰。

「查凱巴在哪裡？」他問。「別哭了，可惡，回答我。」

「王宮外。」她啜泣道，「監視祭司。」

「他帶了多少人來？」

「沒人。就我們兩個。」

「哈！」他的笑聲很像獵師心滿意足的嘟噥聲。「你們肯定是比我晚幾個小時離開凱西亞的。你們是爬峭壁進來的嗎？」

她搖頭，哭到泣不成聲。科南不耐煩地咒罵一聲，抓起她的小肩膀，搖晃到她開始喘氣爲止。

「可以請妳不要哭了，回答我的問題嗎？你們是怎麼入谷的？」

「查凱巴知道密道。」她喘道。「葛瓦魯加祭司告訴他的，還有蘇美克里。谷地南側的山壁腳下有座大池塘。水面下有個洞口，從上面瞧不見。我們潛水下去，進入山洞。山洞向上傾斜，離開水面，穿越山壁。這一側的出口被樹叢遮起來了。」

「我是從東側攀岩進來的。」他喃喃說道。「好了，然後呢？」

「我們來到王宮，查凱巴把我藏在樹林裡，自己進來尋找神諭間。我想他不完全信任葛瓦魯加。他離開時，我似乎聽到鑼聲，但我無法確定。沒多久查凱巴回來，帶我前往這個房間，葉拉雅女神就躺在台座上。他剝光她，叫我換上她的衣服和首飾。然後他就去藏起屍體，監視祭司。我一直都很害怕。你進來時，我很想跳起來求你帶我離開這個地方，但我怕查凱巴。你發現我是活的時候，我以爲我可以把你嚇走。」

「妳假扮神諭先知要說什麼？」他問。

「我會命令祭司取走葛瓦勒之牙，把部分寶藏交給蘇美克里當成抵押，滿足他的要求，然後把剩下的寶藏放在凱西亞王宮裡。我本來要告訴他們如果不同意蘇美克里的條件，凱山就會面臨可怕的命運。還有，喔，對了，我本來還要告訴他們立刻把你剝皮處死。」

「蘇美克里要把寶藏放在他——或贊巴威人——可以輕易搶奪的地方。」科南喃喃說，絲毫不把跟他有關的部分放在心上。「我要挖了他的肝——葛魯加當然也參與了這個陰謀？」

「不，他毫不知情。他相信他的神，會聽從神諭，沒辦法腐化他。蘇美克里的計畫就是如此。他知道凱山人會諮詢神諭，所以才要查凱巴帶我跟贊巴威使節團來，戴著面紗，隱匿行蹤。」

「好了，眞想不到！」科南喃喃道。「一個不肯接受賄賂，眞的相信神諭的祭司。克羅姆呀！我懷疑敲鑼的人是查凱巴。他知道我在這嗎？他知道地板腐壞了嗎？他在哪，女人？」

「躲在蓮花樹叢裡，南側山壁前往王宮的古道附近。」她回答。接著她重申之前的哀求。「喔，科南，可憐我吧！我好怕這個遠古邪惡的地方。我知道我有聽見附近傳來細微的腳步聲——喔，科南，帶我離開這裡！等我完成此地的任務，查凱巴就會殺我——我知道！如果被祭司發現我是假的，他們也會把我殺了。」

「他是魔鬼——他是從奴隸販子手上買下我，奴隸販子又是從通過科斯南境的車隊搶走我的，之後他就一直把我當成執行計謀的工具。帶我離開他！你不可能比他殘酷。別把我留在這裡等死！拜託！拜託！」

她跪在地上，歇斯底里地抓著科南，抬起淚流滿面的美麗容顏，絲綢般的黑髮飄垂在雪白的肩膀上。科南提起她，坐在他腿上。

「聽我說。我會在查凱巴之前保護妳。祭司不會看出妳是假的。但妳必須照我的話去做。」

她結結巴巴地承諾會聽話，摟著他的粗脖子，彷彿透過肢體接觸尋求慰藉。

「很好。等祭司來，妳就依照查凱巴的計畫假扮葉拉雅——天黑了，在火把照明下，他們不會發現有異。但妳要這樣跟他們說：『諸神的旨意是把斯堤及亞人和他的閃姆狗趕出凱山。他們是計畫搶奪諸神寶物的盜賊和叛徒。把葛瓦勒之牙交給科南將軍保管。讓他統領凱山部隊。他深得諸神寵信。』」

她發抖，神情絕望，但默默點頭。

「查凱巴怎麼辦？」她哭問。「他會殺了我！」

「別擔心查凱巴，」他嘟噥道。「我會對付那條狗。妳照我的話做。來，整理頭髮，都垂在肩膀上。寶石也掉下來了。」

他把明亮的大寶石放回原位，認同式地點頭。

「光這顆寶石就能買下一整屋子的奴隸。來，穿好妳的裙子。旁邊扯破了，但祭司不會發現。擦乾淚水，女神不會哭得像是被鞭打的女學生。看在克羅姆的份上，妳長得眞像葉拉雅，臉、頭髮、身材，一切！如果妳在祭司面前表現得跟在我面前一樣好，妳就能輕易唬過他們。」

「我盡量。」她發抖說。

「很好。我去找查凱巴。」

這話讓她又慌了起來。

「不！別丟下我一個人！這地方鬧鬼！」

「這裡沒有東西會傷害妳，」他耐心地安撫她。「除了查凱巴，而我要去找他。我很快就會回來。我會在附近監視，以免儀式進行過程中出什麼差錯；但只要妳扮演好妳的角色，就不會有問題。」

他轉身，快步離開神諭間；穆莉拉在他身後可憐兮兮吱吱叫。

夕照黯淡。王宮內的房間和走道陰影密布，模糊不清；牆上的銅飾在黑暗中反射微弱的光芒。科南宛如無聲無息的幽魂般穿越大走道，隱約感到暗處中有隱形的過往鬼魂在監視他。身處這種環境，難怪那個女孩會緊張。

他好像獵豹潛行般步下大理石階，手持長劍。山谷中一片寂靜，星星在山壁外的夜空中閃爍。如果凱西亞的祭司已經進入山谷，他們都沒有發出任何聲音，樹林中也沒有任何動靜洩露他們的行蹤。他找到石板破碎的古道，朝南方延伸，進入大量蕨葉和枝葉茂密的矮樹叢中。他謹慎前進，待在古道邊的樹叢陰影之下，直到依稀在前方陰暗處看見蓮花樹的輪廓，庫許深色土地上特有的奇特植物。根據女孩的說法，查凱巴應該就躲在裡面。科南變成潛行的化身。一團無聲無息的黑影，融入樹叢之中。

他迂迴前進，來到蓮花樹叢，沿路幾乎沒有觸碰任何樹葉。來到樹叢外圍，他突然停步，宛如疑心甚重的獵豹蜷伏在灌木叢中。黯淡的光線下，他前方茂密樹葉間有個淡白色的橢圓形物體。那可能是樹枝之間的大白花之一。但科南知道那是一張男人的臉。臉正面朝向他。他無聲無息地退入黑影中。查凱巴看到他了嗎？那個男人筆直凝望他的方向。幾秒過去了。那張依稀可見的臉沒有移動。科南看出白臉下的黑影是短黑鬍鬚。

突然間科南察覺到不對勁。查凱巴，他知道，個子並不高。站直時，他頂多就到科南的肩膀；但那張臉跟科南的臉一樣高。那傢伙站在什麼東西上面嗎？科南彎腰看向那張臉底下的地面，但視線讓樹幹和低矮植物遮蔽。不過他看見別的東西，令他身體僵直。他透過低矮植物的縫隙看見查凱巴所在樹下的樹幹。他的臉位於樹幹之前。他應該要看到臉下的身體，而不是樹幹，但查凱巴的身體——那裡沒有身體。

科南突然間緊繃到像是逼近獵物的老虎，緩緩深入樹叢中，片刻後拉開一枝樹葉茂密的樹枝，直視那張毫無動靜的臉。那張臉永遠不會動了，至少不會自己動。他看著查凱巴的斷頭，用自己的頭髮綁在樹枝上。

03 神諭回歸

科南順勢轉身，瞪大雙眼掃視周遭的陰影。他沒有看見死者的身體；只有一處高草被踩扁踩斷，草地上有灘深色液體。科南放慢呼吸，豎起耳朵傾聽。高矮樹木和大白花都靜止不動，危機潛伏，深深刻劃在陰森黑影之中。

原始的恐懼在科南心中低語。是凱山祭司幹的嗎？如果是，他們在哪？會不會當初敲鑼的人就是查凱巴？再一次，他想起來了畢亞金和他的神祕僕役。畢亞金死了，皺縮成一團乾屍，以皮帶固定在空洞的墓穴裡，永遠迎接旭日東升。但畢亞金的僕役卻下落不明。沒有證據指出他們有離開山谷。

科南想到那個女孩，穆莉拉，獨自待在陰森的王宮中，無人守護。他轉身沿著黑漆漆的古道奔跑，像是疑心大作的獵豹，即使全速奔馳下也隨時可以轉向左右，致命出擊。

王宮聳立在樹林之間，而他看到之前沒有的景象——火光映紅了平滑的大理石。他融入殘破古道旁的樹叢，穿越茂密的樹林，抵達柱廊前的廣場邊緣。他聽見人聲；火把抖動，火光照亮漆黑的肩膀。凱山祭司抵達了。

他們沒有如查凱巴預期中走寬敞但雜草叢生的古道。顯然進入阿克明農的密道不只一條。

他們魚貫走上寬闊的大理石台階，高舉火把。他看見葛魯加走在隊伍最前面，在火把光芒下宛如紅銅雕刻出來的輪廓。剩下的都是侍祭，照在皮膚上的火把之光顯示他們都是高大黑人。隊伍最末端有個特別壯碩的黑人，神情無比邪異，科南一看到他就皺起眉頭。那是葛瓦魯加，穆莉拉宣稱對查凱巴透露水池入口的人。科南懷疑這傢伙涉入斯堤及亞人的計謀多深。

他快步接近柱廊，繞過廣場，保持在周遭的黑影中。火把持續沿著陰暗長廊前進。在他們抵達長廊對面的雙扇大拱門前，科南已經爬上外面的台階，進入長廊，來到他們身後。他躡手躡腳沿著牆邊的石柱移動，在他們的火把驅退黑暗，穿越大王座廳時抵達大門。他們沒有回頭看。他們排成一排，鴕鳥羽毛輕點，豹皮上衣跟遠古王宮的大理石和金屬雕飾形成奇特的對比，穿越大殿，短暫停留在王座台左側的門外。

葛魯拉詭異空洞的聲音在寬敞空間中迴蕩，高聲說著旁觀眾人難以理解的字句；接著大祭司推開金門，走了進去，不斷彎腰鞠躬，而他身後的火把也隨之起伏，火舌吞吐，因爲侍祭都跟著主人的動作照做。金門在他們身後關閉，阻隔了聲音和視線，科南衝過王座廳，進入王座後的壁龕。他的聲音比大廳中的風聲更輕。

他撬開牆上的密板，其內的小洞射出細小光線。他進入壁龕，就著小洞偷看。穆莉拉坐在台座上，雙手抱胸，頭靠牆壁，離他雙眼數吋之遙。他聞到她捲曲秀髮上典雅的香水氣味。他看不見她的臉，當然，但她的體態顯示她正神色寧靜地遙望遠方，不把跪在面前那群黑巨人的光頭放在眼裡。科南笑著欣賞這一幕。「小蕩婦很會演戲。」他心想。他知道她怕得要命，但完全沒有顯露出來。在搖曳的火把照明下，她看起來就跟之前躺在同一個台座上的女神一模一樣，如果他能想像那個女神充滿活力的模樣。

葛魯拉正在用科南不熟悉的語言唸誦禱文，多半是某種阿克明農古語的咒語，由大祭司代代相傳。他唸個沒完。科南愈來愈煩躁。事情拖得越久，穆莉拉就會越害怕。如果她崩潰了——他把劍和匕首移向身前。他不能坐視那個小蕩婦慘遭黑人折磨殺害。

但祭司的禱文——洪亮低沉，給人難以形容的不祥之感——終於唸到結尾，侍祭異口同聲地歡呼宣告禱文結束。葛魯拉抬起頭來，雙手伸向台座上一聲不吭的女神，以凱山祭司天生渾厚低沉的嗓音說道：「喔，偉大的女神，黑暗之神同居者，讓妳的心融化，妳的唇為這群在妳腳下腦袋抵地的奴隸而開！說話吧，聖谷偉大的女神！妳知道我們面前的道路；困擾我們的黑暗在妳面前如同正午的陽光。用妳的智慧之光照亮僕人的路吧！告訴我們，喔諸神的代言人：祂們打算如何處置斯堤及亞人蘇美克里？」

在火光下反射黯淡銅光的高聳明亮秀髮微微抖動。黑人輕聲嘆息，一半出於敬畏，一半出於恐懼。穆莉拉的嗓音在扣人心弦的寂靜中清清楚楚傳入科南耳中，聽起來冰冷超然、客觀無情，不過科林西亞口音還是令他皺眉。

「諸神的旨意是要把斯堤及亞人和他的閃姆狗都趕出凱山！」她一字不改地重複他的話。「他們是計畫搶奪諸神寶物的盜賊和叛徒。把葛瓦勒之牙交給科南將軍保管。讓他統領凱山部隊。他深得諸神寵信。」

她說到後來語氣微微顫抖，科南忍不住冒汗，以為她就要歇斯底里到崩潰了。但黑人沒有發現，也沒有聽出科林西亞口音，因為他們沒聽過科林西亞語。他們輕輕拍掌，道出讚歎敬畏的言語。葛魯加雙眼在火光下反射炙烈的光芒。

「葉拉雅開示了！」他得意地喊道。「這是諸神的旨意！許久以前，我們祖先的年代，世界誕生之初，諸神從黑暗之王葛瓦勒的口中拔下葛瓦勒之牙，定為禁忌，命令凡人妥善收藏。葛瓦勒之牙在諸神的命令下收藏；如今也在諸神的命令下重見天日。喔星辰女神呀，請允許我們前往收藏葛瓦勒之牙的密室，幫深受諸神寵信之人取得寶藏。」

「我允許你們去取！」假女神回應，模樣不可一世，看得科南嘴角上揚，眾祭司後退出門，鴕鳥羽飾和火把隨著他們屈膝後退起伏。

金門在嗚嗚聲中關閉，女神癱躺在台座上。「科南！」她輕聲說道。「科南！」

「噓！」他透過小洞出聲，然後轉身，走出壁龕，關上壁板。他瞥向門外，看見火光穿越王座大廳遠去，但同時又察覺有道並非發自火把的光源。他嚇了一跳，但立刻發現是怎麼回事。月亮出來了，月光斜照，灑在有穿孔的圓頂上，並經由奇特的建築手法強化光源。原來阿克明農的明亮圓頂並非神話。或許圓頂內鑲黑國丘陵特產的奇特白焰水晶。月光照亮王座廳，滲透到相鄰的房間裡。

但當科南朝王座廳門走去，壁龕通道另一端傳來聲響，令他立刻轉身。他蹲伏在門口，凝視走道，想起之前那陣誘他墜入陷阱的鑼聲。圓頂灑落的月光只有稍微照入那條窄廊，他什麼都沒看到。但他發誓有聽到走廊深處傳來偷偷摸摸的腳步聲。

正遲疑間，他又讓身後一個女人被勒住喉嚨的悶叫聲嚇到。他跳出王座後方的門，在水晶光照下看見出乎意料的景象。

祭司火把的光芒已經消失在大殿門外——但還有一個祭司待在裡面：葛瓦魯加。他邪惡的容顏怒不可抑，抓住驚慌失措的穆莉拉喉嚨，掐得她無法尖叫或哀求，使勁搖晃她。

「叛徒！」厚紅唇中的嘶吼宛如眼鏡蛇。「妳在玩什麼把戲？查凱巴沒告訴妳要怎麼說嗎？對，蘇美克里跟我說了！妳要背叛妳的主人嗎，還是他透過妳背叛他朋友？蕩婦！我要扭斷妳的假頭——但首先我——」

高壯黑人在女人瞪大美麗的雙眼看向他肩膀後方時心生警覺。他放開她，迅速轉身，剛好趕上科南一劍砍落。撞擊的力道砍得他向後倒在大理石地板上，肢體抽動，鮮血滲出頭皮上的傷口。

科南走過去要了結他——因爲他知道黑人突然轉身導致他的劍沒有砍準——但穆莉拉突然撲上來抱著他。

「我照你的吩咐做了！」她歇斯底里地喘道。「帶我走！喔，拜託帶我走！」

「我們還不能離開。」他嘟噥道。「我要跟蹤祭司，看看寶藏藏在哪裡。這裡可能有更多財寶。但妳可以跟我去。妳頭髮上的寶石呢？」

「大概是掉在台座上了。」她結巴說道，伸手去摸。「我太害怕了——祭司離開時，我跑出去找你，結果這個傢伙留在外面，他抓住我——」

「好了，趁我處理屍體的時候去撿回來。」他命令。「快去。那顆寶石很值錢。」她遲疑，彷彿不願意回那個神祕的房間；接著他抓起葛瓦魯加腰帶，把他拖入壁龕，她則轉身進入神諭間。

科南把昏迷不醒的黑人丟在地上，然後舉起劍。辛梅利亞人在世界上的蠻荒境地住了太久，對於慈悲不抱任何幻想。唯一安全的敵人就是沒頭的敵人。但在他動手之前，一聲驚叫阻止了他高舉的劍。叫聲發自神諭間。

「科南！科南！她回來了！」叫聲以喉音和重物拖地的聲響收尾。

科南咒罵一聲，衝出壁龕，穿越王座台，闖入神諭間，剛好趕上聲響停止。他停步，神色困惑。看起來穆莉拉又安安穩穩躺回台座上，雙眼閉起，彷彿沉睡。

「妳到底在幹什麼？」他語氣刻薄。「現在是開玩笑的時——」

他越說越小聲。他的目光沿著白皙的大腿移動到緊身的絲裙上。那條裙子應該有條從腰帶到裙襬的裂縫。他知道，因爲是他在跟掙扎的舞者拉扯時親手扯裂的。但那條裙子完好如初。他一跨步來到台座前，伸手觸摸象牙般的肌膚——隨即像是碰到烙鐵而不是冰冷死屍般抽回手來。

「克羅姆呀！」他喃喃說道，雙眼化爲燃放屍火的細縫。「不是穆莉拉！是葉拉雅！」

他這下知道穆莉拉進入神諭間時爲什麼激動大叫了。女神回來了。她本來讓查凱巴剝光衣服給冒牌貨穿。但如今身上穿著科南第一眼看到她時的絲綢珠寶。科南頭皮上的短毛開始根根豎起。

「穆莉拉！」他突然叫道。「穆莉拉！妳他媽在哪裡？」

牆壁嘲諷似地反彈他的聲音。除了那扇金門外，這個房間沒有其他出入口，而沒人能在不被他發現的情況下進出那扇門。目前所知事實是：葉拉雅在穆莉拉離開房間，落入葛瓦魯加手中的短短片刻裡又被人放回台座上；穆莉拉的尖叫還在他耳中迴蕩，但柯林西亞女孩彷彿平空消失了般。只有一個解釋，如果他拒絕接受超自然邪惡現象的話——這個房間裡有密門。而正當這個想法浮上心頭時，他已經看到密門所在。

在看起來像實心大理石的牆面上有一道垂直的細縫，細縫中露出一小塊絲布。他立刻跑去彎腰細看。那塊布來自穆莉拉被扯壞的裙子。這代表了毫無疑問的事實。裙子是在她被不明傢伙抬過關閉中的密門時壓住扯落的。這一小塊布妨礙密門跟門框完全密合。

科南拿匕首插入門縫，肌肉虯結的手臂開始施力。刀柄彎曲，但那是不會斷折的阿克畢坦納鋼所製。大理石門開啓。科南舉劍看向其後的空間，沒有看見任何威脅。投入神諭間的月光照亮一段不長的大理石台階。科南把門拉到全開，將匕首插入地板上的縫隙，卡住石門。接著他毫不遲疑地步下台階。他什麼也沒看到，什麼也沒聽到。向下十幾步後，台階來到一條狹窄走廊，筆直深入黑暗。

他突然停步，在樓梯底端宛如雕像，就著樓上傳來的昏暗光線凝視牆壁上的依稀可見的壁畫。肯定是佩里許文化的畫工；他曾在阿斯加隆見過具有同樣特色的壁畫。但壁畫的內容跟佩里許文化毫無關聯，除了一個反覆出現的人物：一個瘦瘦的白鬍子老人，種族特徵十分明顯。這些壁畫似乎呈現了上方王宮許多不同的區域。其中好幾個場景都在畫神諭間，葉拉雅躺在象牙座上，高大的黑人於座前跪拜。而牆壁後的壁龕裡潛伏著老佩里許人。還有其他人——在廢棄王宮中遊走的人，依照佩里許人的吩咐辦事，從地下河道拖出不明的東西。科南僵立數秒，羊皮紙中難以辨識的文句清清楚楚浮現腦海。很多本來跟不清楚的圖案突然都合理了。畢亞金的祕密終於不再是祕密，畢亞金的僕人也一樣。

科南轉頭看向黑暗中，彷彿有隻冰手沿背脊而上。接著他順著走廊前進，腳步輕盈，毫不遲疑，一步一步深入黑暗，遠離階梯。空氣中瀰漫著他在大鑼庭院中聞到的氣味。

如今身處伸手不見五指的黑暗中，他聽見前方傳來聲響——赤腳拖地行走聲，也可能是寬鬆衣物擦過石板的聲音，他難以肯定。但片刻後，他伸在前方的手接觸到阻礙，認出是一扇有雕飾的金屬大門。他徒勞無功地推門，劍尖也找不到縫隙可插。門跟門框和門檻完全密合。他使盡吃奶的力氣，雙腳緊抵地面，腦側青筋凸起。推不動；就算有大象衝鋒也只能微微撼動這扇大門。

他靠在門上，突然聽見門後傳來非常熟悉的聲響——鏽鐵嘎嘎作響，彷彿有槓子摩擦插孔。隨著辨識情況而來的本能反應彷彿聲響、念頭，和動作都是同時展開的一樣。他迅速彈起，向後退開，就聽見上方傳來巨物墜落的氣壓，然後震耳欲聾的撞擊聲令整條走道劇烈震動。不少碎石擊中他——他從聲音判斷是有塊巨石落在他剛剛所在的位置。如果心念轉得或行動稍慢，他就會像螞蟻般被壓扁。

科南後退。穆莉拉在那扇金屬門後淪爲俘虜，如果她還活著的話。但他沒辦法通過那扇門，如果繼續待在走道上，說不定會有另一塊巨石墜落，而他未必還能這麼好運。他被壓成一團爛泥對那個女孩沒有好處。他不能繼續往那個方向搜尋。他必須回到地面上，另外想辦法過去。

他轉身，快步趕往階梯，來到相對明亮的區域時鬆了口氣。當他踏上第一級台階，光線突然消失，上方的大理石暗門在陣陣回音中關閉。

當時辛梅利亞人眞的慌了，受困在漆黑通道裡，他連忙在階梯上轉身，提起長劍，神色不善地凝視身後的黑暗，期待遭遇鬼怪攻擊。但走道上沒有聲響或動靜。會不會門後的人——如果是人——認定他已經被透過某種機關啓動的天花板落石壓扁了？

那爲什麼要關閉上面的暗門？科南放棄猜測，在黑暗中摸索走上階梯，每一步都毛骨悚然，幻想背後會有匕首捅他，渴望透過殘暴濺血來淹沒他內心的恐慌。

他在階梯頂端伸手去推暗門，發現門動都不動時打從心裡罵句髒話。接著他舉起右手中的劍想去砍門時，左手卻碰到了金屬門閂，顯然是在門關閉時自動滑入定位的。他立刻拉開門閂，門當場就推動了。他瞇眼嘶吼，彷彿憤怒的實體化身，迫切地想要面對獵殺他的敵人。

地板上的匕首不見了。神諭間空蕩蕩的，台座也是空的。葉拉雅又不見了。

「克羅姆呀！」辛梅利亞人喃喃說道。「所以她眞的還活著？」

他大步走入王座廳，神情困惑，接著腦中靈光一現，走到王座後方，看向壁龕。原先昏迷不醒的葛瓦魯加所躺的光滑大理石上有血跡——就這樣了。黑人跟葉拉雅一樣徹底消失。

04 葛瓦勒之牙

困惑憤怒搞得辛梅利亞人科南腦中一片糊塗。他不知道該怎麼找出穆莉拉，也不知道該怎麼找出葛瓦勒之牙。他只剩下一件事可做——跟蹤祭司。或許在藏寶處可以找到線索。機會不大，但總比無頭蒼蠅般到處亂跑好。

迅速通過通往柱廊的陰暗大走廊時，他暗自期待黑影會化爲張牙舞爪的怪物攻擊他。但只有自己急促的心跳聲伴隨他來到照亮平滑大理石地板的月光下。

下了大理石階梯，他於明亮的月光中四下搜尋該走哪個方向的線索。他找到了——地上的花瓣透露有手臂或衣服掠過滿是花朵的樹幹。雜草讓沉重的腳步踩平。科南曾在家鄉丘陵中追蹤野狼，要追蹤凱山祭司的足跡一點也不困難。

足跡遠離王宮，穿越香味奇特的灌木叢，長著大朵白花，攤開明亮的花瓣，路過翠綠交纏、落花如雨的樹叢，直到他終於抵達一顆巨岩，宛如巨人城堡般隆起於最接近王宮的峭壁，不過幾乎完全被爬滿藤蔓的樹木遮蔽。顯然凱西亞那個大嘴巴祭司弄錯了，葛瓦勒之牙並不是藏在王宮裡。這條路讓他遠離穆莉拉消失的地方，但科南開始相信山谷中所有區域都能透過地下通道連到王宮。

他蜷伏在深邃漆黑的樹叢陰影中，仔細打量那顆巨岩，月光下宛如高大的浮雕。岩石上刻滿奇特古怪的圖案，描繪人類和動物，還有半人半獸的生物，可能是神，也可能是魔鬼。此地的繪畫風格跟谷地其他地方大不相同，科南懷疑那可能並不是出自不同的年代或種族，而是代表巨岩本身早在阿克明農人發現這座作祟山谷時就已經存在不知多久的遠古失落遺物。

峭壁上有座開啓的大門，門上刻了一顆巨大的龍頭，讓門看起來宛如龍的血盆大口。門本身是銅製的，重達數噸。他沒看到門鎖，但開啓的巨門邊緣露出許多門閂，讓他知道這扇門有某種上鎖系統——肯定只有凱山祭司知道的系統。

足跡顯示葛魯加及其手下進了那扇門。但科南遲疑。等到他們出來可能表示門會關上，而他或許無法打開門鎖。另一方面，如果跟他們進去，他們有可能出門後把他鎖在洞裡。

他把謹慎拋入風中，迅速穿門而入。祭司、葛瓦勒之牙，或許包括穆莉拉的線索都在那座山洞裡。生命危險向來不曾阻止他去做任何事。

月光照亮洞內寬敞走道數碼內的範圍。他看到前方某處傳來黯淡的光芒，也聽到奇特禱告的回音。祭司距離他沒有想像中遠。走道在月光照不到的位置進入一個寬敞房間，一座不算太大的空蕩石窟，有著弧形的高聳拱頂，隱隱散發磷光，據科南所知，這部分在這個世界是很常見的現象。磷光導致一股陰森的氣氛，而透過磷光，他看見一座聖壇上蹲著野獸外形的雕像，石窟四周有六或七條通道口。他在其中最寬的洞口——位於面對洞窟蹲坐雕像正後方的洞口——於靜止的磷光中看見火把搖曳的光芒，禱告的聲音也比之前大聲。

他莽撞地走進那條通道，沒多久就看見比剛剛那座洞窟更大的洞窟。這裡沒有磷光，不過火把的光照亮一座更大的聖壇，其上蹲著看起來更噁心、更令人厭惡的蟾蜍神像。葛魯加和十個侍祭跪在噁心的神前磕頭，同時以單調的語氣唸誦禱文。科南了解他們爲什麼搞這麼久了。顯然要進入神祕的葛瓦勒寶庫需要進行一連串繁複的儀式。

他坐立難安，不耐煩地等候禱告磕頭結束，不久後他們起身，穿越神像後的通道。他們的火把在漆黑的洞窟中逐漸遠去，他迅速跟了過去。這裡不太可能會被發現。他宛如夜行生物般順著黑影前進，而黑祭司又專注在他們的儀式上。顯然他們連葛瓦魯加失蹤了都沒發現。

他們來到一座巨大石窟，朝上拱起的窟頂附近有一層一層岩架，他們又在一座更大的聖壇前重新開始崇拜儀式，聖壇上有座目前爲止見到最噁心的神像。

科南伏在通道洞口的黑影中，凝視著反射火把紅光的石壁。他看見有一道石階蜿蜒向上通往層層岩架；窟頂消失在黑暗中。

他突然嚇了一大跳，跪在地上的黑人也停止禱告，抬頭向上。上方傳來一陣非人的嗓音。他們僵在地上，顏面朝上，一道詭異的強光自高聳的窟頂射落，映藍他們的臉。那道光照亮一條長廊，大祭司突然大聲喊叫，侍祭嗓音顫抖地跟著他叫。那道強光中短暫出現了一條纖瘦白皙的身影，身上籠罩一襲絲質的光澤，還有珠光寶氣的金光。接著強光消退，化爲隱隱鼓動的淡光，什麼都看不清楚，那條纖瘦的身影變成象牙白的殘影。

「葉拉雅！」葛魯加叫道，棕色的五官白如死灰。「爲什麼跟著我們？妳意欲何爲？」

詭異非人的嗓音自窟頂滾落，於洞頂下掀起回音，增強扭曲到難以辨識。

「詛咒不信神者！詛咒凱西亞的虛假子民！否認神的人將面對末日！」

祭司發出恐懼的叫聲。葛魯加看起來像火把光芒下受驚的禿鷹。

「我不懂！」他結結巴巴道。「我們信仰堅貞。妳在神諭間告訴我們——」

「不必理會你們在神諭間聽到的一切！」那個可怕的聲音轟然道，增強到彷彿有無數個嗓音異口同聲提出同樣的警告。「當心虛假先知和假神！惡魔在王宮裡假扮我，示下虛假神諭。現在聽我號令，因爲只有我才是眞正的女神，而我只給你們一次自我拯救的機會！」

「去地窖中取出許久前放置其中的葛瓦勒之牙。阿克明農遭受瀆神者褻瀆，不再是聖地。把葛瓦勒之牙交給斯堤及亞人蘇美克里，拿去達貢和德凱托的聖堂供奉。唯有如此，才能在暗夜惡魔陰謀下拯救凱山。拿走葛瓦勒之牙；立刻回歸凱西亞；將珠寶交給蘇美克里，擒下外國魔鬼科南，在大廣場上活活剝皮。」

祭司毫不遲疑，奉命行事。他們嚇得發抖，手忙腳亂起身，衝向獸形神像後的洞口。葛魯加帶頭狂奔。他們在洞口堵塞片刻，大吼大叫，瘋狂揮動火把，擊中黝黑的身體；他們闖入洞口，地道中傳來他們驚慌的腳步聲。

科南沒跟進去。他淹沒在想要搞清楚究竟是怎麼回事的慾望中。剛剛說話的眞的是葉拉雅嗎，就像他手背上的冷汗告訴他的那樣？或是那個小蕩婦穆莉拉，終究還是背叛了他？果眞如此——

最後一支火把還沒消失在地道中，他已經帶著復仇之心衝上石階。藍光逐漸消退，但他還能看到動也不動站在長廊上的白影。越接近對方，他的血就越冰冷，但他毫不遲疑。他舉起長劍，綻放死亡氣息，聳立在神祕人影之前。

「葉拉雅！」他吼道。「就跟過去一千年來一樣死透了！哈！」

他身後一條地道口衝出黑影。但突如其來的赤腳踏地聲還是傳入辛梅利亞人耳中。他像貓一樣迅速轉身，避開對方致命一擊。黑手上的明晃利刃掠過，他以受驚蟒蛇般的怒意狠狠反擊，長劍刺穿攻擊他的人，從他雙肩之間破出一呎半。

「原來！」科南拔出他的劍，對方癱倒在地，喘息嗽血。他抽動片刻，然後肢體僵硬。在垂死的光線下，科南看見黑色皮膚和五官，在藍光下顯得十分醜陋。他殺了葛瓦魯加。

科南目光從屍體轉向女神身上。她膝蓋和胸口用皮帶固定在石柱上，濃密頭髮綑綁柱子，扯直她的頭。光線黯淡，就連位於數碼之外也看不見那些皮帶。

「他肯定在我跑進地道時醒來，」科南自言自語。「他肯定懷疑我在地道裡。於是拔出匕首，」——科南彎腰，從僵硬的手指間取下那把匕首，插回自己的腰帶——「關上密門。然後他帶走葉拉雅，愚弄那群白痴。剛剛說話的是他。在迴聲窟頂下難以分辨他的嗓音。而那道刺眼的藍焰——我就覺得看起來眼熟。那是斯堤及亞祭司的把戲。一定是蘇美克里交給葛瓦魯加的。」

那傢伙可以輕易趕在其他人之前抵達這座洞窟。他顯然透過傳言或祭司傳承下來的地圖得知地道的地形，於是跟進來找他們，帶著女神，繞過地道和石室，趁葛魯加和其他侍祭進行無止無盡的儀式時藏身在壁架上。

藍光徹底消失，但如今科南察覺另外一道光源，來自岩架上的一個洞口。那條地道中有磷光，因爲他認得那種穩定的微光。地道通往祭司剛剛走的方向，他決定走這條地道，不要回到下方漆黑的洞窟中。那條地道肯定通往另外一座石窟，很可能就是祭司的目的地。他快步沿著地道而行，磷光愈來愈強，直到他能看見地道的地面和牆壁。前方低矮處再度傳來祭司祈禱的聲音。

突然間左側一道門廊亮起了磷光，他耳中聽見歇斯底里的啜泣。他轉身，看入那道門內。他再度看到一間實心岩石開鑿出的石室，跟其他天然洞窟不同。磷光照亮石室的圓頂，牆壁幾乎布滿金箔花紋。

對面牆壁前有張花崗岩王座，其上坐著佩提爾的黃銅像，佩里許的神，永遠凝視著拱門，某些身體器官十分誇張，反映出其低俗的信仰。他的大腿上躺著一條白皙的身軀。

「好啊，眞想不到！」科南喃喃說道。他神色懷疑地打量石室，沒看見其他入口或有人居住的跡象，然後無聲無息地步入門內，低頭看著神色淒涼、啜泣發抖、臉埋在手臂中的女孩。神像手臂上的粗金環有條細金鎖鏈連在她手腕上的小金環上。他伸手搭上她裸露的肩膀，她嚇了一跳，尖叫一聲，淚流滿面抬頭看他。

「科南！」她作勢要擁抱他，但被鎖鏈卡住。他從接近手腕的部分砍斷那條鎖鏈，嘟噥道：「妳得先戴著手環，等我找到鑿子或銼刀再說。放開我，可惡！你們這些女演員都太天殺地情緒化。妳到底遇上什麼事了？」

「跑回神諭間時，」她啜泣道，「我看到女神躺在台座上，就跟之前第一次看到她時一樣。我大聲叫你，然後開始往門口跑——接著有東西從後面抓我。他捂住我的嘴巴，帶我穿越牆壁上的暗板，走下台階，然後路過一條漆黑走道。我一直沒看到抓我的是什麼東西，直到我們走過一扇金屬門，來到一條頂端跟這個房間一樣會發光的地道。」

「喔，我看到時差點昏倒了！他們不是人！他們是長毛的灰魔鬼，像人一樣走路，說沒人聽得懂的語言。他們站在那裡，似乎在等什麼，接著我聽到有人在門外嘗試開門。然後其中一個怪物拉動牆上的金屬桿，門外就有重物落地的聲音。」

「他們繼續扛著我走，穿越蜿蜒走道，爬上石階，來到這個房間，把我鎖在這個可怕神像的膝蓋上，然後就跑掉了。喔，科南，他們是什麼東西？」

「畢亞金的僕人。」他嘟噥道。「我找到一份卷軸，揭露了一些事情，然後又遇上幾幅壁畫，搞清楚了剩下的祕密。畢亞金是佩里許人，在阿克明農遭人遺棄後跟僕人一起闖入這座山谷。他發現了葉拉雅公主的屍體，也知道祭司三不五時會回來祭祀她，因爲他們把她當女神崇拜。」

「他讓她成爲神諭先知，而他自己就是示下神諭之人，躲在象牙台座後方的壁龕中說話。祭司從未懷疑，從未發現他或他的僕人，因爲他們會在祭司入谷時躲起來。畢亞金一直住在這裡，到死都沒有祭司發現他。克羅姆才知道他在這裡住了多久，但肯定有好幾世紀。佩里許的智者知道如何延年益壽數百年。我親眼見過其中幾個。他爲什麼要獨居於此，爲什麼要扮演神諭，正常人絕對猜不到，但我相信充當神諭是爲了防止外人入侵此地，保持神聖，好讓他可以安安穩穩在此隱居。他的食物就是祭司帶來獻祭給葉拉雅的祭品，而他的僕人吃其他東西——我知道龐特高地的人會把屍體丟到湖裡，而那座湖有下水道通往其他地方。水道通過這座王宮。他們用梯子垂在水面上，掛在那邊拉走漂過水面的屍體。畢亞金把一切都記載在卷軸和壁畫裡。」

「但他終究死了，而他僕人根據他死前留下的指示，把他製成乾屍，將他綁在峭壁洞穴裡。剩下的就不難推測。他的僕人，比他更接近永生，繼續住在這裡，但之後大祭司來諮詢神諭時，由於沒有主人約束的關係，他們把大祭司撕成碎片。從那之後就一直沒人敢來諮詢神諭——直到葛魯加。」

「他們顯然有依照從前畢亞金的做法，幫女神換新衣物和首飾。我不懷疑這裡有間密封室專門用來保存絲綢衣物的。查凱巴偷走女神後，他們又幫女神穿好衣服，放回神諭間。然後，喔，對了，他們割下了查凱巴的首級，掛在一棵樹上。」

她發抖，但又鬆了口氣。

「他不會再鞭打我了。」

「在地獄這一側不會。」科南同意。「但來吧，葛瓦魯加用他偷走的女神摧毀了我的機會。我得跟蹤祭司，等他們拿走寶藏後，找機會偷走寶藏。妳待在我身邊。我不能老把時間花在找妳上。」

「但是畢亞金的僕人！」她語氣恐懼。

「我們得冒險，」他嘟噥道。「我不知道他們在打什麼主意，但目前爲止他們還沒露出願意公開露面、正面對決的傾向。來吧。」

他握起她的手腕，帶她離開石室，沿走廊前進。他們行走途中聽見祭司的祈禱聲，還隱約夾雜著湍急流水聲。磷光轉亮，他們來到一座巨大洞窟的迴廊上，俯瞰窟底奇特詭異的場景。

他們頭上是磷光窟頂；洞窟地面位於下方一百呎處。窟底對面有道又深又窄的岩石河道，河水滿溢。這條河從深邃的黑暗中出現，貫穿洞窟，再度消失在黑暗中。看得見的河面反射窟頂的磷光；翻騰的河水閃閃發光，彷彿布滿活生生的珠寶，冰藍、火紅、翠綠、色彩斑斕。

科南及其夥伴站在高聳岩壁類似迴廊的岩架上，而這道岩架連接天然形成的拱橋，橫跨整座洞窟，接到對面岩壁上另一道小岩架，渡過那條河。拱橋下方十呎左右又有另一道較寬的拱橋橫跨洞窟，兩側各有石階連接拱道末端。

科南的目光順著腳下岩架延伸開的拱道觀察，看到一點不是發自洞窟磷光的光源。他們對面的小岩架上有道開口，星星透過洞口閃爍。

但他目光都讓下方景象所吸引。祭司已經抵達他們目的地。洞窟岩壁前有座石聖壇，但其上沒有神像。聖壇後有沒有，科南無法肯定，因爲光線或岩壁角度的問題，聖壇後方一片漆黑。

祭司將火把插在地上的洞裡，在聖壇數碼外圍成半個火圈。接著祭司在火圈內圍成半圓，葛魯加舉起雙臂，做祈願貌，弓身到聖壇前，雙掌平貼其上。聖壇翹起，向後傾斜，宛如寶箱的箱蓋，露出底下一座小地窖。

葛魯加伸長手臂，進入地窖，拿出一個小銅箱。他將聖壇放回原位，把箱子放在聖壇上，打開箱蓋。在高廊上旁觀者飢渴的目光下，這個動作彷彿釋放一道活生生的火焰環繞開啓的寶箱。科南心跳加劇，手握劍柄。葛瓦勒之牙終於現身！能讓持有者成爲世界首富的寶藏！他咬緊牙關，呼吸急促。

接著他突然察覺一個全新的要素進入了火把和磷光洞頂的照耀範圍，抵銷兩者的光源。黑暗籠罩在聖壇四周，除了葛瓦勒之牙散發出的邪惡之光，而那道光愈來愈強烈。黑人全都僵成玄武岩石雕般，影子在身後詭異拉長，愈來愈大。

聖壇沐浴在邪光中，葛魯加神情震驚宛如鮮明的浮雕。接著聖堂後方的神祕空間進入逐漸擴張的邪光範圍。在緩慢爬行的光線中，形體開始浮現，彷彿黑夜和死寂滋長而出的生物。一開始他們像是灰色的石雕，不會動的物體，有毛，外形像人，不過相貌醜陋；但他們目光炯炯，綻放灰色冰焰寒光。當詭異的邪光照亮他們野獸般的五官，葛魯加放聲尖叫，向後傾倒，雙手做出極端恐懼的姿勢。

但一條更長的手臂伸過聖壇，畸形手掌扣住他的咽喉。大祭司一邊尖叫一邊掙扎，被人拖過聖壇；錘頭大的拳頭捶下，葛魯加的叫聲戛然而止。他身體軟癱，趴在聖壇上，頭破血流，腦漿飛濺。接著畢亞金僕人宛如地獄湧出的洪水般撲到彷彿驚恐雕像站在原地黑人祭司身上。

瘋狂屠殺，場面駭人。

科南眼看黑人身體在屠殺者非人的手中宛如穀糠般摔來摔去，祭司的匕首和劍在對手恐怖的力量和速度前派不上用場。他看到有人被整個舉起來，腦袋在石壇上撞爛。他看見燃燒的火把，抓在怪物般的手掌中，冷酷無情地插入被手臂壓制徒勞掙扎的祭司咽喉裡。他看到有人被撕成兩半，好像撕雞一樣，血淋淋的屍體拋到洞窟另一端。這場屠殺短暫又殘暴，好比颶風過境。一陣腥風血雨過後，一切就結束了，除了一個可憐的傢伙在尖叫聲中沿著祭司來時的路逃竄，身後跟著一堆滿身鮮血、張牙舞爪的怪物伸出紅手抓向他。逃亡者和追兵消失在漆黑通道中，慘叫聲逐漸遠去，聽不清楚方向。

穆莉拉跪在地上，抱住科南的腳；她的臉埋在他膝蓋間，雙眼緊閉。她在發抖，嚇得嬌軀亂顫。但科南卻異常亢奮。他看了對面透出星光的洞口一眼，又看向血腥聖壇上打開的寶箱，決定要把握機會，不顧一切賭一把。

「我要去拿寶箱！」他輕聲說道。「待在這裡！」

「喔，密特拉呀，不！」她於恐懼之中摔倒在地，抓住他的涼鞋。「不要！不要！別離開我！」

「躺平，閉嘴！」他說著掙脫她猛抓的雙手。

他不走彎彎曲曲的階梯，直接一層岩架一層岩架往下跳。雙腳踏上洞底時，四周沒有怪物的蹤跡。幾支火把還插在地上燃燒，洞頂再度灑落磷光，河水涓涓細語，閃爍著如夢似幻的光芒。伴隨僕人出現時的邪光跟著他們消失。銅箱裡只剩下珠寶的光茫閃爍晃動。

他拿起寶箱，目光貪婪地看了箱中的寶物一眼——外形奇特的寶石綻放超凡脫俗的冰冷火焰。他蓋上箱蓋，把寶箱夾在手中，跑上石階。他一點也不打算對付畢亞金的恐怖僕人。適才的屠殺完美展現了他們的打鬥技巧。他不知道他們爲什麼等這麼久才動手對付入侵者。凡人怎麼可能猜測這些怪物的想法？他們擁有人類同等的手藝和智慧。但洞窟地板又躺滿了他們殘暴獸行的血腥證據。

科林西亞女人依然縮在剛剛被丟下的長廊上。他抓起她的手腕，拉她起身，嘟噥道：「離開的時候到了！」

女人嚇得傻了，難以理解此刻的處境，只能乖乖跟著他穿越令人頭暈目眩的拱橋。她一直到身處激流上方時才低頭往下看，驚叫一聲，要不是科南的粗胳臂摟著肯定會摔下去。他在她耳邊破口大罵，把她夾在另一條手臂下，手忙腳亂地帶著她穿越拱道，來到對面山壁上的洞口。他沒有費心放她下來，而是快步走過洞口後的短地道。片刻後，他們抵達環繞山谷的峭壁外側一道狹窄岩架。叢林在不到一百碼的下方隨著星光搖曳。

科南低頭一看，鬆了一大口氣。他相信即使抱著寶箱和女人，他也有辦法爬下去；不過他懷疑就算沒帶東西也沒辦法從這個地點爬上來。他把寶箱放上岩架，箱上依然染有葛魯加的鮮血和腦漿，正打算解開腰帶，把寶箱綁在背上，身後突然傳來一個聲響，充滿惡意，肯定沒聽錯的聲響。

「待在這裡！」他對困惑的科林西亞女人說。「不要動！」隨即拔出長劍，步入地道，凝望洞窟之中。

上方拱橋中央有個灰色的畸形身影。其中一個畢亞金的僕人盯上他了。那傢伙肯定有看到他們，於是跟蹤而來。科南毫不遲疑。在通道口防禦或許比較輕鬆——但此戰必須速戰速決，以免其他僕人趕回來。

他跑上拱橋，直奔追過來的怪物。對方不是猩猩，但也不是人。他是南方神祕無名叢林中出生的恐怖怪物，那裡缺乏人類統治的腐敗惡臭中誕生了許多奇特生物，鼓聲在人類從未涉足的神廟中響徹雲霄。老佩里許人是怎麼把他們收爲僕役的——然後跑來渺無人煙的地方隱居——科南完全不打算推測，就算他有時間這麼幹也一樣。

人類和怪物，在拱橋最高處交會，下方一百呎外就是黑色的激流。當皮膚宛如痲瘋病患、五官彷彿雕刻而出的非人怪物矗立在科南面前時，他宛如受傷猛虎般出擊，使盡吃奶的力氣。那一劍足以把人劈成兩半；但畢亞金僕役的骨頭硬如鍛鋼。不過就連鍛鋼也不可能在那一擊下毫髮無傷。肋骨和肩骨分離，傷口噴出鮮血。

沒時間再度出擊。在辛梅利亞人舉劍或向後閃開前，一條巨大的手臂把他當成牆上彈開的蒼蠅般撞下拱橋。墜落的同時，激流的聲響在他耳中宛如喪鐘，但他扭動的身體有一半落在下方拱橋上。他戰戰兢兢搖晃片刻，接著手指搆到拱橋對面邊緣，爬回安全的所在，另外一手依然握著劍。

他跳起身來，眼看不斷噴血的怪物衝向拱橋峭壁端，顯然打算走連接兩道拱橋的石階下來，繼續打鬥。怪物在岩架上停止奔跑——科南也看到了——穆莉拉，手裡夾著寶箱，站在通道洞口瞪大眼睛看。

怪物發出勝利的叫聲，一手夾起她，另一手搶過她放開的寶箱，隨即轉身，大步走回拱橋。科南破口大罵，也開始往另一端跑。他懷疑自己能不能及時爬石階到上方拱橋攔截怪物，以免他衝進對面的地道迷宮中。

但怪物越走越慢，彷彿發條鬆了。他胸口可怕的傷口不斷湧血，而他彷彿喝醉酒般東倒西歪。突然他絆了一跤，轉身朝側面翻倒——一頭栽下拱橋，疾墜而下。女孩和寶箱脫離他無力的手掌，穆莉拉的尖叫聲蓋過下方的激流。

科南幾乎就在怪物墜落處的正下方。怪物掠過下方拱橋，筆直下墜，但女孩扭動身軀，撞上拱橋，掛在邊緣，寶箱則落在她附近。他們分別落在科南左右兩側。兩者都不在觸手可及的範圍內；寶箱在拱橋邊緣搖晃片刻，穆莉拉則靠單手支撐，神色絕望地看著科南，眼中充滿死亡恐懼，嘴巴張開，做出想要不顧一切大叫的嘴形。

科南毫不遲疑，看都不看放有當世最大寶藏的寶箱。他以能令飢餓獵豹羞愧的速度疾撲而上，在女人手指滑落光滑岩石前抓住她的手臂，奮力一把將她拉上拱橋。寶箱墜落橋緣，摔入九十呎下的激流，而畢亞金僕役的屍體早已消失在水面下。一陣水花，一道明亮的泡沫標示出葛瓦勒之牙永遠消失於人類視線範圍的位置。

科南也不浪費時間往下看。他衝過拱橋，像貓一樣跑上峭壁石階，彷彿抱嬰兒般抱著軟癱的女人。抵達高拱橋時，一陣可怕的哀鳴聲讓他轉頭看向身後，只見其他僕役擁入下方的洞窟，露出染血的利齒。他們衝上連接層層岩架的蜿蜒石階，發出復仇的怒吼；但他將女人毫不優雅地扛在肩上，衝過走道，像猩猩般爬下懸崖，危險莽撞地在支撐點間墜落跳躍。當洞口岩架上冒出怒氣沖沖的面孔，他們只看到辛梅利亞人和女人消失在圍繞峭壁的森林裡。

「好了，」科南說著在樹枝遮蔽下放下女人，「我們現在可以慢慢來了。我不認為那些怪物會追到山谷外面來。總之，我把馬綁在附近的一個水洞旁，如果牠還沒讓獅子吃掉的話。克羅姆的魔鬼呀！妳這下又哭什麼啦？」

她雙掌捂住染滿淚水的面孔，瘦肩膀隨著啜泣搖晃。

「我弄丟了你的珠寶，」她可憐兮兮地大哭。「是我的錯。如果聽你的話，待在外面，那怪物就不會看到我。你應該去救寶藏，讓我溺死！」

「對，我想我該這麼做，」他同意。「但別管了。不要擔心過去的事。別哭了，好嗎？這樣好多了。來吧。」

「你是說你要留著我？帶我跟你走？」她滿懷希望地問。

「妳以為我會怎麼處置妳？」他神色認同地上下打量她，對著露出誘人曲線雪白肌膚的裙子裂縫微笑。「我有用得上妳這種女演員的地方。我們沒必要回凱西亞。凱山已經沒有我想要的東西。我們去龐特。龐特人崇拜雪白的女神，而且他們用柳條籃從河裡掏金。我會跟他們說凱山受到蘇美克里煽動打算奴役他們——這可是實話——而神派我前去保護他們——代價只要一屋子黃金。如果我能想辦法把妳挾帶到神廟裡去跟他們的雪白女神掉包，我們就能連皮帶骨啃光他們！」

〈葛瓦勒寶藏〉完

黑河彼岸

繼〈黑環巫師會〉之後的第二個科南中篇，分兩期在一九三五年五、六月號的《怪譚》雜誌連載。本質是西部小說，只是把牛仔和印第安人的衝突搬到海伯里亞紀元，變成阿奎洛尼亞拓荒者和皮克特部落的爭戰，撇除超自然元素，讀來甚至有點庫柏《大地英豪》的味道。小說結尾的那段話，替霍華的「野蠻至上論」下了完美註腳：「野蠻是人類的天性，文明只是機緣下的偶然，是違反自然的狀態，而野蠻終將得勝。」〈黑河彼岸〉是公認的經典，讀者和評論家幾乎都把它列為五大科南名作之一，但由於科南在故事中是配角，若非對海伯里亞紀元的背景稍有概念，可能會讀得一頭霧水，故比較不適合作為入門作品。

——編者

01 科南丟了斧頭

森林小徑原始而寂靜，就連軟靴踏出的腳步聲也能掀起騷動。至少在旅人耳中聽來如此，儘管他是以任何渡過雷霆河的人都得抱持的謹愼態度走在這條小道上。他是中等身材的年輕人，表情冷酷，亂髮蓬鬆，沒戴帽子或頭盔。他的穿著打扮是那個國家的正常服飾——粗布短衫、腰間束帶、短皮褲、及膝鹿皮靴。靴緣突出一把匕首刀柄。寬皮帶上掛著沉重的短劍和鹿皮袋。他瞪大眼睛掃視小徑兩旁的綠牆，眼中沒有一點不安。儘管不算高，但他體格壯碩，寬袖短衫露出的胳臂很粗，肌肉也很結實。

他神態自若地前進，即使最後一間拓荒者小屋位於身後數里外，每一步都帶他更接近如揮之不去的黑影般籠罩著古老森林的陰森危機。

他發出的聲音沒有自己想像中那麼響亮，不過他很清楚靴子踏地的聲響對危險的綠色堡壘內的潛伏者來說宛如警鐘。他那漫不經心的態度是裝出來的；他的眼睛、耳朵都提高了警覺，尤其是耳朵，因爲目光不論朝哪個方向都無法穿透這片茂林數呎之遙。

但眞正令他突然警覺並手握劍柄的不是外在感官，而是內在本能。他動也不動地站在小徑中央，下意識地屏息以待，思索剛剛聽見的聲響，懷疑自己是否眞的有聽見。四周似乎徹底死寂。沒有松鼠在叫，也沒有鳥在歌唱。接著他將目光集中在前方路旁的矮樹叢。當時沒有風，但他看到有樹枝抖動。頭皮上的短毛傳來刺痛感，他一瞬間拿不定主意，深信不管朝哪個方向動作都可能引來樹叢中的殺機。

樹葉後傳來劈砍聲響。矮樹叢劇烈搖晃，隨著聲響而來的是枝抖動的羽箭，消失在道旁的樹林中。旅人一邊留意羽箭的路徑，一邊衝向附近的掩體。

他蹲伏在粗樹幹後，劍在指間抖動，看見矮樹叢分開，一道高大的身影漫不經心地踏上小徑。旅人驚訝地打量他，對方跟自己一樣穿著靴子和馬褲，不過他的褲子是絲質的，並非皮褲。他上身穿著無袖的黑色網狀鎖甲，黑髮上戴了一頂引人注目的頭盔，其上沒有羽飾，卻以兩根短牛角裝飾。那頭盔肯定不是出於文明人之手。頭盔下的面孔肯定也不屬於文明人：黝黑、遍布傷疤、隱隱發光的藍眼，那張面孔和背景的原始森林同樣充滿野性。他右手提著一把劍刃被染紅的闊劍。

「出來吧，」他以一種旅人不熟悉的腔調喊道。「現在都安全了。只有一條狗。出來吧。」

旅人面帶懷疑地走了出去，凝視著陌生人。看著森林人的身材比例，旅人頓時感到渺小無助——鐵甲保護的寬厚胸膛，握著血劍的手臂被曬黑且肌肉清晰可見。他的一舉一動都散發出獵豹般的危險氣息；他動作輕快靈活到絕不可能是文明的產物，就連外圍邊疆的邊陲文明都談不上。

他轉身走回矮樹叢，拉開枝葉。東方來的旅人仍不確定剛剛發生什麼事，於是上前查看矮樹叢。裡面躺了一個膚色深、肌肉發達的矮小男子，全身只穿纏腰布，戴著人牙項鍊和銅臂環。纏腰布的腰帶上插了把短劍，手中還抓著一把沉重黑弓。旅人只能看出此人長髮漆黑這個頭部特徵，因爲對方臉上染滿鮮血和腦漿，頭顱也被劈開，裂到牙齒。

「皮克特人，諸神呀！」旅人大聲道。

熾熱的藍眼轉向他。

「你很驚訝？」

「這個，維里翠姆的人跟我提過，沿路遇上的拓荒者也說這些魔鬼有時會溜過邊界，但我沒想到會在這麼深入內陸的地方遇上他們。」

「此地距離黑河不過四哩。」陌生人告訴他。「曾有人在維里翠姆方圓一哩內射殺他們。雷霆河與突塞蘭堡之間的拓荒者都不算眞的安全。我今早在堡壘南方三哩外發現這隻狗的足跡，之後就一直在追蹤他。我追上他時，剛好趕上他瞄準你拉弓。要再遲片刻，地獄裡就多了個陌生人。但我打偏了他的箭。」

旅人瞪大眼睛看著壯漢，難以置信這個男人居然追蹤森林魔鬼的足跡，還在對方毫無所覺下幹掉他。這表示他擁有就算在康納喬哈拉都難以想像的狩獵技巧。

「你是堡壘駐軍？」他問。

「我不是軍人。我收取前線軍官的薪資和口糧，但我是在森林裡辦事的。瓦拉努斯知道我在河道之間閒逛的用處遠比待在堡壘裡大。」

對方漫不經心地用腳將屍體推進灌木叢深處，以樹叢覆蓋好後，轉身沿著小徑走開。旅人跟了上去。

「我叫巴爾塞斯，」他說。「我昨晚待在維里翠姆。還沒決定要圈地拓荒，或是加入堡壘駐軍。」

「雷霆河附近最肥沃的土地都被搶光了。」對方嘟噥道。「頭皮溪跟堡壘之間還有很多好土地——就是你幾哩前渡過的那條溪——但那裡已經離河太近，皮克特人會溜到那裡殺人放火——就像剛剛那傢伙一樣。他們不是每次都獨自前來。有朝一日，他們會嘗試趕走所有康納喬哈拉的拓荒者。而他們有機會成功——很有可能。無論如何，殖民此地根本是瘋狂的行爲。波松尼亞邊境以東有很多好土地。只要阿奎洛尼亞人願意把他們貴族大領地分一點出來，在如今只有獵鹿用的地方種植小麥，他們就根本沒必要穿越邊境，搶奪皮克特人的土地。」

「幫康納喬哈拉統治者做事的人講這種話可不太對。」巴爾塞斯抗議。

「我不在乎，」對方反駁。「我是傭兵。誰出的錢多，我就幫誰做事。我沒種過小麥，只要我的劍還能有所收成，以後也不會。但你們海伯里亞人已經擴張到極限。你們穿過邊境，燒燬村落，滅絕部落，把邊界推回黑河；但我懷疑你們能否保住征服的土地，而且你們也不可能繼續西進。你們的白痴國王根本不了解此地的形勢。他不會派出足夠的援軍，而這裡的拓荒者也不可能抵擋對岸的協同作戰。」

「但皮克特人分裂成眾多小部落，」巴爾塞斯堅持。「他們不會統一。我們可以打敗任何小部落。」

「三到四個部落聯手都不會是你們對手。」對方承認。「但總有一天會有人起身統一三十或四十個部落，就和多年前剛德人試圖北進時的辛梅利亞一樣。剛德人企圖殖民辛梅利亞南境：摧毀幾個小部落，建立了一座堡壘城鎮凡納利姆——你聽過那個故事。」

「我確實聽過，」巴爾塞斯皺眉回答。那場血腥災難乃是這個高傲好戰民族的歷史污點。「辛梅利亞人翻過城牆時，我舅舅就在凡納利姆。他是少數逃出生天的人之一。我聽他說起當時的情況很多次。野蠻人像群惡虎般衝出丘陵，毫無預警、來勢洶洶攻打凡納利姆，根本沒人能阻擋他們。男人、女人、小孩盡遭屠殺。凡納利姆化爲焦黑的廢墟，時至今日依然如此。阿奎洛尼亞人被逼回邊境，之後再也沒有嘗試殖民辛梅利亞。但你講起凡納利姆的樣子好像對那裡很熟，或許你當時也在場？」

「在。」對方嘟噥道。「我是破牆屠城的部落蠻族之一。當時我還不滿十五歲，但議會營火旁已經有人反覆提起我的名字。」

巴爾塞斯不由自主地後退。他瞪視著對方，很難相信這個冷靜走在自己身旁的人會是許久以前攻破凡納利姆城牆、殺得血流成河的尖叫嗜血魔鬼之一。

「那你也是野蠻人！」他忍不住大聲道。

對方點頭，絲毫不以爲意。

「我叫科南，是辛梅利亞人。」

「我聽說過你。」巴爾塞斯的目光饒有興味。難怪皮克特人會死在同等殘暴的手法下！辛梅利亞人和皮克特人一樣殘暴野蠻，不過他們聰明多了。科南肯定跟文明人相處許久，但接觸文明顯然並未讓他變軟弱，也沒影響他任何原始本能。眼看辛梅利亞人沿著小徑行走時如貓般的輕盈步伐和輕鬆保持無聲的腳步，巴爾塞斯的疑慮逐漸轉為欽佩。他鎖甲上油的鏈環沒有噹噹作響，巴爾塞斯知道科南能像所有裸體皮克特人一樣安靜穿越最濃密的樹林或交纏的灌木。

「你不是剛德人？」這話與其說是提問，不如說是陳述事實。

巴爾塞斯搖頭。「我來自陶倫。」

「我見過陶倫來的高強獵人。但波松尼亞人幫阿奎洛尼亞人抵擋外敵太多世紀了。你們需要磨練。」

這是實話；波松尼亞邊界有許多工事強化過的村落，住滿堅定果斷的弓箭手，長久以來都幫阿奎洛尼亞擋下偏遠地區的蠻族。如今雷霆河外的拓荒者漸漸能夠憑自己的力量對抗野蠻人，但他們的人數依然過少。大部分邊境居民都像巴爾塞斯——比較類似拓荒者，而非獵人。

太陽尚未下山，但已經隱藏茂密林牆之後，看不見了。影子越拖越長，深入樹林之中，兩人則繼續沿小徑前進。

「我們還沒到堡壘，天就會黑了。」科南隨口說道；然後又說：「聽！」

他突然停步，壓低身形，備妥長劍，轉而變得多疑凶狠，隨時準備撲出去動手。巴爾塞斯也聽見了——一陣狂野的叫聲戛然而止。那是男人極度恐懼或痛楚時的叫聲。

科南立刻展開行動，沿著小徑狂奔，每一步都在拉開他跟同伴間的距離。巴爾塞斯咒罵一聲。在陶倫的聚落裡，他算跑很快了，但科南輕而易舉就甩開了他。然後巴爾塞斯忘了惱怒，因爲他聽見自己這輩子所聽過最恐怖的叫聲。這一次不是人的叫聲；那是一陣魔鬼般的勝利呼嚎，彷彿正爲擊倒人類而欣喜若狂，並從超出人類理解範圍的漆黑深淵中迴蕩而來。

巴爾塞斯冷汗直流，差點絆了一跤。科南卻毫不遲疑，他繞過小徑轉角，消失其後，巴爾塞斯發現自己落單，而剛剛那個恐怖慘叫聲還在樹林間迴蕩，嚇得他驚慌失措地加快速度，緊追而去。

阿奎洛尼亞人緊急停步，差點撞上站在癱倒在地的屍體前的辛梅利亞人。但科南沒有在看鮮血淋漓的屍體，而是凝視著小徑兩側深邃的樹林。

巴爾塞斯驚恐地低聲咒罵。小徑上躺的是一具男屍，身材矮胖，穿著鍍金鞋和富商會穿的貂皮上衣（儘管天氣炎熱）。他肥胖慘白的面孔凝結成驚恐的表情；粗前頸被利刃從左耳劃開到右耳。從他的短劍未曾出鞘來看，他似乎連抵抗的機會都沒有就死了。

「皮克特人？」巴爾塞斯低聲問，轉身凝視樹林愈漸深邃的黑影。

科南搖頭，站直身子皺眉看向死人。

「森林魔鬼。這已經是第五個了，看在克羅姆的份上。」

「什麼意思？」

「你有聽過一個叫作索加・沙格的皮克特巫師嗎？」

巴爾塞斯不安地搖頭。

「他住在葛瓦威拉，對岸最近的村落。三個月前，他躲在這條路旁，從趕往堡壘的車隊偷走一群運貨的騾子——不知透過什麼手法下藥迷昏了騾夫。騾子都是這傢伙的」——科南隨手指向腳邊的屍體——「提伯利亞斯，維里翠姆的商人。騾子運的是麥酒，老索加還沒過河就停下來喝酒。有個叫索拉特斯的獵人跟蹤他，領著瓦拉努斯和三名士兵前往他醉倒樹林裡的地點。在提伯利亞斯要求下，瓦拉努斯把索加·沙格關入牢房，而那對皮克特人而言是最大的羞辱。他殺了守衛逃跑，散布消息說要用能震驚阿奎洛尼亞人數百年的殘暴手段殺了提伯利亞斯和擒獲他的五個人。」

「好了，索拉特斯和那些士兵死了。索拉特斯死在河上，士兵死在堡壘的陰影中。如今提伯利亞斯也死了。他們都不是皮克特人殺的。所有死者——除了你面前的提伯利亞斯——都缺了頭——而那些斷頭毫無疑問此刻都在裝飾索加·沙格崇拜之神的祭壇上。」

「你怎麼知道不是皮克特人殺的？」巴爾塞斯問。

科南指向商人的屍體。

「你認為那是匕首或劍砍的嗎？仔細看，你會發現只有禽爪能造成那種傷口。皮膚是撕爛的，不是割開的。」

「或許是獵豹——」巴爾塞斯開口，語氣不太肯定。

科南不耐煩地搖頭。

「陶倫來的人不可能分不清楚獵豹的爪痕。不。是索加・沙格召喚森林魔鬼展開報復。提伯利亞斯是笨蛋才會獨自趕往維里翠姆，還選在如此接近黃昏的時刻。但每個死者似乎都在死前遭受瘋狂攻擊。看這裡；跡象都很明顯。提伯利亞斯騎騾走小徑過來，或許鞍具後綁了一捆水獺皮要去維里翠姆賣，怪物從後方自那堆樹叢跳出來攻擊他。看到樹枝壓彎的地方嗎？」

「提伯利亞斯叫了一聲，然後喉嚨就被劃破，下地獄去賣水獺皮了。騾子逃入樹林中。聽！現在還能聽見騾子在樹下奔走的聲音。惡魔沒時間帶走提伯利亞斯的頭；我們趕來，它就跑了。」

「是你趕來，」巴爾塞斯更正道。「如果看到一個武裝人員出現就逃走了，那肯定不是非常可怕的怪物。但你怎麼知道不是皮克特人使用鉤爪之類的武器？你有看到它嗎？」

「提伯利亞斯有帶武器。」科南嘟噥道。「如果索加・沙格可以帶惡魔協助他，他就可以吩咐它們要殺哪些人，別碰哪些人。不，我沒看到對方。我只看到它離開小徑時樹叢搖晃。但如果你需要更多證據，看這裡！」

科南踏入死人身旁的血泊裡。道旁的矮樹叢下有個腳印，在硬土上留下的血腳印。

「那是人的腳印嗎？」科南問。

巴爾塞斯頭皮發麻。不管是人還是任何他曾見過的動物都不會留下那個奇怪、可怕的三指腳印，融合鳥和爬蟲的特徵，但又不是鳥或爬蟲。他撐開手指在腳印前比，小心沒有碰到，然後嘟噥一大聲。腳印比他手掌還大。

「什麼玩意兒？」他低聲道。「我從未見過能留下這種腳印的野獸。」

「任何有理性的人都沒有。」科南冷冷說道。「那是頭沼澤惡魔——它們在黑河對岸的沼澤裡多得跟蝙蝠一樣。炎熱夜晚吹起南風時，你可以聽見它們宛如苦難靈魂般的嚎叫。」

「我們該怎麼辦？」阿奎洛尼亞人問，神色不安地看向深藍陰影。死人臉上的恐懼神情令他發毛。他不知道樹叢中撲出如何恐怖的怪物能讓這傢伙嚇得血液凝結。

「跟蹤惡魔不會有結果的。」科南嘟噥道，從腰帶拿出一把短斧。「它殺了索拉特斯後，我曾試圖追蹤它。才追了十幾步就失去蹤跡。它很可能長出翅膀飛走了，或沉入地底，回歸地獄。我不知道。我也不會去追騾子。它要嘛就是自己晃回堡壘，不然就會去某個拓荒者的小屋。」

科南一邊說話，一邊拿斧頭砍小徑路旁的植物。砍了幾下，砍斷兩棵九、十呎長的小樹，削掉它們的樹枝。然後他在附近的樹叢中砍下像蛇一樣的藤蔓，一邊綁在一根棍子上，距離末端兩呎的位置，將藤蔓甩上另一根樹幹，反覆纏繞。沒多久他就弄出了個堅固的簡易擔架。

「只要有我在，惡魔就拿不走提伯利亞斯的頭。」他吼道。「我們把屍體帶回堡壘。不到三里的路程。我不喜歡那個蠢胖子，但我們不能讓皮克特人拿白人的腦袋隨意施展詛咒。」

皮克特人也是白人種族，儘管膚色稍黑，但邊界居民從不把他們視爲白人。

巴爾瑟斯抬起擔架末端，科南粗暴地將不幸商人丟到擔架上，然後他們就以最快的速度沿小徑前進。科南扛重物行走不比空手大聲。他用商人的腰帶在擔架杆子上套圈，單手抬擔架，另一手則握著他的闊劍，目光始終在周遭陰森的樹牆間游移。樹影愈來愈黑。黯淡的藍霧遮蔽樹木輪廓。森林在傍晚微光中逐漸昏暗，變成神祕的藍色領域，潛伏難以想像的危機。

走出一里外，巴爾瑟斯結實的手臂肌肉開始痠痛，而逐漸由藍變紫的樹林中傳出令人不寒而慄的叫聲。

科南驚訝地震了一震，巴爾瑟斯差點放開擔架杆。

「女人！」年輕人叫道。「偉大的密特拉呀，是女人在叫！」

「拓荒者的妻子迷失在樹林裡。」科南低吼，放下擔架。「或許是為了找牛，然後——待在這裡！」

他如同獵食的狼般衝入枝葉茂密的樹牆。巴爾瑟斯毛骨悚然。

「獨自待在這裡伴屍，還有個惡魔躲在樹林裡？」他叫道。「我跟你去！」

他說走就走，隨辛梅利亞人衝進樹林。科南回頭看他一眼，但沒說什麼，不過也沒調整步伐等待跑得慢的夥伴。巴爾瑟斯浪費力氣罵髒話，看著辛梅利亞人再度遠離他，宛如樹林中的幽靈，接著科南闖入一片昏暗空地，伏低止步，齜牙咧嘴，高舉闊劍。

「停下來幹嘛？」巴爾塞斯邊喘邊問，擠出眼中的汗水，抓起他的短劍。

「叫聲發自這片空地，或附近，」科南回答。「我不會聽錯聲音的出處，即使在樹林裡。但到底——」

他們突然又聽見叫聲——發自身後；他們剛剛離開的小徑方向。叫聲刺耳，語調淒涼，女人陷入極度恐慌下的叫聲——接著，突然之間，叫聲轉為嘲諷似地大笑，彷彿出自地獄來的惡魔之口。

「看在密特拉的份上——」巴爾塞斯的臉在黑暗中發白。

科南大聲咒罵，轉身衝往來時的方向，阿奎洛尼亞人困惑地跌跌撞撞跟過去。他在科南突然停步時撞上他，被他宛如鐵像的結實肩膀彈回來。他驚呼一聲，聽見科南透過牙齒大吸一口氣。辛梅利亞人似乎僵住了。

透過對方肩膀，巴爾塞斯寒毛根根豎起。有東西在小徑邊的樹叢後移動——不是用走的，也不是用飛的，而像是蛇一樣滑行。但那東西不是蛇。它的輪廓並不清晰，不過比人類高，體型不算壯碩。它散發一股奇特的光芒，宛如黯淡的藍焰。事實上，那道詭異的火焰感覺是它唯一實質存在的東西。它就像是火焰的化身，具有理性和意圖，行走在漆黑樹林間。

科南凶猛咒罵，狠狠拋出他的斧頭。但怪物繼續滑行，毫不改變方向。他們只有匆匆瞥見它一瞬間——模糊不清的高大怪物，宛如迷霧火焰般穿越樹叢。接著它消失了，森林陷入一片死寂。

科南大吼一聲，衝過擋路的樹木，回到小徑上。巴爾塞斯手忙腳亂地跟在後面，聽他破口大罵，滿嘴髒話。辛梅利亞人站在放置提伯利亞斯的擔架前。屍體如今少了腦袋。

「利用可惡的尖叫愚弄我們！」科南罵道，氣得舉起闊劍在頭上亂揮。「我早該料到！我該猜出是陷阱！這下有五顆腦袋裝飾索加的祭壇了。」

「但是什麼怪物可以發出女人的尖叫、惡魔的笑聲，還在滑越樹林時綻放巫火？」巴爾塞斯邊喘邊擦白臉上的汗水。

「沼澤惡魔，」科南神色陰鬱。「抬起擔架杆，我們還是把屍體抬回去。至少重量變輕了。」

他在此冷酷的哲學理念下抓起皮帶，沿小徑前進。

02 葛瓦威的巫師

突塞蘭堡位於黑河東岸，河浪打在防禦樁牆上。樁牆是用木樁架設的，其中所有建築都一樣，包括城堡主樓（這麼叫它是好聽），城主就住在裡面，俯瞰防禦樁牆和滯流河道。河對岸是座遼闊森林，潮濕河岸林木茂密到堪稱叢林。士兵日以繼夜在樁牆的胸牆後巡邏，監視那片茂密的綠牆。哨兵鮮少發現人蹤，但他們知道也有人在監視他們，目光凶狠，神情飢渴，懷抱遠古仇恨特有的冷酷無情。河對岸的森林在普通人眼中或許荒涼孤寂，了無生機，但那裡有很多生物，不光是飛禽走獸和爬蟲，還有人類，所有狩獵猛獸中最凶狠的一群。

這座堡壘就是文明的盡頭。突塞蘭堡乃是文明世界最後一個前哨站；它代表了主宰文明的海伯里亞人最西邊的疆域。過河之後，黑暗森林裡依然是原始未開發的環境，茅草屋前掛著駭人的頭顱，泥牆圍繞聚落，火光搖曳，鼓聲隆隆，皮膚黝黑，一聲不吭的男人打磨手中的長矛，黑髮凌亂，眼如毒蛇。那些眼睛經常會透過堡壘對面的樹叢偷看。從前膚色黝黑的人曾在堡壘所在處建造茅屋，還有如今由金髮拓荒者開墾的田地和木造房屋的地區，從位於雷霆河畔、粗野動盪的邊境城鎮維里翠姆一直到波松尼亞邊境另外那條河之間。商人來了，還有赤腳徒手步行而來的密特拉祭司，大部分都慘死於此；不過接著部隊來了，手持斧頭的男人攜家帶眷趕牛車前來。抵達雷霆河，然後繼續前進，越過黑河，透過血腥屠殺的方式趕走原住民。但膚色黝黑的原住民並沒有忘記康納喬哈拉從前歸他們所有。

東門後的守衛放聲喝問。有欄杆的洞中透出搖曳火光，照亮鋼盔和其下目光疑慮的雙眼。

「開門。」科南語氣輕蔑。「你看到是我了，不是嗎？」

他非常受不了軍紀這種東西。

堡壘門向後開啓，科南和他的夥伴進門。巴爾塞斯注意到堡壘大門兩側都有塔樓，塔頂比防禦樁牆還高。他看見箭孔。

守衛看到他們抬的擔架，嘴裡唸唸有詞。他們關門時矛頭撞在一起，下巴頂著肩膀，科南語氣不善地問：「你們沒見過無頭屍嗎？」

火光下的士兵臉色發白。

「是提伯利亞斯，」一名士兵脫口道。「我認得那件毛皮上衣。瓦勒利斯欠我五枚月幣。我跟他說提伯利亞斯目光呆滯，騎騾出門時有聽到潛鳥叫。我就賭他回來時會少了頭。」

科南不予置評，指示巴爾塞斯放下擔架，然後走向城主房間，阿奎洛尼亞人緊跟在後。一頭亂髮的年輕人目光熱切又好奇地到處亂看，注意到外牆邊那一整排軍營、馬廄、小商人攤、高聳堡壘，還有其他建築，中央是座供士兵操練、如今生了火堆，供人休息的廣場。那些人此刻都快步跑去聚集在門口的擔架旁。高瘦的阿奎洛尼亞矛兵和樹林信差，加上矮壯的波松尼亞弓箭手。

他並不特別驚訝城主會親自出來接見他們。專制社會和嚴格的階級法令都是邊界以東的產物。瓦拉努斯還很年輕，身強體壯，英俊挺拔，已經在工作和職責歷練下顯得嚴肅滄桑。

「我聽說你天沒亮就出堡。」他對科南說。「我已經開始擔心皮克特人終於抓到你了。」

「要是他們砍下我的腦袋，整條河都會知道。」科南嘟噥道。「遠在維里翠姆都能聽見皮克特女人為她們的死者痛哭——我睡不著，一直聽到河岸對面傳來鼓聲交談，所以獨自出門巡邏。」

「他們每晚都會打鼓交談，」城主提醒他，他精明的雙眼蒙上陰影，仔細打量科南。他早已學會忽略野人的本能並非明智之舉。

「昨晚鼓聲不同，」科南大聲道。「索加・沙格回到對岸後鼓聲就變了。」

「我們要嘛就該送他禮物，讓他回家，不然就吊死他，」城主嘆氣。「你建議過，但——」

「但海伯里亞人很難習慣外地的生存之道。」科南說。「好了，如今覆水難收，只要索加活著，不肯忘懷遭囚之恨，邊界就永無寧日。我今天跟蹤一個溜過邊界、想在弓上加刻幾道獵殺刻痕的戰士。打爛他腦袋後，我遇上這位來自陶倫，叫巴爾塞斯的小夥子，他想幫忙協防邊疆。」

瓦拉努斯神色認可地打量年輕人誠懇的表情和強健的體魄。

「歡迎，年輕的閣下。眞希望有更多像你這樣的人。我們需要習慣森林生活的人。很多士兵和拓荒者都是來自東方省分，完全不懂山野打獵，甚至連務農都不太熟。」

「維里翠姆這一邊的農夫不多，」科南嘟噥道。「不過那座城裡倒擠滿了農夫。聽著，瓦拉努斯，我們發現提伯利亞斯死在道上。」他簡短說明事情始末。

瓦拉努斯臉色發白。「我不知道他離開堡壘了。他肯定是瘋了！」

「沒錯。」科南回道。「就跟其他四個人一樣；每一個在輪到他的時候，都闖入樹林中送死，就像自己跳進蟒蛇嘴裡的野兔。森林深處有東西在呼喚他們，人類稱之爲潛鳥的東西，因爲沒有更好的稱呼，但只有將死之人才會聽見。索加・沙格施展了阿奎洛尼亞文明無法克服的魔法。」

瓦拉努斯沒有回應這話；他手掌發抖，擦拭額頭上的汗水。

「士兵知道此事嗎？」

「屍體留在東門。」

「你應該掩飾事實，把屍體藏在樹林裡。士兵已經夠緊張了。」

「他們會有辦法發現的。如果我藏匿屍體，屍體就會跟索拉特斯一樣──綁在城門外，天亮後給人發現。」

瓦拉努斯發抖。他轉身走到窗口，默默凝視河面，在星光下顯得漆黑又明亮。對岸的叢林宛如高聳的黑牆。遠方有獵豹的吼叫聲打破寂靜。黑夜降臨，主堡外士兵的聲音含糊不清，火光也顯得黯淡。一陣風吹過漆黑的樹枝，在水面上掀起漣漪。風之翼帶來有節奏的脈動，宛如豹的肉球般透露惡意。

「說到底，」瓦拉努斯說，彷彿大聲說出心裡的想法，「我們──所有人──對於叢林裡的情況了解多少？謠傳有大片沼澤與河流，一望無際的森林，越過無盡的平原和丘陵，一路延伸到西方海洋的海岸。但這條河與那面海之間有些什麼，我們完全無從猜測。從來沒有任何白人深入那片森林，然後活著回來報告細節。我們在文明的知識範圍內十分睿智，但知識有其極限——最遠只到那條古河的西岸！誰知道我們的知識投射出的光環之外潛伏了什麼自然或超自然的生物？」

「誰知道那片異教森林的陰影中崇拜著什麼神祇，沼澤的黑水中又會爬出什麼惡魔？誰能肯定那片黑色國度中的居民都是自然產物？索加・沙格——東方城市的巫師會對他的原始魔法不屑一顧；但他還是透過難以解釋的手法逼瘋並殺害五個人。我懷疑他究竟是不是人？」

「如果我能接近到能投擲斧頭的距離，我就可以解答這個疑問，」科南大聲道，自己拿起城主的酒來倒，還推了一杯給巴爾塞斯，後者遲疑接下，不太確定地看向瓦拉努斯。

城主轉向科南，若有深意地凝視他。

「不相信鬼魂或魔鬼的士兵，」他說，「幾乎都害怕到恐慌邊緣。你，相信鬼魂、食屍鬼、哥布林、各式各樣妖魔鬼怪，似乎不怕任何你相信的東西。」

「這個世界上沒有冷鋼砍不了的東西，」科南回答。「我對那個惡魔投擲斧頭，它沒有受傷，但有可能是因爲天色昏暗，沒有打中的緣故，也可能是被樹枝打偏了。我不會自己主動去找魔鬼；但我也不會讓面前的魔鬼大搖大擺通過。」

瓦拉努斯抬起頭來，直視科南雙眼。

「科南，仰賴你的人比你想像中多。你知道此地的弱點——我們是插入蠻荒野地的細楔頭。你知道邊境以西所有人的性命都仰賴這座堡壘守護。一旦這裡淪陷，血紅的斧頭會在信差越過邊境前砍碎維里翠姆的城門。國王陛下，或陛下的顧問，一直忽略我增派更多兵馬鎮守邊疆的請求。他們根本不知道邊疆的情況，不願意在這裡投入更多錢。邊境的命運取決於此刻鎮守此地的人。」

「你知道大部分征服康納喬哈拉的部隊都已撤退，留守的兵力根本不夠，特別是索加．沙格那個魔鬼在我們水源下毒，一日之內害死四十名士兵後。剩下的人很多都病了，或被蛇咬，被堡壘附近與日俱增的野獸打傷。士兵相信索加宣稱他能召喚森林野獸屠殺他的敵人。」

「我有三百名矛兵，四百名波松尼亞弓箭手，或許五十個像你這樣熟悉林間狩獵的人。他們一人可抵十名士兵，但人數實在過少。老實說，科南，情況愈來愈糟。士兵私下討論逃兵；他們士氣低落，相信索加．沙格派魔鬼來對付我們。他們擔心他說要降下的黑瘟疫——沼澤地恐怖的黑死病。每次看到士兵生病，我就冷汗直流，深怕他會在我眼前變黑、皺縮、死亡。」

「科南，如果瘟疫流行，士兵就會大量逃兵！邊疆會無人守衛，無力阻擋深色皮膚的部族直闖維里翠姆的城門——甚至更遠！如果我們守不住堡壘，他們怎麼可能守住城鎮？」

「科南，索加．沙格非死不可，如果想要守住康納喬哈拉的話。你曾比堡壘中任何人更加深入敵境；你知道葛瓦威拉在哪裡，也知道渡河的方法。你願意今晚率領一隊人馬，嘗試殺了他或虜獲他嗎？喔，我知道這很瘋狂。你們能夠回來的機率不到千分之一。但如果不除掉他，我們全都會死。你想帶多少人都行。」

「十二個人比一軍團的人更適合執行這種任務。」科南回答。「五百個人沒辦法殺入葛瓦威拉然後回來，但十二個人有可能溜進溜出。我去挑人。我不要士兵。」

「帶我去！」巴爾塞斯激動說道。「我一輩子都在陶倫獵鹿。」

「好。瓦拉努斯，我們去森林人聚集的攤位吃飯，我就在那裡挑人。我們一小時內出發，在村落南方乘船下水，通過樹林偷溜進去。如果沒死，我們會在天亮前回來。」

03 黑暗中的潛行者

河道是位於兩座黑樹牆中央的朦朧小徑。推動長船的船槳沿著東岸濃密樹影輕輕沉入水面，發出的聲音不比蒼鷺的鳥鳴響亮。巴爾塞斯前方的男人肩膀在黑暗中呈現一片深藍。他知道蹲在船頭的人不管目光有多銳利都看不出前方數呎外的景象。科南透過直覺及對河道的熟悉程度指路。

沒人說話。巴爾塞斯在堡壘中仔細觀察過同行之人，然後才離開主堡，抵達河岸，爬上等在岸邊的獨木舟。他們是在原始邊境成長的新生代——在艱困的環境中學習林間狩獵的人。從西方行省的阿奎洛尼亞人到眞正的男人，他們彼此間有許多共通點。他們穿著打扮都很類似——鹿皮靴、皮褲、鹿皮短衫、寬皮帶上掛著斧頭和短劍；而且他們全都身材精瘦、渾身傷疤、目光堅定；肌肉結實，沉默寡言。

就某方面而言，他們是野人，不過跟辛梅利亞人還是差異甚大。他們是文明之子，退化成半個野蠻人。他是上千世代野蠻人血緣下的野蠻人。他們學會了潛行和狩獵的技巧，他則是生下來就開始幹那些事。他就連在輕手輕腳方面都勝過他們。他們是狼，但他是虎。

巴爾塞斯欽佩他們和他們的領袖，有點驕傲能夠成爲他們的一員。他很驕傲自己的船槳聲跟其他人一樣輕。就這點來講，至少他跟他們平起平坐，儘管在陶倫學的打獵技巧絕不可能跟蠻荒邊境的獵人相提並論。

河道在堡壘下游處繞個大彎。前哨站的燈火迅速消失，但獨木舟繼續原先的航道前進約莫一里，以神奇精準的技巧避開斷枝和浮木。

接著領袖嘟噥一聲，他們調轉船頭，滑向對岸。從河岸樹叢黑影進入空蕩蕩的河道中央給人強烈暴露行蹤的感覺。但當時星光黯淡，巴爾塞斯知道除非有人刻意尋找，不然就算眼力最好的人也不可能發現獨木舟渡河的蹤跡。

他們進入西岸樹叢底下，巴爾塞斯伸手去抓，抓到一條樹根。沒人開口說話。所有指令都在偵查隊離開堡壘前下達完畢。科南宛如大豹般安靜無聲，輕輕上岸，消失在樹叢間。九個人跟著他走，同樣沒有發出任何聲響。對巴爾塞斯而言，船槳擺在腿上，又伸手抓住樹根，很難想像那十個人怎麼能無聲無息進入濃密樹林。

他默默等待。他沒有跟另一個留在船上等的人交談。

西北方約莫一里外，索加．沙格的村落就藏在茂密的樹林中。巴爾塞斯了解他的命令；他和夥伴要在船上等待掠奪隊。如果黎明前科南和他的人馬沒有回歸，他們就盡快駕船返回堡壘，回報森林再一次為入侵族群敲響喪鐘的消息。寂靜是股壓力。黑林中沒有任何聲響，黑色樹牆後垂落的樹枝都看不見。巴爾塞斯不再聽到鼓聲。鼓聲已經安靜幾個小時。他不斷眨眼，下意識地企圖看穿深邃的黑暗。河面上潮濕的黑夜氣味和陰冷的森林都傳來壓迫感。附近有條大魚翻身，濺起水花。巴爾塞斯以為那條魚跳得太近，撞上獨木舟，因為船體傳來些微震動。

船尾位移，離開岸邊。他身後的男人必定放開了他抓的東西。巴爾塞斯轉頭警告他，只能依稀看見夥伴的輪廓，在黑暗的背景前稍微更黑一點的人影。

對方沒有回應。巴爾塞斯懷疑他睡著了，於是伸手去抓他肩膀。他驚訝地看著對方一碰就倒，癱在獨木舟上。巴爾塞斯半轉身去，暗中摸索，心臟幾乎跳到喉嚨。他的手指摸到對方喉嚨——全靠他咬緊牙關才壓抑放聲吼叫的衝動。他的手指碰到一道在滲血的傷口——他夥伴的喉嚨從左耳到右耳被劃開一條大縫。

在那恐懼和驚慌的瞬間，巴爾塞斯匆忙起身——接著黑暗中一條粗壯手臂扣住他的咽喉，阻止他張口喊叫。獨木舟劇烈震動。巴爾塞斯手握匕首，雖然他不記得從靴子裡拔它出來，瘋狂盲目地揮刀亂刺。他感覺到匕首插入肉體，耳邊響起惡魔般的叫聲，引發恐怖回應的叫聲。四周的黑暗似乎都活了起來。四面八方傳來野獸般叫聲，好幾條手臂抓向他。獨木舟跳上好幾條身影，開始朝側面翻滾，但在巴爾塞斯落水前，有東西擊中他的腦袋，黑夜在那一瞬間彷彿大放光明，跟著陷入就連星光也沒有的漆黑。

04 — 索加·沙格的怪物

逐漸恢復意識時，巴爾塞斯重見刺眼火光。他眨眼，搖頭。火光刺痛他雙眼。四周傳來困惑的噪音，隨著他意識恢復越顯清晰。他抬起頭來，神色愚蠢地左顧右盼。紅色的火舌前勾勒出許多黑影。

記憶迅速回歸，他了解發生什麼事了。他被直立綁在開闊空間的木樁上，一群激動又可怕的人圍成一圈。那一圈人後方有生火，膚色黝黑的裸體女人負責照料。火焰之後，他看見泥巴木條茅草屋。小屋後有面門很大的防禦樁牆。但那一切都是眼睛餘光瞄到的背景，就連髮型奇特的神祕女人也沒吸引他多少目光。他所有注意力都著迷般集中在站在面前瞪視他的男人。

矮個子，肩膀寬大，胸膛厚實，細腰，他們赤身裸體，只穿纏腰布。火光把他們隆起的肌肉映照得宛如浮雕。他們黑臉面無表情，但瞇成縫隙的眼睛反射火焰，綻放宛如猛虎般的目光。雜亂的頭髮用銅環束起。他們手中握著劍和斧頭。有些人身上包著簡陋繃帶，黝黑皮膚上染有血塊。他們不久前經歷過一場激烈的死鬥。

他眼睛自俘虜他的人目光前偏開，努力阻止自己在恐懼中大叫。幾呎外有座駭人的三角塔；用血肉模糊的人頭堆成。死人眼茫然凝望漆黑的夜空。他神情麻木地認出面對他的幾顆頭。他們都是跟著科南進入森林的人。他看不出辛梅利亞人的頭有沒有在裡面。他只看得到幾張臉。起碼有十到十一顆頭顱。他突然感到無比噁心。他壓抑嘔吐的衝動。頭顱後方躺著六具皮克特人的屍體，在他心裡掀起一股欣喜若狂的感覺。至少森林人有幹掉幾個敵人。

他將目光自可怕的景象前偏開，這才發現附近還有另外一根木樁——漆成黑色的木樁，跟綁他的這根一樣。有個男人癱垂在木樁上，除了皮褲外什麼都沒穿，巴爾塞斯認出他是科南的獵人之一。他嘴角滴血，身側一道傷口也在滲血。他抬起頭來，舔舔紫青色的嘴唇，含糊說話，努力蓋過皮克特人惡魔般的雜音：「所以你們也被抓了！」

「他們在河畔偷襲，割斷另外那人的喉嚨，」巴爾塞斯嘟噥道。「完全沒聽見他們接近。密特拉呀，他們的動作怎麼可能輕到無聲無息？」

「他們是魔鬼。」邊境人口齒不清。「他們肯定是從河道中央就開始監視我們。我們中了陷阱。箭毫無預警從四面八方射來。我們大部分都在第一輪射擊就倒下了。有三或四個人衝入樹叢，短兵相接。但敵人太多了。科南或許有逃出去。我沒看到他的頭。他們如果直接殺了你和我或許還比較好。我不怪科南。正常情況下，我們應該能不被發現抵達村落。照理說他們不會監視我們登陸的地方。我們肯定遭遇了從南方沿河北上的巡邏隊。他們絕對有陰謀。這裡皮克特人太多了。不光只有葛瓦威拉村的人；西部部落的人也來了，還有上下游的部落。」

巴爾塞斯凝視那些凶神惡煞。他不熟皮克特人的習俗，但也看得出來此地聚集的人遠超出一個村落的人數。附近的小屋根本住不下這麼多人。接著他注意到他們臉上和胸口漆著不同的野蠻部落圖案。

「肯定有陰謀。」森林人喃喃說道。「他們或許是聚集而來見證索加的魔法儀式。他們用我們的屍體施展罕見的魔法。好吧，邊境人不會期待壽終正寢。但我希望我們有跟其他人一起死。」

皮克特人像狼一樣大聲呼嚎，氣氛熱絡，人群中傳來劇烈騷動，巴爾塞斯推測是有重要人物來了。他轉過頭去，看見一棟比其他屋子大的長屋前插了幾根木樁，屋簷下吊著幾顆裝飾用的骷髏頭。有條古怪人影在那棟屋子的門後手舞足蹈。

「索加！」森林人喃喃說道，染血的臉上浮現凶狠的線條，肌肉下意識緊繃。巴爾塞斯看見一條中等身材的身影，幾乎淹沒在皮帶和銅環綑綁的鴕鳥羽飾中。羽毛之間依稀可見一張醜陋邪惡的臉。那些羽毛令巴爾塞斯困惑。他知道鴕鳥生長在南方半個世界以外的地方。羽毛隨著薩滿跳來跳去而邪惡詭異地飄揚甩動。

他盛氣凌人地跳入人群中，來到動彈不得的沉默俘虜面前。如果是其他人，這場面就會顯得荒謬滑稽——愚蠢的野人穿著一堆羽毛毫無意義地亂跳。但那張凶狠面孔在人群之中射出銳利目光讓整個場面陰森詭異。擁有那種長相的人絕對不會荒謬，只能讓人聯想到魔鬼。

突然間他宛如雕像靜止不動；羽毛搖晃一下，隨即垂落。吼叫不休的戰士立刻安靜。索加·沙格僵立原地，看起來似乎比之前高大——身體在脹大。巴爾塞斯心生幻覺，眼看皮克特人佇立在自己面前，神色不屑地低頭看他，儘管清楚薩滿根本沒比自己高。他努力忽略那股幻覺。

薩滿開口說話，喉音嘶啞，如眼鏡蛇般嘶嘶作響。他伸長脖子看向木樁上受傷的男人；他的眼睛在火光前綻放紅光。邊境人張口啐在他臉上。

索加發出惡魔般的吼叫，痙攣般跳了起來，眾戰士的怒吼撼動星空。他們衝向木樁上的男人，但薩滿打退他們。他大聲下令，戰士衝向村門。他們打開村門，轉身跑回圈子。圍圈的人群散開，迅速分站左右。巴爾塞斯看到女人和赤裸的小孩迅速奔向小屋。他們就著門口和窗戶偷看。人群分出一條通往敞開村門的路，村門外矗立著漆黑森林，陰森森地擠在火光範圍外的空地旁。

整座村子陷入死寂，索加．沙格轉向森林，踮起腳尖，發出令黑夜顫抖的詭異叫聲。黑森林深處有個低沉的吼叫聲回應他。巴爾塞斯不寒而慄。那吼叫聽起來絕不可能出自人口。他想起瓦拉努斯的話——索加宣稱他能召喚野獸幫他辦事。森林人的血面具下臉色發青。他不由自主地舔舔嘴唇。

整座村莊屏息以待。索加．沙格宛若雕像，身旁的羽毛微微抖動。突然間，村門不再空蕩。

村民紛紛驚呼，眾人迅速後退，堵入小屋之間。巴爾塞斯感覺頭皮發毛。站在村門口的怪物宛如惡夢傳奇的實體化身。它的膚色帶有一股奇特的慘白光澤，在昏暗的光線下顯得詭異而又不眞實。但那顆低垂凶殘的腦袋一點也不會不眞實，在火光前閃閃發光的大獠牙也一樣。它的肉腳無聲無息，宛如來自過去的鬼魂般逼近。它是古老艱困年代的倖存者，許多遠古傳說中提到過的妖怪——劍齒虎。已經好幾個世紀沒有海伯里亞獵人見過這種原始猛獸了。遠古神話爲這種生物蒙上一層超自然面紗，基於它們鬼魅般的膚色和惡魔般的凶殘天性。

怪物迎向木樁上的男人，體型比普通條紋老虎長，體重更重，幾乎跟熊一樣壯。它的肩膀和前腳寬大，肌肉結實，帶有一股頭重腳輕的奇特外觀，不過它下半身比獅子還要有力。它下頷巨大，頭顱形狀粗野。它的腦容量很小。腦子的空間只足以容納破壞的本能。它是肉食發展下的怪物，嗜血殘暴、恐怖的演化表現在其尖牙和利爪上。

這就是索加・沙格從森林中召喚出來的怪物。巴爾塞斯不再懷疑薩滿眞的能施展魔法。只有黑魔法能夠控制那頭肌肉發達的小腦袋怪物。宛如意識背後的低語聲挑起依稀記得的黑暗及原始恐懼的古神之名，從前人類和野獸都臣服於祂，而其子嗣——人類低聲謠傳——依然潛伏於世界陰暗的角落。他看著索加・沙格的目光中出現全新的恐懼。

怪物走過屍體堆和頭顱堆，彷彿完全沒注意到他們。它並非食腐動物。它只狩獵活物，一輩子致力於屠殺之上。那雙不眨動的大眼中流露出恐怖的飢餓幽光；不只是腹部空虛的飢餓，而是貪圖殺戮的飢餓。它的血盆大口垂著涎水。巫醫向後退開，手掌揮向森林人。

大貓身形伏低，巴爾塞斯呆呆回想起劍齒虎凶猛殘暴的傳說：它會跳到大象身上，劍齒狠狠插入巨獸的頭顱，拔都拔不出來，利爪陷入獵物體內，直到對方餓死爲止。薩滿尖聲大叫，怪物發出震耳欲聾的叫聲，撲上前去。

巴爾塞斯難以想像世間竟有如此猛烈的撲擊，那巨大的身形、結實的肌肉、凶狠的利爪成爲毀滅的實體化身。它狠狠撞上森林人的胸口，木樁碎裂，自底端折斷，在衝擊的力道下摔落地面。接著劍齒虎衝向村門，半拖半扛著血肉模糊、不成人形的紅色屍體。巴爾塞斯渾身麻痺，腦子拒絕接受眼睛看見的畫面。

大怪物一撲之勢不但撞斷木樁，還將受害者的軀體從緊緊綑綁的木樁上扯下。大爪子在那一瞬間把人開膛剖肚，肢解部分屍體，大牙齒咬掉半顆腦袋，就像咬肉一樣輕鬆咬爛頭顱。堅韌的皮帶像紙一樣斷裂；皮帶留在原位，肉和骨卻都不見了。巴爾塞斯突然狂吐。他曾獵殺過熊和豹，但他從未想過活生生的動物可以在轉眼間把人變成血色殘骸。

劍齒虎消失在村門外，片刻過後，森林深處傳來低沉的吼叫，漸行漸遠。但皮克特人依然緊貼小屋，薩滿依然面對村門，宛如在歡迎夜晚進入的黑洞。

巴爾塞斯突然冷汗直流。還有什麼怪物會走進村門，把他的身體變成腐肉？噁心和恐慌來襲，他在皮帶中徒勞掙扎。黑夜自火光外所有黑暗和恐怖的地方逼近。火光本身一片腥紅，宛如地獄之火。他感到皮克特人的目光集中在他身上——數百雙飢餓、殘酷的眼睛反射毫無人性的靈魂貪婪。他們看起來已經不像人；他們是這座黑暗森林中的魔鬼，就跟羽毛惡魔透過黑暗呼喚的生物一樣不是人。

索加再度朝向黑夜發出顫慄的呼喚，跟之前的叫喊截然不同。帶有刺耳的齒擦音——那個聲音令巴爾塞斯如墜冰窖。如果蛇的嘶嘶作響能夠那麼大聲的話，聽起來肯定就是那個樣子。

這一次沒有叫聲回應——只有一陣屏息以待的寂靜，令巴爾塞斯心跳劇烈到幾欲窒息；接著村門外傳來沙沙聲響，窸窸窣窣聽得巴爾塞斯毛骨悚然。再一次，火光照亮的村門出現了一條恐怖的身影。

再一次，巴爾塞斯認出來自遠古傳說中的生物。他一眼就認出那條遠古邪惡的巨蛇，楔形腦袋跟馬頭一樣大，高度也跟人頭差不多，蛇頭後的桶狀身軀散發慘白的光澤。分岔舌信吞吞吐吐，露出獠牙反射火光。

巴爾塞斯動彈不得。恐怖的命運癱瘓了他。那是古人稱之為鬼蛇的爬蟲生物，古時候會趁夜溜入人家，吃光一整家人的白色怪物。他跟蟒蛇一樣會纏死獵物，但跟其他巨莽不同處在於它的牙齒會分泌令人發狂致命的毒素。這種蛇同樣早該絕種。但瓦拉努斯說的不錯。沒有白人知道黑河之外的大森林中住著什麼怪物。

巨蛇無聲前進，在地上游動，恐怖的腦袋維持在同樣的高度，脖子微微後仰，隨時準備攻擊。巴爾塞斯目光呆滯，彷彿催眠般看著即將吞噬自己的可怕食道，除了些微作嘔外，沒有其他情緒。

接著小屋陰影中出現一個反射火光的東西，大爬蟲甩身轉頭，當場開始抽搐。巴爾塞斯彷彿置身夢中，看見一把短矛刺穿粗壯的蛇頭，血盆大口之下；矛柄插在一側，鋼矛頭爆出另一側。

發狂的爬蟲盤繞糾結，滾入紛紛走避的圍觀人圈。那把矛沒有切斷它的脊椎，只有刺穿它的頸部肌肉。它瘋狂甩動的尾巴掃倒十幾個人，它的嘴巴抽搐開闔，在其他人身上灑落宛如液態火焰的灼燒毒液。人們哭號、咒罵、尖叫、發狂，在巨蛇之前四下逃竄，互相撞來撞去，踐踏倒地之人，衝過小屋。巨蛇滾入火堆，撞開火花和燃木，劇痛進一步刺激了它。小屋牆壁被它攻城槌般的尾巴撞塌，裡面的人大叫衝出。

村民踏過火堆，把燃木撞向左右。火舌竄起，隨即退縮。惡夢場景剩下陰暗的紅光照明，巨大爬蟲抽甩滾動，人類則在尖叫聲中瘋狂逃竄。

巴爾塞斯感覺手腕突然一抖，接著，他奇蹟般地身獲自由，強而有力的手掌把他拖到柱後。他茫然之中看見科南，感受森林人扣住自己手腕的手硬如鐵箍。

辛梅利亞人的鎖甲上有血，右手中的劍上也有乾掉的血塊；他高聳地站在陰暗光線下。

「來！趁亂逃跑！」

巴爾塞斯感覺手中多了一把斧頭。索加．沙格不見了。科南拖著巴爾塞斯走，直到年輕人麻痺的腦袋甦醒，雙腳開始自己動。接著科南放開他，跑進掛骷髏頭的建築。巴爾塞斯跟進去。他看見一座陰森的石祭壇，就著門外火光照明；五顆人頭放在祭壇上，其中最新鮮的人頭看起來眼熟得可怕，那是商人提伯利亞斯的頭。祭壇後有座神像，陰暗、模糊、貌似野獸，但依稀擁有人類的輪廓。接著全新的恐懼竄入巴爾塞斯體內，因爲那座神像突然在鎖鏈聲響中起身，在黑暗中高舉畸形的手臂。

科南手起劍落，砍穿血肉和骨頭，接著辛梅利亞人拖著巴爾塞斯繞過祭壇，經過地上一團長毛屍體，來到長屋後方的一扇門前。他們穿門而過，再度回到村落中。但是數碼外就是高聳的椿牆。

祭壇長屋後很黑。驚慌逃竄的皮克特人沒有逃往這個方向。科南停在牆前，抓起巴爾塞斯，舉小孩般把他舉到空中。巴爾塞斯抓住插在乾土上的木樁尖頂，開始往上爬，毫不在乎在過程中弄傷自己。他伸手去拉辛梅利亞人，剛好祭壇長屋轉角跑出一個皮克特人。他立即停步，就著陰暗的火光看著牆上的人。科南奇準無比地拋出斧頭，但戰士已經張口大聲警告，叫聲蓋過喧囂，隨即在他腦袋碎裂時戛然而止。

盲目恐慌並沒有淹沒所有根深蒂固的本能。當那聲警告蓋過喧囂，四下陷入一瞬間的寧靜，接著上百個人大聲回應，戰士迅速趕來應付警告聲警示的威脅。

科南高高躍起，抓住巴爾塞斯接近肩膀的手臂，而不是手掌，然後擺動上牆。巴爾塞斯咬緊牙關，辛梅利亞人來到他身邊，接著兩人一起跳下樁牆另一邊。

05 傑巴爾・沙格的子民

「河在哪個方向？」巴爾塞斯迷路了。「我們現在不能渡河。」科南嘟噥道。「村子跟河之間的樹林裡滿滿都是戰士。來吧！我們走他們絕對不會料到的方向——往西！」

巴爾塞斯在進入樹林前回頭看，發現椿牆上探出許多黑頭，野蠻人在尋找他們。皮克特人神情困惑。他們沒有趕上活口翻牆出去的時間。他們跑到牆邊，打算以人數優勢抵擋攻擊。他們發現戰士的屍體。但卻沒看到敵人。

巴爾塞斯了解他們尚未發現囚犯跑了。從其他聲響聽來，他相信戰士在索加・沙格的號令下放箭擊斃受傷的巨蛇。怪物已經脫離薩滿的掌控。片刻過後，叫聲變了。黑夜中傳來尖聲怒吼。

科南森然大笑。他領著巴爾塞斯沿黑樹枝下的小徑往西走，步伐輕快明確，彷彿走在明亮大街上。巴爾塞斯跌跌撞撞跟著，用雙手感受兩側的密林前進。

「他們要開始獵殺我們了。索加發現你不見了，而他知道我的頭不在祭壇屋前的頭堆裡。那隻狗！如果我有多把短矛，我會先幹掉他再去射蛇。保持在小徑上。他們不可能拿火把追蹤我們，起碼有二十條路通往那座村子。他們會先搜通往河岸的路——沿河岸拉開一里長的警戒線，期待我們嘗試突圍。除非有必要，不然我們不進樹林。我們走這條路可以盡快趕路。現在專心點，用最快的速度前進。」

「他們好快就冷靜下來！」巴爾塞斯喘氣道，聽從命令全力奔跑。

「他們長久以來都不畏懼任何事物。」科南嘟噥道。

接下來一段時間，兩人沒有交談。他們把全副心力放在跟追兵拉開距離上。他們逐漸深入蠻荒，每一步都在遠離文明，但巴爾塞斯並不質疑科南的智慧。片刻過後，辛梅利亞人哼了一聲：「等我們離村落夠遠，我們就繞大圈游回去。葛瓦威拉方圓數里內沒有其他村落。所有皮克特人都聚集在這片區域。我們要繞一大圈才行。他們得等天亮才能追蹤我們。他們到時候就能找出我們的足跡，但天亮前我們就離開小徑，進入樹林。」

他們繼續前進。身後的叫聲遠去。巴爾塞斯透過牙齒吸氣。他身側疼痛，跑步很折騰。他撞上兩側的樹叢。科南突然停步，轉身凝望陰暗小徑。

月亮升起，樹枝間隱約透露白光。

「要進樹林了嗎？」巴爾塞斯喘道。

「斧頭給我。」科南輕聲道。「有東西緊跟在後。」

「那我們最好離開小徑！」巴爾塞斯大聲道。科南搖頭，把夥伴拉進茂密樹叢。月亮升得更高，依稀照亮小徑。

「我們無法對抗整個部落！」巴爾塞斯低聲道。

「人不可能這麼快發現我們的足跡，或這麼快就追上我們。」科南喃喃說道。「別出聲。」

接下來的寂靜之中，巴爾塞斯覺得數里之外都能聽見他的心跳。突然間，一顆野獸腦袋無聲無息出現在陰暗的小路上。巴爾塞斯的心臟跳到喉嚨裡；他一開始深怕會看到劍齒虎的恐怖大頭。但這顆頭比較小，比較窄；站在道上的是頭花豹，輕聲低吼，凝望小徑。隱匿行蹤的兩人位於下風處，氣味沒有傳過去。野獸低下腦袋，嗅聞小徑，然後不太確定地前進。巴爾塞斯背脊發涼。這隻花豹顯然在追蹤他們。

而且它起疑了。它抬起頭來，雙眼像兩顆火球，喉嚨發出低吼聲。科南就在那刻抛出斧頭。

手臂和肩膀的力量灌注在那一抛中，斧頭在昏暗的月光下化爲一道銀光。在了解出了什麼事前，巴爾塞斯看到那隻花豹滾倒在地，垂死抽動，斧柄豎立在它頭上。斧頭劈開了它的窄頭。

科南跳出樹叢，拔回斧頭，把軟癱的屍體拖入樹林，掩飾行跡。

「走吧，動作快。」他嘟噥道，領頭向南，離開小徑。「會有戰士來找那隻貓。索加冷靜下來後就派它來追我們。有皮克特人跟著它，但它抛下了他們。它繞村子找，發現我們的足跡，然後立刻追了上來。他們沒辦法跟上它的速度，但他們會知道我們大概的方向。他們會跟來，傾聽它的叫聲。好吧，他們聽不到，但他們會發現小徑上的血跡，四下尋找，在樹叢中發現屍體。他們會從那裡找出我們的行蹤，如果有辦法。走路小心點。」

他毫不費力地避開荊棘和低垂的樹枝，在樹林間行走，沒有碰到樹木，腳踏在最不容易留下足跡的位置；但巴爾塞斯拖慢他的速度，趕路更加費力。

他們身後沒有聲響。走出一里外後，巴爾塞斯問：「索加・沙格是抓小花豹來訓練成血獵犬的嗎？」

科南搖頭。「那是他從樹林裡召喚來的。」

「但，」巴爾塞斯繼續問，「如果他們召喚野獸聽命行事，爲什麼不直接找一堆來追殺我們？森林裡有很多花豹；爲什麼只派一隻來？」

科南一時沒有回答，接著語氣保留。

「他沒辦法控制所有動物。只有還記得傑巴爾・沙格的那些。」

「傑巴爾・沙格？」巴爾塞斯遲疑複誦這個古老的名字。他一輩子只聽過這名字三到四次。

「從前所有生物都崇拜它。那是很久以前，野獸和人類能說同一種語言時。人類遺忘了它；就連野獸也忘了。只剩下少數記得。記得傑巴爾・沙格的人類和動物都是兄弟，能說同種語言。」

巴爾塞斯沒回應；他被綁在皮克特木樁上，親眼見證叢林因應薩滿召喚，釋放恐怖的怪物。

「文明人會嘲笑這種說法。」科南說。「但他們無法解釋索加・沙格爲什麼能從荒野中召喚蟒蛇、老虎和豹來幫他辦事。他們如果膽子夠大，就會說那是謊言。那就是文明人之道。當他們不能用半吊子科學解釋某種現象時，他們就拒絕相信。」

陶倫人在阿奎洛尼亞里算是比較原始的聚落；他們依然迷信，迷信不知源頭的習俗。而巴爾塞斯見證了依然令他毛骨悚然的景象。他無法反駁科南口中的恐怖說法。

「我聽說這座森林裡有片樹林是傑巴爾・沙格的聖地。」科南說。「我不知道。我沒見過。但這片土地上記得它的動物比其他地方多。」

「那表示還有動物會來追殺我們？」

「已經在追了。」科南的回應令人不安。「沙格不會只派一隻動物來找我們。」

「那我們怎麼辦？」巴爾塞斯不安地問，緊握斧頭，凝望陰森的林頂。他幻想張牙舞爪的怪物衝出陰影，皮膚起滿雞皮疙瘩。

「等等！」

科南轉身，蹲下，開始用匕首在土地上刻劃奇怪的符號。巴爾塞斯彎腰，透過科南的肩膀看，感覺脊椎發毛；他不知道原因。他沒有感到有風，但上方的樹葉窸窣，樹枝間傳來詭異的呻吟聲。科南高深莫測地抬頭看了一眼，然後站起身來，神色陰鬱地看著剛剛畫下的符號。

「什麼東西？」巴爾塞斯低聲問。符號看起來很古老，在他眼中毫無意義。他以爲是因爲自己缺乏藝術涵養才會認不出某些文化中的慣用符號。但他就算是世界上最博學多聞的藝術家也不可能看出端倪。

「我在個一百萬年沒人到過的洞穴裡見過這個符號，」科南喃喃說道，「位於瓦拉葉海以東無人居住的高山裡，距離此地半個世界外。後來我又見過一個庫許的獵巫黑人在無名河畔的沙地上畫過它。他告訴我這個符號的部分意義——對傑巴爾・沙格及崇拜它的動物而言都是神聖符號。看著！」

他們在茂密的樹林中後退幾碼，一聲不吭地等候。東方隱隱傳來鼓聲，北方和西方也有鼓聲回應。巴爾塞斯不住發抖，雖然知道有好幾里的樹林隔在他和打鼓之人中間，鼓聲隆隆宛如揭開血腥戲劇黑暗舞台的序幕。

巴爾塞斯發現自己屏息以待。接著樹葉輕輕抖動，樹叢分開，一頭健壯的獵豹映入眼簾。月光透過樹葉縫隙灑落在它光滑的毛皮上，呈現出其下肌肉漣漪般的蠕動。

它低頭朝他們前進。它在嗅聞他們的氣味。接著他停下腳步，彷彿凍結，吻部幾乎碰觸到地上的符號。一段很長的時間內，它動也不動地蜷伏原地；它攤平修長的身軀，腦袋躺在符號之前。巴爾塞斯感覺頭皮發毛。因為這頭大型肉食動物的體態充滿敬畏和崇拜。

接著獵豹起身，謹慎後退，腹部幾乎著地。後腳深入樹叢後，它突然轉身，驚慌失措，宛如斑點閃光消失無蹤。

巴爾塞斯手掌顫抖擦拭額頭上的汗水，看向科南。

野蠻人雙眼彷彿悶燒一股文明人眼中從來不曾綻放的火光。那一瞬間，他充滿野性，徹底遺忘身旁的男人。透過他炙烈的目光，巴爾塞斯瞥見並依稀認出原始的影像和象徵的記憶，生命黎明的影子，遭高度發展的種族遺忘與否定——古老、原始的幻象，從未命名的無名幽靈。

接著深邃的火焰遮蔽，科南再度開始默默領頭深入森林。

「我們不需要擔心野獸了。」他過了一會兒說道，「但我們留下了記號給人類解讀。他們不能輕易跟蹤我們的行蹤，而在他們找到符號前，他們不能肯定我們轉道向南。即使到那個時候，少了野獸幫助，他們也無法輕易找出我們的氣味。但小徑南方的樹林會有很多戰士在找我們。如果我們天亮後持續移動，肯定會遇上幾個戰士。等我們找到好的藏匿點，我們就躲起來等待天黑，然後再轉向往河道前進。我們必須警告瓦拉努斯，如果我們死了，那就幫不了他。」

「警告瓦拉努斯？」

「見鬼，河畔的樹林裡滿滿都是皮克特人！那就是他們幹掉我們的原因。索加在醞釀戰爭魔法；這一次不會只是掠奪。他做了件在我印象所及沒有皮克特人幹過的事——聯合十五或十六個部族。他靠的是魔法；他們跟隨巫師的意願高於戰爭酋長。你看到村裡的暴民了；河岸旁還藏了好幾百個你沒看到的傢伙。還有更多人從更遠的村落趕來。他起碼會聚集三千名戰士。我躲在樹叢裡聽路過的人交談。他們打算攻打堡壘；我不知道什麼時候，但索加不敢拖延太久。他聚集他們，激發眾人的士氣。如果不盡快帶他們上戰場，他們就會開始自相殘殺。他們就像嗜血的老虎。」

「我不知道他們能不能攻下堡壘。總之，我們必須渡河回去，警告他們。維里翠姆路上的拓荒者必須躲入堡壘或回歸維里翠姆。皮克特人圍攻堡壘時，他們的部隊會掠奪東方的道路——甚至會渡過雷霆河，掠奪維里翠姆之外更多人開墾的鄉野。」

他一邊說話，一邊領頭深入遠古荒野。沒多久他發出滿意的哼聲。他們抵達低矮樹叢較為稀疏，有一大塊隆起岩石朝南方延伸的地方。走在岩石上讓巴爾塞斯比較安心。就算是皮克特人也沒辦法在裸岩上找到足跡。

「你是怎麼逃走的？」他過一會兒問。

科南拍拍他的鎖甲和頭盔。

「如果更多邊境人穿戴護具，祭壇屋裡的斷頭就會比較少。但大部分人穿戴護具就會發出噪音。他們躲在小徑兩側，毫無動靜。當皮克特人動也不動地站著時，就連這座森林裡的野獸也發現不了他。他們看到我們渡河，朝他們的村落前進。如果他們是在我們離開河岸才開始準備埋伏，我一定會察覺有異。但他們本來就等著了，連一片樹葉都沒抖動。魔鬼本人也不會起疑。我察覺的第一個異狀就是聽見拉弓聲。我立刻伏低，下令身後的人也趴下，但他們在面對意外時反應太慢了。」

「大部分人都在來自兩側的第一輪箭擊中倒地。有些箭掠過小徑，射中對面的皮克特人。我聽見他們嚎叫。」他笑容中帶有惡狠狠的滿足快感。「我們剩下的人闖入樹林，跟他們近身肉搏。看到其他人都倒地或被擒後，我就突圍而出，在黑暗中逃出那些塗漆魔鬼的追捕。他們把我團團圍住。我奔跑、匍匐、潛行，有時趴在樹叢下，等待他們從我四周路過。」

「我回到河岸，發現沿岸都是他們的人，等著我自投羅網。但我還是殺出血路，冒險游泳，直到我聽見村裡傳來鼓聲，才知道他們有捉到活口。」

「他們全都沉迷在索加的魔法裡，讓我有機會翻牆進去，躲在祭壇屋後。那個位置本來應該有戰士站哨的，但他蹲在屋後，透過屋角偷看儀式。我溜到他身後，在他發現前徒手扭斷他的脖子。我拋去插蛇的就是他的矛，你現在拿的就是他的斧頭。」

「但那怪物——你在祭壇屋裡殺的怪物是什麼？」巴爾塞斯問，想到隱約看到的怪物就微微發抖。

「索加的神之一。傑巴爾的一名子嗣，不記得從前的事，必須鎖在祭壇旁。一頭牛猩。皮克特人認爲他們是住在月亮上的毛神——大猩猩神古拉的聖物。」

「天就要亮了。這裡很適合藏身，直到我們發現他們距離我們有多近。我們或許得等到天黑才能回頭往河邊走。」

來到一座小山丘，布滿大樹和矮樹叢。丘頂附近，科南滑入一堆樹叢茂密的突岩之間。躺在那裡，他們可以在不被發現下監視下方的叢林。藏身和防禦的好位置。巴爾塞斯相信就連皮克特人也不可能在四、五里路的岩地上跟蹤他們，但他擔心聽從索加・沙格號令的野獸。對那個奇特符號的信心開始動搖了。不過科南完全忽略野獸追蹤他們的可能。

詭異的白光透過茂密的枝葉而來；天空色調轉變，從粉紅到藍色。巴爾塞斯感到飢餓難耐，雖然路過小溪時有喝過水。四周一片死寂，偶爾會有小鳥啾啾叫。鼓聲已經聽不見了。巴爾塞斯的思緒回到祭壇屋前的恐怖場面。

「索加・沙格穿的是鴕鳥羽毛。」他說。「我曾在造訪邊境男爵的騎士頭盔上見過。這座森林裡沒有鴕鳥，對吧？」

「庫許來的。」科南回答。「此地以西，經過邊境，會遇到海岸。辛加拉的船偶爾會帶武器、首飾、紅酒來跟海岸部落交易毛皮、銅礦、和金塵。有時候他們會跟斯堤及亞人交易鴕鳥羽毛，他們是從斯堤及亞南方的庫許黑部族弄來的。皮克特薩滿跟他們訂很多羽毛。但這種交易風險很高。皮克特人很可能會企圖搶奪商船。海岸對商船而言很危險。我在辛加拉西南方的巴拉洽群島當海盜時曾沿海岸航行過。」

巴爾塞斯神色敬佩地看著夥伴。

「我就知道你不是一直都在邊境。許多遙遠的地方都有人提起你的名字。你踏遍世界各地？」

「我曾浪跡天涯；到過我的族人從未到過的地方。我見過海伯里亞、閃姆、斯堤及亞、和希爾卡尼亞所有大城市。我去過庫許黑國更南方的未知國度，還到過瓦拉葉海東方。我當過傭兵隊長、海盜、科薩克人、身無分文的流浪漢、將軍——見鬼了，我除了文明國家的國王外，什麼都幹過了，而我死前還有機會當國王。」他喜歡這個想法，臉上露出笑容。接著他聳肩，靠上岩石伸展健壯的四肢。「這裡的生活很不錯。我不知道我會在邊境待多久；一週、一個月、一年。我是個定不下來的人。但待在邊境跟待在其他地方沒多大不同。」

巴爾塞斯起身觀察下方的森林。一時之間，他期待看到臉上塗漆的人穿越枝葉而來。但隨著時間過去，沒有任何輕盈的腳步聲打擾周遭樹林的寧靜。巴爾塞斯相信皮克特人錯過了他們的足跡，放棄追捕。科南開始焦躁。

「我們應該已經看到在樹林中搜捕我們的隊伍。如果他們放棄搜捕，肯定是因爲他們有更重要的事情要做。他們可能在河邊集結，準備渡河攻打堡壘。」

「如果錯過我們的足跡，他們有什麼理由搜到這麼南邊來？」

「他們錯過了足跡，肯定；不然他們早就已經殺到了。在正常情況下，他們會朝四面八方搜索方圓數里的範圍。應該有些人在沒發現這座山頭的情況下通過才對。他們一定在準備渡河。我們必須冒險趕往河畔。」

巴爾塞斯爬下岩石，感覺肩膀之間的皮膚發毛，等著上方的綠地射出致命弓箭。他擔心皮克特人發現他們，在附近埋伏。但科南深信附近沒有敵人，而辛梅利亞人是對的。

「我們位於村落南方數里外，」科南嘟噥道。「我們直接往河邊過去。我不知道他們散布到河畔多下游的地方。只能希望我們抵達的位置在他們南邊。」

他們以在巴爾塞斯眼中十分莽撞的速度往東方走。森林中似乎沒有動物。科南相信所有皮克特人都聚集在葛瓦威拉附近，如果，確實，他們還沒過河的話。不過他相信他們不會白天渡河。

「肯定有森林人發現他們，警告堡壘。他們會從堡壘上下游渡河，遠離哨兵的視線範圍。

然後其他人會搭乘獨木舟，直接朝堡壘樁牆渡河前進。攻擊一旦展開，躲在東岸樹林裡的人就會從側面攻城。他們之前這麼幹過，結果被守軍打得潰不成軍。但這一次他們人數眾多。」

他們毫不停步，持續趕路，儘管巴爾塞斯神色飢渴地看向樹枝間的松鼠，只要一斧就能打下來。他嘆口氣，束緊寬腰帶。原始森林的寂靜和陰暗開始令他沮喪。他想念陶倫的寬敞果園和陽光普照的牧地，想起他父親陡茅草屋頂、稜格窗戶的房子，想起吃著蒼翠多汁綠草的肥牛，還有坦胸露背的農夫和牧人眞誠的友誼。

他感到寂寞，儘管身邊有人。科南乃是這片荒野的一部分，就像巴爾塞斯是這片荒野的局外人。辛梅利亞人或許在世界上的大城市裡居住多年；他或許曾跟文明的統治者結交；他甚至可能有朝一日達到一時興起的成就，成爲統治文明國度的國王；這個世界無奇不有。但他依然徹頭徹尾是個野蠻人。他唯一在乎的就是赤裸裸的生存。在文明人生活中扮演重要角色的親密關係、溫暖人心的事物、各式情感和美麗的瑣事，對他而言無關緊要。一匹狼就算一時興起去跟牧羊犬玩耍，說到底它還是匹狼。嗜血、暴力、野蠻乃是科南生命中最自然不過的要素；他無法，永遠無法了解文明男女看重的那些小事。

樹影拖長，他們抵達河邊，透過樹叢偷看。他們可以看到上下游各一里左右的景象。滯流的溪面上空無一人。科南皺眉看向對岸。

「我們得再冒個險了。我們必須游泳過河。我們不知道他們過河了沒。對岸的樹林裡可能擠滿他們的人。我們必須冒險。此地位於葛瓦威拉南方約莫六里。」

他聽見弓弦拉撐的聲響，連忙轉身伏低。一道白光掠過樹叢。巴爾塞斯知道那是一枝箭。接著科南宛如猛虎縱躍，衝過樹叢。巴爾塞斯甩開他的劍，瞥見鋼鐵反光，聽見垂死慘叫。緊接著他也衝過樹叢，追趕辛梅利亞人。

地上躺了個顏面朝下、腦漿四濺的皮克特人，他的手指還在草地上抽搐。另外還有六個圍住科南，高舉長劍和斧頭。他們丟下了弓，弓在近身肉搏中派不上用場。他們下巴漆白，跟黝黑的臉形成對比，而他們胸口的圖案跟巴爾塞斯之前見過的大不相同。

其中一人朝巴爾塞斯拋出斧頭，隨即舉起匕首撲上。巴爾塞斯矮身閃避，抓住持匕首刺向他喉嚨的手腕。他們一起倒地，翻滾纏鬥。皮克特人宛如野獸，他的肌肉硬如鋼絲。

巴爾塞斯使勁控制野人的手腕，揮出自己的斧頭，但打鬥太激烈、太快速，每一擊都讓對方架開。皮克特人一邊奮力抽回他握匕首的手，一邊抓向巴爾塞斯的斧頭，還提膝蓋去頂他胯下。突然間他企圖把匕首交到另外一隻手裡，巴爾塞斯趁機以膝蓋頂起身子，使勁全力砍下那顆塗漆的腦袋。

他跳起身來，四下找尋他的夥伴，以為會看到他寡不敵眾。接著他才知道辛梅利亞人全力以赴時有多恐怖。科南跨坐在兩個敵人身上，那兩人都被可怕的闊劍砍成兩段。巴爾塞斯眼看科南架開攻來的短劍，如貓科動物般側躍避開一把斧頭，落在矮身去撿弓的野人身旁。皮克特人尚未起身，血劍狠狠砍落，從肩膀劃到胸口，被卡在骨頭之間。剩下的戰士分從左右撲上。巴爾塞斯精準拋出斧頭，將敵人數量減為一個，科南則放棄拔劍，轉身徒手對付敵人。精壯的戰士，比高大敵人矮一個頭，跳過去，揮砍斧頭，同時狠狠刺出匕首。匕首被辛梅利亞人的鎖甲撞斷，斧頭則停在空中，讓科南宛如鋼鐵的手指扣住手臂。骨碎聲起，巴爾塞斯看見皮克特人吃痛搖晃。下一瞬間，他被掃倒，跟著又給舉到科南頭上——他在空中掙扎片刻，拳打腳踢，然後被狠狠摔在地上，反彈而起，然後不再動彈，看姿勢顯然肢體碎裂、脊椎斷折。

「來！」科南拔出他的劍，抽起一把斧頭。「拿把弓和幾枝箭，快點！我們又得盡快逃命了。敵人會聽到剛剛的叫聲。他們很快就會趕到。如果現在游泳渡河，不到河心就會被他們發箭擊斃！」

06 邊境紅斧

科南沒有深入森林。離開河岸數百碼後，他斜向一段距離，然後折返原方向平行跑回去。巴爾塞斯在他臉上看見堅定的神情，知道他不會被人趕離他們爲了警告堡壘而非渡不可的河。他們身後追兵叫聲愈來愈響。巴爾塞斯相信皮克特人已經抵達躺滿屍體的空地。接下來的叫聲似乎表示野人已經散入樹林，展開追捕。他們留下一條任何皮克特人都有辦法跟蹤的足跡。

科南加快速度，巴爾塞斯咬緊牙關，緊跟在後，雖然他覺得自己隨時都有可能倒地。他好像已經幾個世紀沒吃東西了。他能持續移動都是靠意志力支撐。他的血在耳中隆隆作響，完全沒發現身後的叫聲消失。

科南突然停步。巴爾塞斯靠樹喘氣。

「他們不追了。」辛梅利亞人眉頭深鎖，喃喃說道。

「偷襲——我——們！」巴爾塞斯喘道。

科南搖頭。

「這種短程追逐他們會沿路吼叫。不。他們回去了。叫聲變小前幾秒，我有聽到他們後方有人在叫。他們被召回了。那對我們來說是好事，但對堡壘裡的人肯定是壞事。這表示戰士要離開樹林展開進攻了。我們遇上的是下游部落的戰士。他們肯定是在前往葛瓦威拉加入進攻堡壘部隊的路上。可惡，我們的距離愈來愈遠了。我們必須渡河。」

他轉而向東，迅速穿越樹叢，毫不掩飾行蹤。巴爾塞斯跟著他，終於開始感覺到皮克特人在他胸口和肩膀上咬出的傷口傳來刺痛。他正要推開河岸的樹叢，突然被科南抓回來。接著他聽見有節奏的濺水聲，透過樹葉偷看，只見一艘獨木舟逆流而上，舟上唯一的乘客奮力划槳。他是個身材結實的皮克特人，頭髮用銅頭環固定，其上插了支白鷺羽毛。

「那是葛瓦威拉村的人。」科南喃喃說道。「索加派出的使者。看白羽毛就知道了。他是去找下游部落和平談判的，如今他要趕回去加入屠殺。」

孤身使者幾乎來到跟他們藏身處平行的位置，巴爾塞斯突然差點跳出自己的皮囊。他耳邊傳來皮克特人的沙啞喉音。接著他發現是科南用使者的語言呼喚他。對方嚇了一跳，掃視樹叢，回了句話，然後神色驚慌地看向對岸，壓低身形，獨木舟筆直朝向西岸而來。巴爾塞斯不了解狀況，看著科南從他手中取走他在地上撿起的弓，搭上箭。

皮克特人獨木舟接近河岸，抬頭凝視樹叢，大聲說話。他的回應伴隨破空而來的羽箭正中厚實胸膛，沒至箭羽。他哽咽驚呼，側向癱倒，滾入淺水中。科南轉眼跳下河岸，涉水而過，抓住漂流的獨木舟。巴爾塞斯連忙跟上，頭昏眼花地爬上小舟。科南也爬進去，抓起船槳，直衝東岸。巴爾塞斯神色艷羨地欣賞古銅色皮膚上的肌肉浮動。辛梅利亞人彷彿是鐵打的，永遠不會疲累。

「你對皮克特人說什麼？」巴爾塞斯問。

「叫他靠岸；我說對岸有個白人森林獵人在瞄準他。」

「聽起來不公平，」巴爾塞斯抗議。「他以為是朋友在說話。你學皮克特人說話很像——」

「我們需要他的船，」科南嘟噥道，毫不停止動作。「只有這樣才能引他過來。哪個比較糟——欺騙一個打算把我們兩個活活剝皮的皮克特人，還是犧牲對岸那些性命取決於我們兩個及時渡河的人？」

巴爾塞斯思考這個道德難題片刻，隨即聳肩問道：「我們離堡壘多遠？」

科南指向從東側匯入黑河的小溪，位於下游數百碼外。

「那是南溪；入河口距離堡壘十里。那裡是康納喬哈拉的南界，以南數里內都算邊境。那條溪對岸沒有掠奪隊。堡壘上游九里外的北溪是另外一處邊界，對岸的邊境也是一樣。那就是攻擊肯定會從西方展開的原因，黑河對岸。康納喬哈拉狀如長矛，矛尖十九里寬，深入皮克特荒野。」

「我們為什麼不繼續走水路？」

「因為，我們必須逆流而上，加上中間許多彎道，我們走陸路比較快。再說，要記得葛瓦威拉位於堡壘以南；如果皮克特人正好渡河，我們就會直接撞上他們。」

踏上東岸時，已將近黃昏。科南毫不停步，繼續北行，速度快到讓巴爾塞斯強壯的雙腳痠痛。

「瓦拉努斯希望在南河和北河的河口都建立堡壘。」辛梅利亞人嘟噥道。「那樣就能持續巡邏河道。但政府不肯。」

「那些肚子鬆垮的笨蛋坐在絨布墊上，享受腿上的裸女端來的紅酒——我知道那種人。他們看不見王宮圍牆外的世界。外交——見鬼！他們用領土擴張的理論跟皮克特人打仗。瓦拉努斯那種人只能聽從那群可惡的笨蛋指揮。他們永遠不可能奪走更多皮克特的土地，就像他們永遠不會重建凡納利姆一樣。有朝一日，他們會看到野蠻人翻過西方城市的城牆！」

一週前，巴爾塞斯會嘲笑這種荒謬的言論。如今他無言以對。他見過邊境以外的人有多勇猛善戰。

他抖了抖，看著沿河岸生長的樹叢外依稀可見的寧靜河面。他不斷提醒自己皮克特人可能已經渡河，埋伏在他們和堡壘之間。天色迅速變暗。

前方一點動靜讓他的心臟跳到喉嚨裡，科南的劍凌空閃過。他壓低劍，看著一隻形容憔悴、傷痕累累的大狗走出樹叢，站著瞪視他們。

「那條狗是一個在堡壘南方幾里外的河岸建造房舍的拓荒者的狗。」科南嘟噥道。「皮克特人溜過河來殺了他，當然，燒了他的房子。我們在廢墟中找到他的屍體，狗則昏倒在他殺死的三個皮克特人旁邊。它差點被砍成肉醬。我們把狗帶去堡壘療傷，但傷好之後，它就跑進樹林裡當野狗。——怎麼了，阿砍，你在獵殺害死你主人的人嗎？」

大頭左甩右甩，目光綻放幽光。它沒有低吼或吠叫，而是像幽靈般無聲無息地跟在他們身後。

「讓它跟，」科南低聲道。「它可以在我們看到敵人前聞到氣味。」

巴爾塞斯微笑，輕撫狗頭。狗嘴咧開，露出明晃晃的利齒；接著大狗羞怯地低頭，他有點不太確定地縮手，彷彿那隻狗已經忘記了友善的情緒。巴爾塞斯暗自拿狗瘦削結實的身體跟他父親狗欄裡那些吵鬧的胖獵狼犬比較。他嘆氣。住在邊境的動物就跟人一樣生活艱苦。這條狗幾乎忘記了慈悲和友善的意義。

阿砍晃到前面，科南讓它領路。最後一絲夕陽消失在黑夜中。他們步伐穩健地走了好幾里路。阿砍似乎啞了。它突然停步，肢體緊繃，耳朵豎起。片刻過後，兩個男人也聽到了——他們前方的河岸傳來魔鬼般的叫聲，輕如低語。

科南怒罵髒話。

「他們進攻堡壘了！我們太遲了！來吧！」

他加快腳步，相信狗會聞出前方埋伏的人。在緊繃激動的情緒下，巴爾塞斯忘記飢餓和疲倦。叫聲隨著他們逼近而愈來愈響，在惡魔般的吼叫間依稀聽見士兵的呼喊。正當巴爾塞斯擔心他們會遭遇在前方嚎叫的野蠻人，科南突然繞離河道，來到一片高地，藉以俯瞰森林。他們看見堡壘，在胸牆上插長桿火把照明。火光搖曳，明滅不定地照亮空地，大批裸體塗漆的人擠滿空地四周。河面上滿是獨木舟。皮克特人把堡壘圍得水洩不通。

森林和河面上不斷朝堡壘樁牆放箭。低沉的弓弦透過吼叫聲而來。數百名裸體戰士發出狼嚎，持斧衝出樹林，擁向東門。距離目標約莫一百五十碼時，發自樁牆的箭在地上插滿屍體，逼得倖存者逃回樹林。獨木舟的人加速划槳，迎向河牆，遭遇另外一輪箭擊，外加樁牆內塔樓上的小石弩攻擊。石塊和木頭漫天飛竄，擊沉六艘獨木舟，殺死舟上的人，剩下的船紛紛退出攻擊範圍外。堡壘牆內傳來勝利歡呼，四周則傳來野獸般的嚎叫作爲回應。

「我們要嘗試突圍嗎？」巴爾塞斯問，激動到微微發抖。

科南搖頭。他雙手抱胸，微微側頭，臉色嚴肅，若有所思。

「堡壘完了。皮克特人陷入嗜血瘋狂的狀態，把人殺光之前不會住手。而他們人數多到堡壘裡的人殺不完。我們無法突圍，就算殺進去了，除了陪瓦拉努斯一起死外，什麼也做不了。」

「除了自保外，我們什麼都做不了？」

「對。我們得去警告拓荒者。你知道皮克特人爲什麼沒拿火箭放火燒堡壘？因爲他們不希望大火警告東方的人。他們打算摧毀堡壘，在有人發現之前繼續東進。他們或許能在風聲走漏前渡過雷霆河，攻下維里翠姆。至少他們會殺光堡壘到雷霆河之間所有活人。」

「我們沒能即時警告堡壘，如今我知道就算警告了也沒用。堡壘守軍不足。再衝鋒幾次，皮克特人就會翻牆而過，打爛大門。但我們可以通知拓荒者往維里翠姆移動。來吧！我們在皮克特人的包圍圈外。不要驚動他們。」

他們繞一大圈，聽見吶喊聲隨著進攻和撤退起起落落。堡壘裡的人堅守崗位；但皮克特人的叫聲依然充滿野性。充滿肯定會獲勝的決心。

巴爾塞斯尚未察覺前，他們已經來到東向的道路。

「開始跑！」科南嘟噥道。巴爾塞斯咬緊牙根。維里翠姆位於十九里外，跑五里過頭皮溪後就會開始遇上拓荒家庭。阿奎洛尼亞人覺得他們已經連打帶跑好幾個世紀了。但血液中的緊張興奮激發出他的潛力。

阿砍跑在他們前面，頭貼近地面，發出低吼，這是他們第一次聽見它的聲音。

「前方有皮克特人！」科南低吼，單膝跪倒，就著星光檢視地面。他搖頭，神色困惑。「難以判斷人數。或許只是支小部隊。等不及攻下堡壘的傢伙。他們先跑去屠殺在家中睡覺的拓荒者！來吧！」

他們沒多久就在前方樹林間看見小火光，還聽見狂野凶殘的歌唱聲。小徑在那邊轉彎，他們離開道路，穿越樹林切過彎道。片刻過後，他們看到一幅駭人景象。路上有輛牛車，其上裝有家具；牛車在燃燒；牛躺在附近，慘遭割喉。路上躺著一男一女，赤身裸體，死無全屍。五名皮克特人在他們旁邊手舞足蹈，揮舞血斧，跳來跳去；其中一人甩動女人的血裙。

這景象令巴爾塞斯雙眼籠罩一片血霧。他舉起弓，瞄準跳躍的人影，在火前呈現黑色輪廓，放箭。皮克特人抽搐跳起，一箭穿心，落地身亡。接著兩個白人和狗衝向受驚的生還者。科南的動機只是戰鬥精神和非常非常古老的種族仇恨，但巴爾塞斯卻怒火中燒。

他朝第一個皮克特人狠狠揮斧，劈開塗漆的頭顱，跳過他癱倒的屍體，衝向其他敵人。但科南已經殺了他選好的兩名對手之一，阿奎洛尼亞人遲了一步。巴爾塞斯舉起斧頭，戰士已經被長劍刺穿。巴爾塞斯轉向最後一個皮克特人，只見阿砍自屍體上起身，嘴角滴血。

巴爾塞斯默不作聲，低頭看著燃燒牛車旁的可憐屍體。兩人都很年輕，女人才剛成年。皮克特人沒有弄花她的臉，即使慘死前表情痛楚，她看起來依舊美麗。但她柔嫩青春的軀體被砍很多刀——巴爾塞斯眼前霧茫茫的，他哽咽吞嚥口水。慘劇短暫蓋過他的理智。他很想跪倒在地，貼著土地哭泣。

「剛剛獨立生活的年輕情侶，」科南邊說邊面無表情地擦拭他的劍。「趕往堡壘途中遭遇皮克特人。或許那個男孩打算從軍；或許要在河邊圈地拓荒。好吧，如果我們不盡快把人送進維里翠姆，雷霆河這一邊所有男女老幼都會面臨這個下場。」

巴爾塞斯膝蓋發抖，跟著科南。但辛梅利亞人的步伐中沒有透露絲毫軟弱。他跟身旁的凶殘大狗很像。阿砍沒有繼續低頭吼叫。前方路上沒有敵人。河畔依稀傳來吶喊聲，但巴爾塞斯相信堡壘尚未淪陷。科南突然停步，咒罵一聲。

他爲巴爾塞斯指出一條向北的小徑。那是條古道，長了不少雜草，而雜草有近期內折斷的痕跡。巴爾塞斯透過感覺而非視覺了解這個事實，不過科南在黑暗中目光銳利如貓。辛梅利亞人指出寬馬車輪轉向的位置，在森林土地上留下深深的輪痕。

「拓荒者往鹽漬地去找鹽，」他嘟噥道。「鹽漬地位於沼澤邊緣，約莫九里外。可惡！他們會被攔截屠殺！聽著，警告路上的拓荒者只要一個人就夠了。你去喚醒他們，叫他們去維里翠姆。我去找採鹽的人。他們會在鹽漬地旁紮營。我們不會回到大路上。我們直接穿越樹林。」

科南二話不說，轉離道路，快步走入昏暗小徑，巴爾塞斯凝視他片刻，開始順著道路前進。狗跟著他，輕輕在他腳後移動。走出一段距離後，巴爾塞斯聽見動物的叫聲。他連忙轉身，凝視來時的路，驚訝地發現有條如鬼似魅的身影消失在科南離去的方向。阿砍放聲低吼，狗毛豎起，眼中綻放綠焰。巴爾塞斯想起離此不遠處奪走商人提伯利亞斯頭顱的鬼魅怪物，當場停下腳步。那東西肯定在跟蹤科南。但高大的辛梅利亞人反覆示範他有能力照顧自己，而巴爾塞斯覺得自己的職責是要幫助在血紅風暴路徑上沉睡的拓荒者。燃燒牛車旁遭受侵犯的屍體完全蓋過對那隻殘暴幽靈的恐懼。

他迅速向前奔跑，經過頭皮溪，來到第一間拓荒者小屋——長形低矮斧鑿木材建築。他立刻上前敲門。睡意甚濃的聲音問他來意。

「起床！皮克特人過河了！」

這話立刻掀起回應。叫聲伴隨他的回音而來，一個衣衫不整的女人連忙開門。她凌亂的頭髮垂在裸肩上；她一手拿著蠟燭，一手握著斧頭。她面無血色，目光恐懼。

「進來！」她哀求。「幫我守護家園。」

「不。我們必須趕往維里翠姆。堡壘擋不住他們。說不定已經被攻破了。沒時間穿衣了。帶妳的孩子跟我來。」

「但我家男人跟其他人去採鹽了！」她哭號擰手。她身後多了三個頭髮凌亂的小孩，困惑眨眼。

「科南去找他們了。他會帶他們安全回來。我們必須盡快上路，警告其他人。」

她鬆了一大口氣。

「感謝密特拉！」她喊道。「既然辛梅利亞人去找他們，只要情況還是凡人能力所及，他們就不會有事！」

她迅速動作，抓起最小的孩子，趕其他兩個小孩出門。巴爾塞斯接過蠟燭，放在腳邊，傾聽片刻。黑暗的路上沒有聲響。

「妳有馬嗎？」

「馬廄裡，」她呻吟道。「喔，趕快！」

她推門閂的手在顫抖，於是他推開她。他牽馬出來，把小孩抬上馬背，叫他們緊握馬鬃和彼此。他們目光嚴肅地看著他，沒有哭鬧。女人牽起韁繩，開始趕路。她手裡依然握著斧頭，巴爾塞斯知道萬一被逼入絕境，她會鼓起母山獅般的勇氣奮戰到底。

他殿後，側耳傾聽。他深信堡壘已經被攻陷了，深色皮膚的部族已經開始朝維里翠姆進發，陶醉在屠殺之中，渴望更多鮮血。他們會像餓狼般趕來。

他們沒多久遇上另外一間小屋。女人張口叫喚，但巴爾塞斯阻止她。他迅速跑到門口敲門。有個女人回應他。他重複他的警告，小屋裡的人立刻出門——一個老女人、兩個少婦、四個小孩。他們家的男人也跟第一個女人的丈夫一樣，前一天跑去鹽漬地，沒有料到任何危險。其中一名少婦神色恍惚，另一名面臨崩潰邊緣。但那老女人長年居住邊疆，語氣嚴厲地叫她們閉嘴；她幫巴爾塞斯從屋後的畜欄中牽出兩匹馬，讓小孩上馬。巴爾塞斯請她自己也上馬，但她搖頭，把馬讓給其中一個年輕女人。

「她懷孕了。」老女人嘟噥道。「我可以走──必要時還能作戰。」

他們出發時，一名少婦說：「黃昏時有對年輕夫妻路過；我們建議他們在我們家過夜，但他們急著想要今晚抵達堡壘。他們──他們──」

「他們遇上皮克特人。」巴爾塞斯簡短回應，女人驚恐啜泣。

他們離開小屋沒多久，身後遠方傳來尖聲呼喊。

「有狼！」其中一個女人叫。

「手持斧頭，臉上塗漆的狼。」巴爾塞斯喃喃道。「走！喚醒路上其他拓荒者，叫他們跟你們一起走。我在後方留意情況。」

老女人一言不發，趕其他人走在前面。他們消失在黑暗中時，巴爾塞斯看見小孩的小臉轉過來凝視他。他想起自己在陶倫的家人，突然感到頭暈目眩。一瞬間的脆弱導致他出聲呻吟，癱倒在路上，粗壯的胳臂垂在阿砍的粗脖子上，感覺狗溫暖潮濕的舌頭舔在自己臉上。

他抬起頭來，努力擠出笑容。

「來吧，小子，」他含糊說道，站起身來。「該上工了。」

林間突然傳來紅光。皮克特人已經放火燒了上一間小屋。他微笑。要是索加・沙格知道他手下的戰士屈服在他們的殘暴天性下會怎麼樣？火光會警告道上的居民。等難民趕到時，他們已經醒來，提高警覺。但他臉色陰沉。那些女人移動的速度很慢，有人步行，騎馬的也超載。步伐輕快的皮克特人不到一里就能追上他們，除非——

他埋伏在道旁一堆斷木後。西側的道路處於燃燒房舍的火光照耀下，皮克特人趕來時，他率先發現他們——偷偷摸摸的黑影遮蔽遠方的火光。

他拉滿弓弦，鬆手放箭，其中一條黑影倒地。其他人融入道路兩旁的樹林中。阿砍在他身旁發出嗜血嗚嗚聲。突然有條人影出現在道路旁的樹下，開始朝向斷木處前進。巴爾塞斯弓弦彈動，皮克特人大叫摔倒，大腿中箭，墜入陰影中。阿砍跳出斷木，衝入樹叢。樹叢劇烈搖晃，接著狗又溜回巴爾塞斯身邊，下巴血紅。

再也沒有人出現在道路上；巴爾塞斯開始擔心他們走樹林繞過他，聽見左側傳來輕響時，他立刻盲目放箭。他聽見箭柄擊中樹幹粉碎，忍不住咒罵一聲，但阿砍如同鬼魅般滑開，沒多久巴爾塞斯就聽見撞擊和液體汩汩聲；接著阿砍又像鬼一樣穿越樹叢回來，染血的大頭磨蹭巴爾塞斯的手臂。他肩膀上有道傷口在滲血，但樹林裡的掙扎聲徹底消失。

躲在道旁的人顯然察覺到夥伴的命運，認定正面衝突比被看不見、聽不到的魔鬼拖入黑暗中幹掉好。或許他們發現斷木後方只躲了一個人。他們突然跳出兩旁的樹叢，展開衝鋒。三個人被箭射倒——剩下的兩個遲疑。一人轉身逃跑，另一個翻入斷木掩體，舉起斧頭，雙眼和牙齒反射微光。巴爾塞斯起身時滑了一跤，但這一跤卻救他一命。落下的斧頭砍掉他一綹頭髮，皮克特人使力過猛，滾下斷木。還沒爬起身來，阿砍已經咬碎他的喉嚨。

接著就是在緊繃的情緒中默默等候，因爲巴爾塞斯不知道逃走的人是不是唯一的倖存者。顯然他們只是一小隊人，可能是離開堡壘戰場，又可能是在主力部隊前的斥候。時間拖得越久，趕往維里翠姆的女人和小孩生存的機會就越大。

接著一輪箭毫無預警地自他頭上呼嘯而過。道旁的樹林中沿路傳來狂野的嚎叫聲。要嘛就是倖存者去找了援軍，不然就是又來了另一支隊伍。燒掉的小屋還在悶燒，提供些微照明。接著他們展開攻擊，沿著道旁的樹林前進。他連射三箭，然後拋下弓。對方彷彿察覺他的處境，於是繼續進攻，不再吼叫，一聲不吭，只聽得到許多腳步聲。

他摟著身旁大狗的腦袋，低聲道：「好了，小子，讓他們好看！」隨即站起身來，拔出斧頭。接著黑影湧向斷木掩體，宛如甩動的斧頭、狂刺的匕首、加上尖牙利齒組成的風暴。

07—火中的魔鬼

科南轉離通往維里翠姆的路時，他預計要跑九里路，於是展開長跑。但還沒跑出四里就聽見前方有一群人。從他們發出的聲響判斷，肯定不是皮克特人。他出聲招呼。

「是誰？」一個嘶啞的嗓音問道。「站在原地，表明身分，不然我們放箭射你。」

「這麼黑，你們連象都射不中。」科南不耐煩地回答。「好了，笨蛋；是我——科南。皮克特人過河了。」

「我們也在懷疑，」對方走過來，領頭的人說——身材高瘦，神情嚴肅，手中持弓。「我們有人射傷一隻羚羊，追到黑河附近。他聽見他們在下游吼叫，於是跑回我們營地。我們丟下鹽和馬車，鬆開牛，然後盡快趕回來。如果皮克特人在圍攻堡壘，戰鬥部隊就會沿路攻擊我們家園。」

「你們家人沒事。」科南嘟噥道。「我的夥伴先去通知他們趕往維里翠姆避難。如果我們走大路，可能會遭遇敵方主力。我們朝東南走，穿越樹林。先走，我殿後。」

片刻過後，所有人快步朝東南方前進。科南緩慢跟隨，保持在聽力範圍內。他暗罵他們發出的噪音；那種人數的皮克特人或辛梅利亞人都能以比風聲更輕的聲響通過樹林。他穿越一片林間空地，突然轉身，針對遭到跟蹤的原始本能做出反應。他動也不動地站在林間，聽著拓荒者的聲響漸行漸遠。接著有個聲音從他來時的方向叫道：「科南！科南！等我，科南！」

「巴爾塞斯！」他困惑咒罵。接著他謹慎叫道：「我在這裡！」

「等我，科南！」那個聲音更加清晰。

科南離開陰影，皺眉問道：「你他媽的來這裡幹嘛？——克羅姆呀！」

他半身伏低，背脊發毛。林間空地對面出現的不是巴爾塞斯。樹林中有道奇怪的光芒。光芒朝他接近，光影詭異——一道顯然有所圖謀的綠色巫火。

巫火停在數呎外，科南瞪著它，試圖看清火焰遮蔽的輪廓。搖曳的火光擁有實體核心；火焰只是一襲綠色外衣，用以掩飾某種邪惡的實體；但辛梅利亞人無法看出它的形狀或外觀。接著，他震驚莫名地聽到火柱中傳來人聲。

「你爲什麼像隻待宰羔羊站在原地，科南？」

那是人類的嗓音，但又蘊含一股非人的顫音。

「羊？」科南的怒氣蓋過驚嘆之情。「你以爲我會害怕天殺的皮克特沼澤魔鬼？我是聽到朋友在叫我。」

「是我用他的聲音叫你。」對方回答。「你跟隨的人歸我兄弟所有；我不會搶他的獵物。但你是我的。喔笨蛋，你大老遠從辛梅利亞丘陵跑來康納喬哈拉的森林裡送死。」

「你之前有過機會，」科南哼聲道。「要是殺得了我，當時幹嘛不動手？」

「當時我兄弟還沒爲你塗黑頭顱，丟入古拉黑祭壇上的永恆之火。他沒有對在黑暗大地作祟的黑鬼說出你的名字。但一隻蝙蝠飛躍死者山脈，在黑夜四兄弟沉睡的房子前掛的白虎皮上用血畫出你的畫像。大蛇盤繞他們腳下，群星宛如螢火蟲般在他們髮中燃燒。」

「黑暗諸神爲什麼要我的命？」科南吼道。

有東西——手掌、腳掌、禽爪，難以分辨，伸出綠火，在土地上繪製標記。一個符號閃閃發光，噴出火焰，接著消失，但他認出那個符號。

「你膽敢繪製只有傑巴爾・沙格的祭司敢用的符號。死者山脈雷電交加，古拉的祭壇屋被鬼魂深淵的陰風吹垮。身爲黑夜四兄弟信差的潛鳥迅速飛來，在我耳邊說出你的名字。你的比賽跑到盡頭。你已經是死人了。你的頭會掛在我兄弟的祭壇屋裡。你的身體會讓黑翼利喙的傑爾之子啃食。」

「誰他媽的是你兄弟？」科南問。他手握裸劍，不動聲色地鬆開腰帶上的斧頭。

「索加・沙格；三不五時還會造訪聖林的傑巴爾・沙格之子。有個葛瓦威拉女人在傑巴爾・沙格的聖林中睡覺。她生下的孩子就是索加・沙格。我也是傑巴爾・沙格的子嗣，出自遙遠國度的火焰生物。索加・沙格從迷霧大地喚我來此。透過咒語、巫術、和他本人的血，讓我在他的世界中取得實體。我們是一體的，以隱形絲線緊密相連。他的想法就是我的想法；如果他遭受攻擊，我會受傷。如果我被砍中，他會流血。但我說得夠多了。很快你的鬼魂就會跟黑暗大地的鬼魂交談，他們會告訴你古老諸神沒死，只是在外界深淵沉睡，偶爾就會甦醒過來。」

「我想看看你長什麼模樣。」科南喃喃說道，解開斧頭，「你留下鳥類的腳印，會像火一樣燃燒，但又能用人類的嗓音說話。」

「你會見識到，」火焰中的聲音回道，「見識，然後帶著你的見聞進入黑暗大地。」火舌吞吐，黯淡消失。一張陰影遮蔽的臉開始浮現。一開始科南以爲是索加・沙格本人裹在綠焰之中。但那張臉比他還高，透露出一股惡魔般的氣息——科南之前就覺得索加・沙格五官奇特——眼睛傾斜的角度、耳朵尖銳的形狀、嘴唇薄似狼，這些奇怪的特徵在眼前這個怪物身上更加誇張。它的雙眼宛如燃煤般火紅。

更多細節開始浮現：纖瘦的軀幹，布滿彎曲的鱗片，看起來具有人形，腰部以上擁有人類的手臂，以下則是類似鶴般的長腿，末端是大鳥的那種寬蹼三指腳掌。恐怖的手腳上纏繞藍焰。他像是透過發光的霧氣在看它。

接著突然間，它聳立在他面前，雖然他完全沒看到它移動。一條長手臂，他首度發現末端長有鐮刀般的禽爪，高高舉起，朝他頸部揮落。他大吼一聲，破除法術，跳向旁邊，拋出斧頭。惡魔以難以置信的速度側頭閃開斧頭，隨即在火焰滋滋作響聲中再度出擊。

獵殺其他敵人時，恐懼都會幫它作戰，偏偏科南毫不恐懼。他知道任何具有肉體的生物都能靠實體武器殺死，不管對方外形有多恐怖。

一隻禽爪手臂擊落他的頭盔。稍微再低一點就會砍下他的首級。但他湧起一股強烈的喜悅，感受猛烈的長劍狠狠沉入怪物的股間。他向後跳開，避過利爪揮擊，順勢扯出他的劍。那一爪劃破他的胸口，鎖甲釦環彷彿布料般被撕碎。但他宛如餓狼反撲。他衝入對方手臂的攻擊範圍，一劍插入怪物腹部——感覺怪物雙臂抱住自己，禽爪撕裂背上的鎖甲，企圖挖出他的內臟——他頭暈目眩地籠罩在冷如寒冰的藍焰中——接著奮力掙脫逐漸軟弱的手臂，狠狠平空揮砍長劍。

惡魔搖搖晃晃，側向摔倒，腦袋跟脖子只有小塊血肉相連。他身上的火焰高高竄起，如今殷紅如血，遮蔽整個身影。科南鼻孔裡滿是燒肉的味道。他甩開眼中的血汗，轉身跌跌撞撞穿越森林。他手腳都在流血。南方數里外某處，他看見房舍燃燒的火光。身後道路的方向依稀傳來吼叫聲，驅使他奮力前進。

08 康納喬哈拉不再

雷霆河上發生過戰鬥；維里翠姆牆外激烈交戰；河畔堆滿斧頭和火把，許多拓荒者的房舍化爲灰燼，終於趕走了塗漆的野人。

隨風暴而來的是股奇特的寂靜，人們聚在一起，低聲交談，身負染血繃帶的男人在河畔酒館中默默喝著麥酒。

一個頭綁繃帶、手纏吊巾、形容憔悴的森林人走向悶悶不樂抱著大酒杯的辛梅利亞人科南。他是突塞蘭堡的唯一倖存者。

「你跟部隊去過堡壘廢墟了？」

科南點頭。

「我去不了。」對方喃喃說道。「沒有交戰？」

「皮克特人退回黑河對岸。肯定是有什麼事打擊了他們的士氣，但只有創造他們的魔鬼才知道原因。」

森林人看著自己包紮繃帶的手臂，嘆了口氣。

「他們說沒有屍體可供處置。」

科南搖頭。「都化爲灰燼了。皮克特人把他們堆在堡壘裡，放火燒堡，然後渡河。他們的死者跟瓦拉努斯的人一起。」

「瓦拉努斯是最後一批遇害的——他們突破防禦時死在近身肉搏中。他們想活捉他，但他逼他們殺了他。他們抓了十個俘虜，因爲我們打到筋疲力竭，無力再戰。他們當場就殺了九個人。接著索加・沙格暴斃，我才抓到機會掙脫逃跑。」

「索加・沙格死了？」科南脫口問道。

「對。我看著他死的。這就是皮克特人進攻維里翠姆沒有像進攻堡壘那麼猛烈的原因。當時很奇怪。他作戰時沒有受傷。他在死者之間手舞足蹈，揮動剛剛砍爛我最後一個同伴腦袋的斧頭。他朝我走來，聲如狼嚎——接著突然搖晃，放開斧頭，開始團團亂轉，發出我從未在人或動物口中聽過的慘叫。他倒在我和本來要烤我的火堆之間，一邊大喘氣一邊口吐白沫，突然間他身體僵硬，在皮克特人大叫聲中死去。我就是趁亂掙脫綑綁，衝入樹林的。

「我看到他躺在火光下。沒被武器砍中。但股間、肚子，和頸部卻有類似劍砍的血跡——最後那道傷痕幾乎砍斷他的腦袋。你怎麼看？」

科南沒有回答，森林人知道野蠻人有話沒說出口，繼續道：「他活在魔法中，不知如何也死在魔法下。就是他死亡之謎打擊了皮克特人的士氣。在場的人都沒有參與維里翠姆攻城戰。他們迅速渡過黑河。攻擊雷霆河的皮克特人都是在索加・沙格死前就已經上路。他們的兵力不足以攻下這座城。」

「我沿著大路而來，跟在他們主力部隊後面，我知道沒人跟著我離開堡壘。我溜過他們陣線，進入城裡。你帶拓荒者回來，不過他們的女人和小孩趕在那些塗漆魔鬼前一刻入城。要不是年輕的巴爾塞斯和老阿砍幫他們爭取時間，康納喬哈拉所有女人和小孩都已經死光了。我經過巴爾塞斯和那隻狗最後堅守的地點。他們躺在一堆皮克特人之中——一共七個，有些被他的斧頭砍死，有些被狗咬死，路上還有好幾個中箭身亡。天呀，肯定是一場激戰。」

「他是眞男人，」科南說。「我敬他的鬼魂，還有那隻不知恐懼爲何物的狗。」他喝一口酒，然後把剩下的紅酒倒在地上，比劃奇特的異教手勢，然後打爛酒杯。「我要砍十顆皮克特人的腦袋來祭他，再加七顆祭那條狗，他是個比很多人類高強的戰士。」

森林人凝望那雙鬱悶炙烈的藍眼，知道他會執行這個野蠻誓言。

「他們不會重建堡壘？」

「不；阿奎洛尼亞棄守康納喬哈拉。邊疆往後退了。雷霆河就是新的邊境。」

森林人嘆氣，凝望他因爲握持斧柄和劍柄而長繭的手掌。科南伸長手臂去拿酒壺。森林人凝視著他，拿他跟旁邊的人、死在河流沿岸的人，還有河畔其他野人做比較。科南似乎沒留意他的目光。

「野蠻是人類的天性，」邊境人說，依然嚴肅地看著辛梅利亞人。「文明只是機緣下的偶然，是違反自然的狀態，而野蠻終將得勝。」

〈黑河彼岸〉完

贊波拉暗影。

首次刊登於一九三五年十一月號的《怪譚》雜誌，原名〈贊波拉的食人族〉(The Man-Eaters of Zamboula)，這也是霍華爲了市場「投其所好」的作品，幾乎充斥了所有好賣的商業元素：等待解救的美女（而且沒穿衣服）、食人族、眼鏡蛇、巫師、比科南更強壯的肌肉男、苦命的戀人等等。故事中「食人族是黑人」的設定被後世批評是種族歧視，不過我們若仔細研究，會發現只有特定部落是食人族，而且故事中眞正的壞蛋還是白人。

——編者

01 — 鼓聲響起

「阿朗・巴克許旅店危機潛伏！」

說話之人語氣真誠，修長的黑指甲手指抓著科南手臂上的健壯肌肉，嘶聲吼出他的警告。他是個身材精瘦、被陽光曬傷的男人，留著稀疏的黑鬍鬚，破爛衣衫顯示他的游牧民族身分。在黑眉毛、厚胸膛、粗胳臂的高大辛梅利亞人面前，他顯得如此微不足道。他們站在鑄劍師市集角落，兩邊的贊波拉街道上不停路過說著不同語言、穿著打扮多樣的行人，這是個充滿異國風情、各族人種、絢麗浮誇、熱鬧非凡的城市。

科南將目光自一個大眼紅唇、短裙下的棕色大腿會隨著傲慢步伐而若隱若現的岡納拉女人身上移開，皺起眉頭看向他喋喋不休的夥伴。

「你說什麼危機？」

沙漠人偷看身後，這才壓低音量回答。

「誰知道？但有不少沙漠人和旅人在阿朗・巴克許旅店過夜，然後就再也沒人見過或聽過他們了。他們怎麼了？他發誓他們起床後就離開——而確實，這座城的居民從來沒在那裡失蹤過。但那些旅人都下落不明，有人宣稱曾在市集中見過失蹤旅人的財物和裝備。如果不是阿朗解決了原先的主人拿出來賣的，那些東西怎麼會出現在市集？」

「我身無長物。」辛梅利亞人大聲道，碰碰掛在腰間闊劍豬皮包覆的劍柄。「我連馬都賣了。」

「但晚間在阿朗．巴克許旅店失蹤的又不只是有錢的陌生人！」祖阿格人說。「不，窮苦的沙漠人也曾在那裡過夜——因爲他比別家旅店便宜——後來也沒人見過。之前有個祖阿格酋長爲了兒子失蹤去跟總督瓊吉爾汗投訴，總督下令士兵搜查旅店。」

「他們找到埋滿屍體的地窖？」科南開玩笑地問。

「沒！什麼都沒找到！他們在威脅和咒罵中把酋長趕出本城！但」——他湊近科南，微微發抖——「有找到別的東西！在沙漠邊緣，旅店之後，有一叢棕櫚樹，那片樹林裡有個地洞。地洞裡有發現燒得焦黑的人類骸骨。不只一次，很多次！」

「那又證明什麼？」辛梅利亞人嘟噥道。

「阿朗．巴克許是惡魔！不，在這座斯提及亞人建造、希爾卡尼亞人統治的詛咒城市裡——白人、黃人、黑人全都混在一起生下各式各樣膚色的墮落雜種——誰能分辨誰是人類，誰又是惡魔假扮的呢？阿朗．巴克許是化身人形的惡魔！晚上他就會恢復原形，把他的客人帶去沙漠，跟荒土上的惡魔聚會。」

「他爲什麼只動陌生人？」科南語氣諷刺地問。

「城裡的人不會坐視他屠殺市民，但他們不在乎陌生人死在他手上。科南，你來自西方，不了解這片古老土地的祕密。但，打從天地初開，沙漠惡魔就崇拜幽格，空屋之神，用火——用火吞噬人類受害者。

「小心！你在祖阿格的帳篷中住過幾個月，你是我們的弟兄！不要去阿朗・巴克許的旅店。」

「躲起來！」科南突然說。「一隊守衛過來了。如果他們看見你，或許會想起總督的馬廄走失了匹馬——」

祖阿格人驚呼一聲，連忙移動。他閃入一個貨攤跟石製馬飼料槽中間，停頓片刻說道：「小心，我的兄弟！阿朗・巴克許旅店裡有惡魔！」然後他閃入一條窄巷，就此消失不見。

科南調整闊劍帶的位置，冷靜回應路過守衛隊瞪視他的目光。他們好奇又懷疑地打量他，因爲即使在贊波拉蜿蜒擁擠的街道上，他依然十分顯眼。他的藍眼睛和異國五官跟東方人種大相逕庭，他腰間的直劍也顯示出種族差異。

守衛沒有盤問他，而是繼續前進，群眾紛紛讓道給他們過。他們是佩利許提人，矮個子、鷹勾鼻、藍黑色鬍鬚垂落在鎖甲胸口——突倫統治者雇用這些傭兵執行他們不屑幹的工作，而血統混雜的一般市民也基於同樣的理由討厭他們。

科南看了剛剛開始沉入市集西側平頂屋後的太陽一眼，再度伸手拉扯腰帶，朝阿朗・巴克許的旅店前進。

他踏著丘陵人的步伐穿越景象不斷變動的街道，衣衫襤褸的乞丐跟貂皮卡拉特袍的氣派商人擦肩而過，還有珍珠綢緞的富裕交際花。高大的黑人奴隸垂頭喪氣地跟著主人，推擠閃姆城市來的藍鬍鬚旅人、城外沙漠來的破爛衣服游牧民族、東方諸國的商人和冒險家。

本地居民同樣人種多元。這裡，幾世紀前，斯堤及亞大軍殺到，在東方沙漠建立帝國。當時贊波拉只是個小貿易鎮，位於一圈綠洲之間，居民都是游牧民族的後裔。斯堤及亞人將贊波拉打造成城市，讓自己人定居其中，加上閃姆和庫許奴隸。往來不斷的車隊，自東而西穿越沙漠，然後又返回，帶回財富和更混雜的人種。接著突倫人出現，自東方而來，逼退斯堤及亞的國境，一個世代以來，贊波拉一直都是突倫最西邊的前哨城市，由突倫總督統治。

走在贊波拉繁忙的街道上，各式吵雜人聲傳入辛梅利亞人耳中——偶爾會有馬蹄聲蓋過人聲，騎馬的是高大靈活的突倫戰士，黝黑的鷹臉、噹啷作響的金屬護具和彎刀。群眾在馬蹄下慌忙走避，因爲他們都是贊波拉的領主。不過高大嚴肅的斯堤及亞人站在黑影之中，神色不善地瞪視他們，懷念古時候的榮耀。人種混雜的市民並不在乎控制他們命運的國王住在黑暗的凱米或明亮的阿格拉波。瓊吉爾汗統治贊波拉，人們背地裡傳說娜弗塔莉，總督的情婦，統治瓊吉爾汗；但人民自得其樂，在街上展現他們的膚色、討價還價、爭吵、賭博、豪飲、談情說愛，就跟打從贊波拉在卡拉穆恩沙漠上建立起塔樓和尖塔數百年以來所有居民一樣。

科南抵達阿朗．巴克許旅店前，街上已經點燃表面刻有橫眉豎目之龍的銅燈籠。該旅店是那條西向街道上最後一間有住人的建築。一座有圍牆的寬敞花園，其內種有許多棗椰樹，將旅店和東邊的房舍分隔開來。旅店西邊也有一片棕櫚樹園，過去之後街道就變成了蜿蜒通往沙漠的道路。旅店對面有一排廢棄小屋，以稀疏的棕櫚樹遮蔭，裡面只住了蝙蝠和豺狼。科南沿路走來，不禁懷疑贊波拉隨處可見的乞丐爲什麼不占據這些房屋睡覺。火光只有照到他身後一段距離外。這條街上沒有燈籠，除了掛在旅店門前的那盞；這裡只有星光、腳下的塵土及沙漠微風吹拂下的棕櫚樹葉沙沙聲。

阿朗的大門不是開在大路上，而是旅店和棗椰樹花園之間的巷子裡。科南使勁拉了拉燈籠旁的門鈴繩，用劍柄敲打鐵板柚木大門。門上開了扇邊門，一張黑臉探頭出來。

「開門，可惡的傢伙，」科南說。「我是客人。我已經付給阿朗房錢，我要我的房間，看在克羅姆的份上！」

黑人伸長脖子，打量科南身後只有星光照明的道路；但他一聲不吭地打開大門，跟著又在辛梅利亞人進門後關閉，上閂上鎖。牆壁異常地高；但贊波拉盜賊肆虐，而位於沙漠邊緣的房子或許得要防禦游牧民族夜襲。科南大步走過一座花園，大白花在星光下微微晃動，隨即進入酒吧，裡面有個留著學者光頭的斯堤及亞人坐在桌前，思索天知道是什麼的難解之謎，還有幾個毫無特色的傢伙在角落賭骰子。

阿朗・巴克許迎上前來，步伐輕盈，身材肥胖，黑鬍鬚垂在胸前，鷹勾鼻十分顯眼，一雙黑眼骨碌碌地打轉。

「要吃的嗎？」他問。「喝的？」

「我在市集裡吃過牛肉和麵包了，」科南嘟噥道。「來杯加桑紅酒——我剩的錢剛好夠付一杯。」他在沾滿酒漬的桌上丟下一枚銅幣。

「你沒在賭桌上贏錢？」

「我本錢只有幾枚銀幣，怎麼可能贏得了錢？我今天早上預付房錢，就是因爲知道可能會輸。我要確保今晚有地方睡覺。我發現沒人在贊波拉街頭睡覺。就連乞丐都會在天黑前找能擋起來的地方窩著。這座城裡肯定充滿特別嗜血的盜賊團。」

他暢飲紅酒，然後跟著阿朗離開酒吧。賭骰子的人暫停片刻，懷著揣測地凝望他的背影。他們沒說什麼，但斯堤及亞人笑了，笑聲詭異，帶有憤世嫉俗的嘲弄意味。其他人雙眼低垂，神色不安，避開彼此的目光。斯堤及亞學者研究的知識導致他無法分享正常人的情緒。

科南跟著阿朗走過一條銅油燈照明的走廊，而他對店主人踏地無聲感到不安。阿朗的腳上穿著軟拖鞋，走廊又鋪了突倫厚地毯；但這個贊波拉人舉手投足間都給人一種擅長潛行的感覺。

迂迴的走廊末端，阿朗停在一扇門前，門前横卡了根大鐵門在堅固的金屬托架上。阿朗抬起鐵門，帶辛梅利亞人進入上好的房間，科南立刻留意到房間的窗戶很小，窗框中有雅緻的鍍金鐵欄杆。地板上鋪著地毯、一張東方風格的床鋪，還有雕飾華麗的凳子。這個房間遠比科南花大錢在市中心住的房間豪華——他本來很喜歡那個地點，直到那天早上發現尋歡作樂數日後他的錢袋變得有多輕。他是一週前從沙漠抵達贊波拉的。

阿朗點燃一盞銅燈，帶科南參觀房間內的兩扇門。兩扇都有沉重的門門。

「你今晚可以安然入眠，辛梅利亞人。」阿朗說，站在內門廊中透過濃密鬍鬚眨眼。

科南嘟噥一聲，把出鞘的闊劍丟在床上。

「你的門閂和欄杆都很堅固；但我睡覺總是劍不離身。」

阿朗沒有回應；他輕捻自己的濃密鬍鬚片刻，凝望著那把陰森的武器。接著他默默後退，關上房門。科南閂好門閂，走過房間，打開對面的門，往外看。這個房間面對西向通往沙漠的道路。門外是座小庭院，擁有自己的圍牆。兩側跟旅店其他部分隔絕開來的牆壁很高，沒有出入口；不過朝向道路的那面牆比較低，而且大門沒鎖。

科南站在門內片刻，就著身後銅燈的火光，看向消失在濃密棕櫚樹間的道路。樹葉在微風中窸窣作響；其後就是赤裸沙漠。街道反方向燈火通明，城市喧囂依稀可聞。這裡只有星光，加上棕櫚樹輕聲低語，還有矮牆之後，地上的塵土和廢棄小屋的平屋頂遮蔽低矮的星星。棕櫚樹林後的某處開始傳來鼓聲。

祖阿格人穿鑿附會的警告回到心中，如今似乎沒有在擁擠明亮的街道上聽起來那麼無稽。他再度開始思索那些廢棄小屋的問題。乞丐為什麼避開它們？他轉身回房，關上門，扣上門閂。

燈火開始搖曳，他過去查看，發現油燈裡的棕櫚油快乾掉時咒罵一聲。他張口要叫阿朗，接著聳聳肩膀，吹熄油燈。他沒脫衣服，就這麼在黑暗中伸展四肢躺到床上，強壯的手掌本能性尋找並握緊他的劍柄。他愣愣看著窗戶欄杆外的星星，耳中聽見微風吹拂棕櫚樹的聲響，在隱約察覺到沙漠裡來的鼓音下陷入沉睡——皮鼓在黑手輕盈節奏拍擊下隆隆作響，低語呢喃……

02 夜行者

細微的開門聲喚醒辛梅利亞人。他睡醒可不像文明人那樣睡眼惺忪，神色愚蠢。他會立刻清醒，心思清晰，辨識出打擾他睡眠的聲響。他緊繃地躺在黑暗中，看見外門緩緩開啓。在逐漸寬敞的縫隙星空中，他看見一條巨大的黑色身影，肩膀寬厚伏低，畸形的腦袋遮蔽星光。

科南感到肩膀後方皮膚發毛。他有鬥好那扇門的門閂。除非有超自然生物，門怎麼可能會開？人類怎麼可能擁有遮蔽星光的那種怪頭輪廓？他在祖阿格帳篷中聽過的魔鬼和哥布林故事湧上心頭，當場讓他冷汗直流。怪物無聲無息進入屋內，身形伏低，左搖右晃；辛梅利亞人聞到一股熟悉的氣味，但並沒有令他心安，因爲祖阿格傳說中的惡魔就是那種味道。

科南無聲無息縮起長腳；右手握著裸劍，宛如猛虎縱躍般自黑暗中狠狠撲擊。就算是惡魔也不可能躲過那股猛烈衝勢。他的劍擊中目標，刺穿血肉和骨頭，對方悶呼一聲，重重倒地。黑暗中科南蜷伏在它身上，手中闊劍滴血。不管是魔鬼、野獸，還是人，那傢伙都已經死在地板上。他跟任何野生動物一樣有能力察覺死亡。他凝望半開的門，看著星光下的庭院。庭院大門開了，但院子裡沒人。

科南關上門，不過沒上閂。他在黑暗中摸索，找到油燈，點燃。裡面的燈油還能燒個幾分鐘。片刻過後，他彎腰去看躺在血泊中的屍體。

對方是個高大的黑人，全身只穿一條纏腰布。一手抓著根凹凸不平的大棒子。那傢伙雜亂的頭髮用小樹枝和乾泥巴塑造獸角的形狀。這個野蠻的髮型導致他的腦袋在星光下看來很畸形。科南靈光一現，推開肥厚的紅唇，在看見磨利的牙齒時嘟噥一聲。

這下他解開陌生人在阿朗・巴克許旅店中失蹤之謎了；棕櫚樹園外傳來黑鼓鼓聲之謎，還有焦骨地洞之謎——星空下在那個地洞中烤奇特的肉，黑色的怪物蹲在旁邊，準備滿足口腹之慾。地上的男人乃是來自達法的食人奴隸。

城內有很多這種人。贊波拉並不公開允許食人主義。但這下科南知道人們晚上為什麼要找安全的地方過夜，就連乞丐都會避開室外巷道和無門廢墟。他噁心地哼了一聲，想像高大的黑影深夜在街道間潛行，尋找人類獵物——而阿朗・巴克許這種人就會幫他們開門。旅店老闆不是惡魔，他比惡魔還壞。達法的奴隸乃是惡名昭彰的盜賊；毫無疑問，他們竊取的贓物部分流入阿朗・巴克許手中。而代價就是人肉。

科南吹熄蠟燭，走到門口，開門，在門外側的雕飾上摸索。其中一塊會動，能夠牽動門內的門閂。這個房間乃是把人當兔子困住的陷阱。但這一次，陷阱抓到的不是兔子，而是劍齒虎。

科南回到另外那扇門前，提起門閂，推門。推不開，他想起門外的大門閂。阿朗不留任何機會給受害者或跟他交易的那些傢伙。辛梅利亞人扣好腰帶，步出庭院，關上房門。他一點也不想拖延去找阿朗・巴克許報仇的時間。不知道有多少可憐的傢伙睡夢中遇襲，拖出那個房間，沿道路穿越陰暗的棕櫚樹園，淪落到烤肉地洞。

他在庭院中停步。鼓聲還在響，他在樹園中看見一道紅光。食人並非只是達法黑人的變態嗜好；那是他們恐怖邪教中不可或缺的要素。黑禿鷹已經聚集。但當晚即將塡飽他們肚子的肉不會是他的。

要去找阿朗・巴克許，他得翻越將小庭院跟旅店其他部分分開的圍牆。牆壁很高，爲的是阻擋食人族；但科南可不是出身沼澤的黑人；他的肌肉早在少年時期就於家鄉丘陵的峭壁上鍛鍊成鋼。他來到牆前，突然聽見樹下傳來叫聲。

科南立刻衝到大門口伏低，凝望門外的道路。叫聲發自道路對面小屋陰影中。他聽見激動的哽咽聲和汩汩聲，很可能是在嘴巴讓黑手捂住時不顧一切企圖尖叫的聲音。幾條緊貼的身影步出小屋後方的陰影，開始沿道路前進——三個高大的黑人抬著一條奮力掙扎的纖瘦身影。科南瞥見白皙的四肢在星光下扭動，接著俘虜奮力抽身，掙脫抓她的粗手指，開始飛奔逃命，一個動作靈活的年輕女子，宛如剛出生般赤身裸體。科南清楚看著她逃離道路，消失在房舍的陰影間。黑人緊追在後，回到剛剛離開的陰影中，接著就是一陣痛苦恐懼的尖叫。

殘暴的畫面令科南怒不可抑，他衝過大道。

受害者跟加害者都沒察覺他的存在，直到聽見他踏在塵土上的細微腳步聲；不過他已經十分接近，帶著宛如山丘陣風的怒氣而來。兩名黑人轉身對付他，舉起他們的大棒子。但他們沒有算準他攻擊的速度。其中一人當場倒地，肚破腸流，棒子都還沒揮出去，跟著科南像貓一樣轉身，避開另一人的棒子，劍聲霍霍，展開反擊。黑人的頭顱凌空飛起；無頭屍體跨出三步，狂噴鮮血，出手亂抓，然後癱倒在地。

剩下的食人族悶聲吼叫，拋開他的俘虜。她絆倒，在塵土中翻滾，黑人驚慌失措地逃向城裡。科南緊追而去。恐懼讓黑人腳上生出翅膀，但在他們抵達最東邊的房舍前，他察覺死亡來到身後，發出牛在屠宰場中的慘叫。

「地獄的黑狗！」科南一劍插入黑人的肩膀中央，力道猛烈，闊劍刃足足有半把爆出他的黑胸膛。黑人哽咽一聲，向前倒地，科南站穩腳步，在死者倒地時拔出他的劍。

一時間只有微風吹拂樹葉的聲響。科南宛如抖動鬃毛的獅子般搖頭，吼叫釋放他不滿足的嗜血慾望。但再也沒人從黑暗中跑出來，房舍前星光下的道路上空無一人。他在聽見迅速逼近的腳步聲時立即轉身，結果只是那個女人，衝過來撲到他身上，死命摟著他的脖子，讓剛剛逃離的可怕命運嚇得發抖。

「放輕鬆，女人，」他嘟噥道。「妳沒事了。他們怎麼抓到妳的？」

她邊說邊啜泣，也聽不懂在說什麼。他於星光中檢視她，登時把阿朗・巴克許拋到腦後。她是白人，不過一頭黑髮，顯然是贊波拉的眾多混血人種之一。從這個角度來看，她身材高挑，曲線玲瓏。他神色讚歎地低頭打量依然在恐懼和疲累下微微顫抖的美麗乳房和柔嫩肢體。他伸手繞過她的纖腰，說話安撫她：「不要發抖了，女人；妳安全了。」

他的撫摸似乎讓她恢復些微理智。她撩起濃密亮麗的秀髮，神色恐懼地偷瞄自己身後，身體緊貼辛梅利亞人，彷彿透過身體接觸尋求安全感。

「他們在街上抓我，」她喃喃說道，語音顫抖。「埋伏在一道漆黑的拱門後——黑人，好像體型巨大的猩猩！願塞特寬恕我！我一定會惡夢連連！」

「妳這麼晚了上街幹嘛？」他問，享受著指尖傳來光滑肌膚上絲綢般的觸感。

她撩開秀髮，神色茫然地凝望他的臉。她對他的撫摸似乎毫無所覺。

「我的愛人，」她說。「我的愛人把我趕出家門。我是在逃跑時被這些野獸抓到的。」

「妳的美貌會令男人痴狂。」科南說，手指試探性地掠過她的秀髮。

她搖頭，如夢初醒。她不再顫抖，嗓音穩健。

「是個祭司幹的——名叫托特拉斯梅克，哈努曼的祭司，想把我據爲己有——那條狗！」

「沒必要爲此責怪他，」科南笑道。「那隻老土狼品味不錯。」

她忽略這直白的讚美。她迅速恢復冷靜。

「我的愛人是——是年輕的突倫士兵。爲了得到我，托特拉斯梅克給他吃了一種把人逼瘋的藥。今晚他突然發作，拿劍要殺我，但我逃走了，跑到街上。黑人抓了我，把我帶來——什麼聲音？」

科南已經展開行動。他無聲無息，宛若影子，拉著她躲入附近的小屋，稀疏的棕櫚樹後。他們情緒緊繃，動也不動地站著，剛剛聽見的低語愈來愈響亮，終於清晰可聞。一群黑人，九到十名，從城市方向沿路走來。女孩抓著科南的手臂，他感覺緊貼他的嬌軀劇烈顫抖。

如今他們聽懂了黑人的喉音在說些什麼。

「我們的兄弟已經在地洞集結了，」其中一人說。「我們運氣不好。希望他們的夠大家吃。」

「阿朗承諾會給我們一個男人，」另一人喃喃說道，科南也在心裡對阿朗許下承諾。

「阿朗肯定信守承諾。」另一人嘟囔道。「我們從他的旅店擄走很多人了。但我們支付的價碼也高。我本人就給了他從我主人那邊偷來的十捆絲綢。以塞特之名，那可是上好絲綢！」

黑人漸行漸遠，寬大的赤腳掀起塵土，話語聲消失在道路另一端。

「幸好屍體都在房子後面。」科南說。「如果他們跑去阿朗的死亡房，就會找到另一具屍體。我們走吧。」

「對，動作快！」女孩哀求，幾乎又陷入歇斯底里。「我的愛人獨自在街上遊蕩。黑人會抓到他。」

「眞是可怕的習俗！」科南低吼，領頭走向城內，跟道路平行，不過保持在房舍和稀疏的樹木之後。「市民爲什麼不除掉那些黑狗？」

「他們是很有價値的奴隸。」女孩輕聲道。「他們人數眾多，如果無法取得他們渴望的人肉，他們可能會造反。贊波拉人知道他們晚上會上街擄人，所有人都待在上鎖的門後，除非出了什麼意外，就像我這樣。黑人獵食任何能抓到的人，不過通常都只抓得到外來者。贊波拉人不在乎路過本城的陌生人。」

「阿朗・巴克許那種人把陌生人賣給黑人。他不敢用這種手法對付市民。」

科南噁心地吐口水，片刻後帶他的夥伴走到城內街道上，兩側都是沒有點燈的寂靜房舍。躲在黑暗中並不符合他的天性。

「妳想去哪裡？」他問。女孩似乎不排斥他摟著她的腰。

「回我家，叫醒我的僕人。」她回答。「要他們去搜尋我愛人。我不要城裡的人——祭司——任何人——知道他發瘋的事。他——他是前途無量的年輕軍官。或許如果我們找到他，就能治好他的瘋病。」

「如果我們找到他？」科南沉聲道。「妳怎麼會以為我想花一個晚上在街上尋找瘋子？」

她瞄他一眼，正確解譯他眼中的目光。任何女人都看得出來他願意跟她去任何地方——至少短時間內如此。但身為女人，她假裝不知道這個事實。

「拜託，」她語音哽咽地說，「沒有其他人可以幫我——你一直都對我很好——」

「好啦！」他嘟噥道。「好啦！那個小無賴叫什麼名字？」

「叫——阿拉夫哈爾。我叫莎碧碧，是舞女。我經常在瓊吉爾汗總督和他的情婦娜弗塔莉面前表演，還有贊波拉所有領主和王家女士。托特拉斯梅克想要我，而我拒絕他，於是他讓我成為對付阿拉夫哈爾的無辜工具。我跟托拉斯梅克求愛情魔藥，沒有想到他老謀深算，懷恨在心。他給我一種藥去混在愛人的酒裡，宣稱阿拉夫哈爾喝了之後，就會更加瘋狂愛上我，實現我所有夢想。我偷偷把藥摻入愛人的酒裡。但我的愛人喝了之後，立刻開始胡言亂語，接下來的事我剛剛已經說過了。詛咒托特拉斯梅克，那條混血蛇——啊！」

她用力抓緊他手臂，兩人當場停步。他們來到商店貨攤區，空蕩蕩地，沒有燈火，因爲夜色已晚。他們剛剛路過一條巷道，巷口站了個男人，靜止不動，無聲無息。他腦袋低垂，但科南看見他眼神詭異毫不眨動地打量他們。他毛骨悚然，不是出於害怕對方手上的劍，而是因爲他的姿勢和寂靜散發出的詭異氣氛。充滿瘋狂意味。科南把女孩推開，拔出他的劍。

「別殺他！」她哀求。「以塞特之名，不要殺他！你很強壯——壓倒他！」

「看著辦。」他喃喃說道，右手握劍，左手握成錘子般的拳頭。

他謹慎朝巷口跨出一步——突倫人張口狂笑，疾衝而來。他揮砍長劍，腳尖踮起，全力出擊。科南格擋此劍，火星四射，下一刻瘋子已經被科南的左拳擊倒在地，昏迷不醒。

女孩跑上前。

「喔，他沒有——他沒有——」

科南立刻蹲下，把男人轉向側面，伸手探他脈搏。

「他受傷不重。」他嘟噥道。「流鼻血，但下巴中拳的人都可能會流鼻血。他過一會兒就會醒來，或許神智也會清醒。我先用他的劍帶把他手腕綁起來——好了。妳要我帶他去哪裡？」

「等等！」她蹲在昏迷不醒之人身旁，抓起綁住的雙手，神情熱切地凝視。接著，她悵然若失地搖頭，站起身來。她湊近高大的辛梅利亞人，纖細的雙掌貼上他鼓脹的胸膛。她的黑眼睛，在星光下宛如濕潤的黑寶石，凝望他的雙眼。

「你是真男人！幫我！托特拉斯梅克非死不可！幫我殺了他！」

「然後把我的脖子套上突倫絞刑索？」他嘟噥道。

「不會！」她纖細的手臂宛如韌鋼般強硬，勾住他肌肉虯結的頸部。她柔軟的身軀貼著他顫動。「希爾卡尼亞人不喜歡托特拉斯梅克。塞特的祭司怕他。他是個雜種，透過恐懼和迷信統治其他人。我崇拜塞特，突倫人崇拜厄利克，但托特拉斯梅克信仰天殺的哈努曼！突倫領主擔心他的黑魔法和他在混血市民間的影響力，所以他們討厭他。就連瓊吉爾汗和他的情婦娜弗塔莉都討厭他。如果他晚上在他的神廟中遇害，他們不會花費多大心力搜捕凶手。」

「那他的魔法呢？」辛梅利亞人沉聲問。

「你是戰士，」她回答。「冒險是職業風險。」

「我不免費冒險。」他承認。

「我會付帳！」她輕聲道，踮起腳尖，凝視他雙眼。

如此貼近她誘人的胴體點燃他血管中的慾火。她吹氣如蘭，香味深入他的腦海。但當他的手臂伸過去摟她時，她卻十分靈巧地避開，說道：「等等！先幫我辦事。」

「說清楚代價。」他說話都有困難。

「扛起我的愛人。」她指示，辛梅利亞人彎腰，輕鬆把高個子男人扛上肩。那一刻裡，他覺得自己可以同等輕鬆地推倒瓊吉爾汗的王宮。女孩對昏迷不醒的男人傾訴愛意，表情看來毫不虛偽。她顯然深愛著阿拉夫哈爾。不管她跟科南達成什麼交易，都不會影響跟阿拉夫哈爾之間的感情。女人在這種事上比男人實際多了。

「跟我來！」她快步走過街道，辛梅利亞人輕鬆跟著她走，完全不受肩膀上的負擔影響。他時刻留心潛伏在拱門下的陰影，但沒有看到任何可疑之處。顯然達法人全都聚集在烤肉洞裡。女孩轉向一條狹窄側巷，不久後謹慎敲打一扇拱門。

門上方的門孔幾乎立刻開啓，露出其後的黑人臉。她湊近門孔，低聲說話。門閂嘎吱作響，房門開啓。一名高大的黑人站在門中，遮蔽屋內銅油燈的燈火。科南一眼就看出對方不是來自達法。他的牙齒沒有磨尖，頭髮剪得很短，貼近頭皮。他來自瓦戴。

在莎碧碧命令下，科南把軟癱的男人交給黑人，看著年輕軍官躺上絨布床。他沒有任何恢復意識的跡象。把他打昏的那拳猛到足以打倒牛。莎碧碧彎腰在他身前，手指緊張兮兮地交纏扭動。接著她站直身子，朝辛梅利亞人比個手勢。

門輕輕關上，在他們身後上鎖，關上的門孔遮蔽油燈的光線。在街道的星光下，莎碧碧牽起科南的手。她自己的手微微顫抖。

「你不會讓我失望？」

他搖搖在星光前顯得很大的腦袋。

「那就跟我去哈努曼神廟，願諸神寬恕我們的靈魂。」

他們宛如遠古幽靈般走在寂靜街道上。他們無聲無息。或許女孩在擔心失去意識躺在油燈照耀的床上的愛人，也可能在害怕惡魔作祟的哈努曼神廟裡將發生的事。野蠻人心裡只有身旁這個體態誘人的女人。他鼻孔裡聞到她頭髮中的香水氣味，腦中則充滿她渾身散發出的美麗靈氣，完全容不下其他思緒。

他們聽見銅靴聲響，躲入一扇拱門陰影下，看著一隊佩利許提守衛路過。守衛共有十五人；他們隊形緊密，手持長矛，最後排的人將寬銅盾牌掛在背上，避免遭受背刺攻擊。黑人食人族即使對武裝守衛而言都是威脅。

他們的腳步聲消失在街道另一端，科南和女孩離開藏身處，快步前進。片刻後，他們看見要找的低矮雄偉建築聳立在面前。

哈努曼神廟獨立於一座大廣場上，此刻廣場一片空曠，無聲躺在星空下。大理石牆圍起神廟，柱廊正前方有一座入口。入口沒有門或任何屏障。

「黑人爲什麼不來這裡擄人？」科南喃喃問道。「沒有東西阻止他們進入神廟。」

他感覺到莎碧碧貼近自己，身軀顫抖。

「他們怕托特拉斯梅克，就跟所有贊波拉人一樣，包括瓊吉爾汗和娜弗塔莉。來！快點，免得我的勇氣像水一樣流失！」

女孩顯然很害怕，但她沒有退縮。科南拔劍，走在她身前，穿越神廟入口。他知道東方祭司令人厭惡的習慣，清楚哈努曼神廟的入侵者可能會遭遇各式各樣恐怖的情況。他知道他和女孩都可能無法生離此地，但他以身犯險的次數多到根本不太放在心上了。

他們進入在星光下反射白光的大理石地板庭院。幾級大理石階連接柱廊。大銅門就跟過去幾個世紀一樣敞開。但沒有信徒在裡面燒香。白天男男女女會戰戰兢兢地進入神廟，向祭壇上的猩猩神獻上祭品。晚間人們會避開哈努曼神廟，就像兔子避開蛇窩。

焚香讓神廟內部籠罩在一股怪異的淡光下，產生不眞實的幻象。後牆附近，黑石祭壇後方，坐著永遠凝視神廟門口的神像，數百年來，祂的受害者就是在玫瑰鎖鏈的箝制下穿越那扇門口而來。門檻到祭壇之間有道淺溝，科南腳底一察覺，立刻像是踩到蛇般向旁退開。那條淺溝讓無數慘死在那座恐怖祭壇上之人顫抖的雙腳踐踏磨損。

模糊的光線下，哈努曼相貌凶殘，透過石雕面具斜眼瞪視。祂坐著，不是像猩猩那樣蹲坐，而是像人般盤腿坐，但感覺卻沒有因此而比較不像人猿。祂是用黑大理石雕刻而成的，但眼睛卻是紅寶石，宛如地獄最深處的煤炭般綻放淫慾的紅光。祂的大手放在腿上，掌心向上，利爪般的手掌攤開微握。在令人作嘔地強調男性象徵下，在宛如羊男般的倨傲神情中，反映出尊祂爲神的墮落邪教憤世嫉俗的惡劣本質。

女孩繞過神像，走向後牆，當光滑的腰際掠過神像膝蓋，她縮向一旁，微微顫抖，彷彿碰到爬蟲類般。神像寬敞的背部跟金葉雕飾的大理石牆間有幾呎寬的空隙。神像兩側的牆邊各有一座金拱框象牙門。

「那兩扇門位於同一條髮夾彎走廊的兩端，」她迅速說道。「我來過這座神廟一次——一次！」她突然發抖，纖瘦的肩膀抽動，想起那段既恐怖又淫穢的回憶。「走廊狀如馬蹄鐵，兩端開口通往這個房間。托特拉斯梅克的房間位於走廊彎道之間，房門正對走廊。但這面牆上有密門可以直接通往內室——」

她開始在平滑的牆面上摸索，看不出任何裂痕或縫隙。科南站在她身邊，手持闊劍，神色警覺，東張西望。神廟的寂靜與空曠，加上對牆後房間的想像，讓他感覺像是在找尋陷阱的野獸。

「啊！」女孩終於發現隱藏彈簧；牆上露出一個漆黑方孔。接著：「塞特呀！」她大叫，科南連忙撲向她，只見有隻畸形大手抓住她的頭髮。她站立不穩，被當頭扯入牆上的開孔。科南連忙抓去，感覺手指滑過裸露的皮膚，轉眼間她就消失不見，牆上跟之前一樣一片漆黑。牆後傳來悶聲掙扎，隱約聽見一下尖叫，然後是讓科南血液凝結的陰沉笑聲。

03 黑手猛抓

辛梅利亞人咒罵一聲，舉起劍柄猛擊牆壁，大理石碎裂。但暗門沒有開啓，理性告訴他暗門顯然是從另外一邊門上了。他轉身衝過石室，來到一扇象牙門前。

他舉起他的劍打算打爛門板，不過首先伸出左手推門。門應聲而開，他凝望門後的長廊，以類似神廟中的焚香怪光照明，末端彎入黑暗中。門框上有根大金門閂，他輕輕伸手觸摸。金屬上帶有一股只有感官跟狼一樣敏銳的人才能察覺的微溫。門閂有人碰過——被拉開——不到幾秒前的事。整件事情愈來愈像陷阱。他早該料到托特拉斯梅克會知道有人進入神廟。

進入走廊毫無疑問是步入祭司設下的陷阱。但科南毫不遲疑。莎碧碧被抓去昏暗室內的某處，而根據他對哈努曼祭司的了解，他很肯定她迫切需要幫助。科南以類似獵豹的姿態步入走廊，隨時準備攻擊左右。

左邊有許多象牙拱門開向這道走廊，他一扇一扇推門。全部都有上鎖。他走出約莫七十五呎，走廊突然往左彎，就是女孩之前提到的彎道。彎道牆上有一扇門，在他手中應聲而開。

門後是間寬敞的方形房間，照明比走廊上清晰。牆壁是白大理石，地板是象牙，天花板鍍銀。他看見華麗的綢緞床、鑲金象牙腳凳、某種金屬材質的圓盤桌。一個男人斜躺在床上，面對門口。看到辛梅利亞人震驚的神情，他哈哈大笑。

此人赤身裸體，只穿一條纏腰布和綁腿涼鞋。他棕色皮膚，黑短髮，寬大高傲的臉上有雙靜不下來的眼睛。他身形龐大，四肢粗壯，肌肉隨著他一舉一動鼓脹顫抖。他的手掌是科南此生見過最大的手掌。舉手投足間在在透露肉體強大的力量。

「何不進來，野蠻人？」他語氣諷刺，以誇張的手勢邀請他進去。

科南目光陰森，謹慎進房，備妥長劍。

「你他媽是什麼人？」他低吼問道。

「我是巴爾佩提爾，」男人回道。「曾經，許久以前，在另一片土地上，我有過別的名字。但這個名字不錯，托特拉斯梅克爲什麼給我這個名字，找個神廟女信徒就能告訴你。（佩提爾是豐饒之神，主生殖。）」

「所以你是他的狗！」科南哼道。「好了，詛咒你的棕皮，巴爾佩提爾，你從牆外抓進來的女人呢？」

「我的主人在跟她玩！」巴爾佩提爾笑道。「聽！」

房間對面的門後傳來女人的尖叫聲，彷彿發自遠方般聽不眞切。

「詛咒你的靈魂！」科南朝那扇門跨出一步，接著在渾身發毛下轉身。巴爾佩提爾對著他笑，笑聲暗藏惡意，令科南頸部寒毛豎起，眼前籠罩一股嗜血紅浪。

他走向巴爾佩提爾，握劍的指節泛白。棕人順手朝他拋出某樣東西——在詭異光線中閃耀的水晶球。

科南本能閃避，但水晶球宛若奇蹟般停在半空中，他臉前數呎外。它沒有摔在地上。水晶球飄在空中，彷彿有看不見的細線支撐，離地面約莫五呎。他驚訝地盯著球看，球則開始轉動，越轉越快。而且它邊轉還邊長大，擴張，模糊不清。它塡滿整個房間。它包覆他。它遮蔽家具、牆壁、巴爾佩提爾的笑臉。他消失在高速旋轉的刺眼藍色殘影中。強風呼嘯掠過科南，扯動他，企圖讓他離地而起，將他拖入在面前瘋狂轉動的漩渦。

科南透不過氣，大喊一聲，向後跳開，轉身，感覺背上緊貼的實體牆壁。接觸牆壁同時，幻象不復存在。旋轉不休的大球像顆刺破的泡泡般當場消失。科南站在銀天花板房間中，腳下飄浮一層灰霧，看著巴爾佩提爾慵懶地躺在床上，無聲笑到發抖。

「婊子養的！」科南撲向他。但地板上的灰霧竄起，遮蔽高大的棕色身影。

科南在視線不清的滾雲中摸索，心中浮現方位錯亂的撕裂感——接著房間、霧氣、棕人通通消失。他獨自站在沼澤高草之間，一頭水牛低頭朝他直衝而來。他跳開閃避彎刀般的牛角，出劍砍傷牛的前腳後方，貫穿肋骨和心臟。接著他不再是倒在泥巴中等死的水牛，變成了棕皮膚的巴爾佩提爾。科南咒罵一聲，砍下他的腦袋；那顆頭突然竄起，野獸般的獠牙咬住他的喉嚨。他使盡全身的力量都沒辦法掙脫——他喘不過氣——無法呼吸；接著出現一陣勁風和巨響，強大衝擊引發方位錯亂的震撼，他又回到巴爾佩提爾的房間裡，而巴爾佩提爾的腦袋再度回到他的肩膀間，躺在床上無聲嘲笑他。

「催眠術！」科南喃喃說道，伏低身形，腳趾用力貼緊大理石地。他目光炙烈。這隻棕狗在玩弄他、嘲笑他！但是這種伎倆，思緒迷霧和陰影的幼稚把戲，根本傷不了他。他只要跳過去攻擊，這個棕皮膚的侍祭就會變成他腳邊的殘破屍體。這一次他不會再被幻象的陰影迷惑——但他被迷惑了。

身後傳來令人血液凝結的吼叫聲，他立刻轉身，劍光閃爍，攻向伏在金屬色桌上準備朝他撲來的獵豹。他出手的同時，幻象已經消失，他的劍砍中堅硬的表面，發出巨響。他立刻察覺不對。劍卡在桌上！他奮力拉扯。劍文風不動。這可不是催眠術的把戲。那張桌子是個大磁鐵。他雙手握持劍柄，接著肩膀後傳來人聲，他當即轉身，面對終於下床的棕人。

巴爾佩提爾比科南稍高，但是重很多，佇立在他面前，令人膽怯的肌肉化身。他粗壯的手臂長得超乎尋常，大手掌開開闔闔，不住抽動。科南放開受制的劍柄，一聲不吭，瞇起雙眼瞪視敵人。

「你的頭，辛梅利亞人！」巴爾佩提爾挑釁。「我會徒手拔下來，從你肩膀中間扭下來，就像鳥頭一樣！可薩拉人就是這樣獻祭給亞朮爾的。野蠻人，你面對的是幽塔——龐的扼殺者。我生下來就讓亞朮爾的祭司選定，幼兒期、孩童期、少年期的我都在接受徒手殺人的訓練——因為唯有如此才是獻祭之道。亞朮爾熱愛鮮血，祭品的血我們一滴都不浪費。我小時候他們就給我嬰兒扼殺；稍微大點我就開始殺小女孩；少年期，我殺的是女人、老人，和小男孩。直到我長大成人才終於在幽塔——龐的祭壇上殺死強壯的男人。」

「多年以來，我一直在爲亞朮爾提供祭品。我的手折斷過好幾百根脖子——」他在科南憤怒的雙眼前扭動手指。「你不必管我爲什麼要離開幽塔——龐，來當托特拉斯梅克的僕人。再過一會兒你就不會好奇了。可薩拉的祭司，亞朮爾的扼殺者，遠比人類想像中強壯。而我是其中最強的。我要用我的手，野蠻人，折斷你的脖子！」

那兩隻大手就像兩條眼鏡蛇般竄向科南的喉嚨。辛梅利亞人沒有閃避或格擋，反而伸出自己的手掌去掐可薩拉人的牛頸。巴爾佩提爾黑眼脹大，感覺到保護野蠻人喉嚨的厚實肌肉。他大吼一聲，使出非人的力量，巨大的手臂隆起鼓突，冒出繩索般的筋腱。接著他在科南手指使勁下發出窒息般的喘氣聲。有一瞬間，兩人如同雕像，兩張臉化身吃力的面具，腦側浮現紫色的血管。科南的薄唇後翻，露出猙獰的笑容。巴爾佩提爾眼珠鼓突，露出極度驚訝和恐懼的神情。兩人動也不動地像雕像般站著，除了手臂和雙腳上的肌肉抖動，但超乎常理的力量在兩人之間角逐——足以拔起樹根和壓碎牛頭的怪力。

巴爾佩提爾兩排牙齒之間突然噴出空氣。他的臉漲成紫色。眼中充滿恐懼。他手臂和肩膀上的肌腱似乎隨時都會爆裂，但辛梅利亞人粗頸上的肌肉卻毫無動靜；在他絕望的手指下，那些肌肉感覺像是交纏的鐵絲。但他自己的肌肉卻在辛梅利亞人的鐵手指下凹陷，喉嚨肌肉越陷越深，壓到頸靜脈和氣管。

兩座不動如山的雕像突然間劇烈掙扎，可薩拉人開始狂推猛拉，試圖後退。他放開科南的喉嚨，抓向他的手腕，試圖拉開那些毫不動搖的手指。

科南突然猛撲，推著對方後退，直到他背貼桌緣。科南繼續推，逼他腰往後彎，一直彎一直彎，直到他的脊椎即將折斷。

科南低沉的笑聲宛如鐵環般冷酷無情。

「你這笨蛋！」他低聲說道。「我想你從未見過西方來的人。你自以爲強壯，只因爲你能扭斷文明人的腦袋，肌肉跟腐繩一樣的弱者？見鬼！先去扭斷辛梅利亞野牛的脖子再說自己壯吧。我還沒長大成人前就幹過那種事了——像這樣！」

他狠狠扭轉巴爾佩提爾的腦袋，直到慘白的臉斜眼瞪視左肩後方，脊椎骨像根腐枝般折斷。

科南把軟癱的屍體丟在地上，再度轉向他的劍，雙手握起劍柄，站穩腳步。巴爾佩提爾的指甲在他頸部皮膚劃開的傷口滴落鮮血到他厚實的胸膛上。他的黑髮濕淋淋的，滿頭大汗，胸口起伏。儘管出言嘲笑巴爾佩提爾，其實可薩拉人非人的力量幾乎與他旗鼓相當。但他沒有停下來喘氣，當場用盡力氣狠狠一扯，把劍從大磁鐵上扯下來。

轉眼之間，他推開之前發出尖叫聲的門，面對一條筆直走廊，兩側都是象牙門。走廊末端有張厚絨布簾，其後傳出科南從未聽過的邪惡音樂，就連在惡夢中也沒有。音樂令他後頸寒毛根根豎起。伴隨音樂而來的是女人歇斯底里的喘息啜泣聲。他緊握他的劍，衝入走廊。

04 跳吧，女人，跳舞吧！

莎碧碧被人一頭抓進神像後方的暗門時，她第一個頭昏眼花、支離破碎的想法就是她死期到了。她本能閉上雙眼，等著對方動手殺她。但結果她發現自己被人隨手丟在光滑的大理石地板上，撞瘀了膝蓋和屁股。她睜開雙眼，神情恐懼地打量四周，剛好聽見牆後傳來沉悶的撞擊聲。她看到有個穿纏腰布的棕皮膚巨人佇立在面前，房間另一端還有個男人坐在床上，背對一面厚絨布簾，一個高大的胖男人，有著肥胖的白手和陰險的眼睛。她全身發毛，因爲那傢伙是托特拉斯梅克，哈努曼祭司，多年以來在贊波拉城布置權力黏網之人。

「野蠻人想靠蠻力穿牆。」托特拉斯梅克語氣諷刺，「但門閂撐得住。」

女孩看到一道沉重的金門閂橫擋在密門前，密門從牆的這一側看清晰可見。那道門閂和插孔足以抵擋大象。

「去幫他開一扇門，巴爾佩提爾，」托特拉斯梅克說。「在走廊末端的方室裡殺了他。」

可薩拉人行禮，從側牆的門離開。莎碧碧起身，神色恐懼地看著祭司，祭司目光飢渴地打量她姣好的身材。她對此不以爲意。贊波拉的舞女很習慣赤身裸體。但他眼中的殘暴之情卻令她忍不住發抖。

「妳再度駕臨寒舍，美女。」他愉快地說，語氣挖苦又虛僞。「眞沒想到我會如此榮幸。

妳上次來時似乎不太開心，我眞不敢期待妳會再來。不過我會盡我所能提供妳一次有趣的經驗。」

要讓贊波拉舞女臉紅是不可能的，但莎碧碧瞳孔放大的眼中悶燒一股憤怒與恐懼的火焰。

「肥豬！你知道我不是因爲愛你而來。」

「不，」托特拉斯梅克大笑，「妳像個白痴跑來，帶個愚蠢野蠻人趁夜溜進來割我的喉嚨。妳爲什麼要我的命？」

「你知道原因！」她大叫，心知否認沒有意義。

「妳是爲了愛人而來，」他笑。「妳會想殺我就表示他喝下了我給妳的藥。好吧，那藥不是妳跟我要的嗎？難道我沒有出於對妳的愛意，把妳要求的東西給妳嗎？」

「我跟你要的是讓他沉睡幾個小時的藥，」她語氣苦澀。「而你——你派僕人送來把他逼瘋的藥！我眞是笨蛋，居然會信你。我早該知道你說要當朋友根本是謊言，爲了掩飾你的怨恨和惡意。」

「妳爲什麼要妳愛人沉睡？」他反問。「不就是爲了偷走他唯一永遠不會給妳的東西——珠寶匠稱之爲科臘拉之星的戒指——從俄斐女王那裡偷走的戒指，而她願意支付一屋子的黃金換回它。他不可能主動把它給妳，因爲他知道戒指蘊含魔法，只要透過適當的控制，就能奴役任何異性的心。妳想偷走戒指，擔心他的魔法師會發現那個魔法的控制方式，讓他丟下妳，開始征服全世界所有女王的旅程。妳要把戒指賣給俄斐女王，她了解戒指的祕密，會用它來奴役我，就像戒指遭竊之前那樣。」

「那你要戒指做什麼？」她惱怒問道。

「我理解戒指的力量。它會增強我的法力。」

「好吧，」她大聲道，「戒指落入你手中了。」

「科臘拉之星在我手中？不，妳呢。」

「何必說謊？」她苦澀說道。「他把我趕到街上時還戴在手上。我找到他時就沒有了。你的僕人肯定有在監視他家，在我逃走後就從他手中奪走戒指。我不在乎！我要我的愛人恢復理智。你戒指到手了；懲罰過我們兩個了。你有什麼理由不讓他恢復正常？你辦得到嗎？」

「我辦得到。」他向她保證，一副很享受她受苦的模樣。他從袍子裡拿出一支藥瓶。「這裡面是金蓮花汁。只要妳愛人喝了它，就能恢復理智。沒錯，我會大發慈悲。你們兩個都曾阻撓嘲笑過我，不只一次，很多次；他經常反對我的意見。但我會大發慈悲。過來從我手中拿走藥瓶。」

她凝視托特拉斯梅克，迫不及待想拿藥瓶，但又擔心那是殘酷的玩笑。她小心前進，一手前伸，他無情大笑，縮手不給她。她正要開口詛咒他，本能卻讓她目光向上。鍍金天花板落下四個玉質容器。她閃躲，但容器不是瞄準她。它們摔爛在她四周的地板上，形成正方形的四個角。她尖叫，然後又尖叫。四個容器碎片中各立起一個眼鏡蛇的頭，其中一隻咬向她的腳。她連忙轉身避開，結果又進入另一條眼鏡蛇的攻擊範圍，而她再度快如閃電地避開對方恐怖的腦袋。

她陷入危險的陷阱中。四條蛇全都搖搖晃晃，攻擊她的腳掌、腳踝、小腿、膝蓋、大腿、臀部、所有她性感的身軀剛好接近它們的位置，而她沒辦法跳過它們，抵達安全的地方。她只能轉身彈跳，左閃右躲，每當她閃過一條蛇，就會進入另一條蛇的攻擊範圍，所以她必須持續以迅雷不及掩耳的速度移動。她朝任何方向都只能移動很小一段距離，恐怖的兜帽蛇頭隨時對她造成威脅。只有贊波拉的舞女有辦法在那可怕的方形空間中生存下來。

她化身為混亂的殘影。蛇頭與她擦身而過，但始終沒有咬中，她利用閃爍的腳掌、搖擺的四肢、完美的目光對抗敵人平空召喚來的鱗片惡魔高速攻擊。

某處傳來一陣虛無飄渺的音樂，混雜毒蛇的嘶嘶聲，宛如邪惡的夜風吹過骷髏頭的眼洞。即使以飛快的速度移動，她依然看出蛇已經不再是隨機攻擊。它們聽從詭異的笛音控制。它們以可怕的節奏進攻，迫使她搖擺、扭動、旋轉的身體配合它們的節奏。她瘋狂閃避的動作化為舞蹈，相形之下，薩莫拉的塔朗特舞（一種高速旋轉的舞蹈）簡直理性又溫和。莎碧碧在羞愧和恐懼下感到無比噁心，聽她無情的處刑者發出令人厭惡的歡愉笑聲。

「眼鏡蛇之舞，可愛的女人！」托特拉斯梅克笑道。「數百年前少女會在哈努曼獻祭儀式上跳的舞——但從未跳得如此美妙動人。跳吧，女人，跳舞吧！妳能避開毒民之齒多久？幾分鐘？幾小時？妳遲早會累的。靈巧、穩健的腳將會絆倒，妳的腿會軟，妳的腰會越轉越慢。到時候蛇牙就會深深沉入妳雪白的肌膚——」

他身後的門簾搖晃，彷彿清風吹拂，接著托特拉斯梅克慘叫。他瞳孔放大，雙手顫抖地抓著從胸口爆出的鋼刃。

音樂戛然而止。女人繼續飛舞，放聲大叫，滿心以爲毒牙就要來了——接著只有四道無害的藍煙自四周的地板上捲起，托特拉斯梅克則一頭從床上摔到地上。

科南步出門簾，甩動他的闊劍。他在門簾後看到女孩在四道旋轉不休的煙霧之間拚命跳舞，但他猜它們在她眼中大不相同。他知道他殺了托特拉斯梅克。

莎碧碧沉坐在地板上，氣喘吁吁，但科南朝她接近時，她立刻站起身來，雖然雙腳累得發抖。

「那支藥瓶！」她喘道。「藥瓶！」

托特拉斯梅克僵硬的手裡依然握著藥瓶。她粗魯地扯開他緊扣的手指，然後開始瘋狂搜他的身。

「妳又在找什麼？」科南問。

「戒指——他偷走阿拉夫哈爾的戒指。一定是他偷的，趁我的愛人發瘋在街上亂跑的時候。塞特的魔鬼！」

她肯定戒指不在托特拉斯梅克身上。她開始搜索房間，扯下床單和掛毯，倒空容器。

她停頓片刻，撩開黏到眼睛的頭髮。

「我忘了巴爾佩提爾！」

「他脖子扭斷，下地獄了。」科南安撫她。

這話為她帶來復仇的快感，但片刻後她又狠狠地罵句髒話。

「我們不能待在這裡。再過不久，天就要亮了。低階祭司夜間隨時可能會造訪神廟，如果他們在屍體旁邊發現我們，肯定會把我們撕成碎片。突倫人都救不了我們。」

她抬起密門門閂，片刻過後，他們回到街上，快步離開古哈努曼神廟所在的寂靜廣場。一段距離外的蜿蜒街道上，科南停下腳步，伸掌搭上夥伴的裸肩。

「別忘了要付帳——」

「我沒忘！」她掙脫。「但我們必須——先去找阿拉夫哈爾。」

幾分鐘後，黑人奴隸開邊門讓他們進屋。年輕突倫人躺在床上，手腳都用粗絨繩綁住。他眼睛睜開，但目如瘋狗，口吐白沫。莎碧碧發抖。

「撐開他的嘴！」她命令，科南的鐵指完成這項指示。

莎碧碧把藥水倒入瘋子咽喉。藥效十分神奇。他立刻安靜下來。瘋狂的目光消失；他神色困惑地凝視女孩，但有認出她，眼神浮現智慧。接著他陷入正常沉睡。

「他醒來後就會恢復正常。」她低聲說，朝安靜的奴隸打手勢。

奴隸深深鞠躬，拿出一個小皮袋放入她手中，在她肩上披了件絲斗篷。她氣質一變，指示科南隨她離開房間。

來到通往街上的拱門前，她轉身面對他，散發出一股全新的貴族氣息。

「我現在必須告訴你實情，」她說。「我不叫莎碧碧。我是娜弗塔莉。他不是阿拉夫哈爾，不是可憐的守衛隊長。他是瓊吉爾汗，贊波拉總督。」

科南沒有反應；他有傷疤的黝黑五官沒有任何變化。

「我騙你是因爲我不敢對任何人洩露此事。」她說。「瓊吉爾汗發瘋時，只有我們兩人獨處。除我之外，沒人知情。萬一讓人聽說贊波拉總督是瘋子，城內立刻就會有人造反暴動，一如托特拉斯梅克計畫，他一直想要除掉我們。」

「這下你了解爲什麼我不能給你期望中的代價。總督的情婦不是——不能讓你碰。但我不會毫無補償。這是一袋金子。」

她把奴隸給她的袋子交給他。

「走吧，天亮後，來王宮。我會請瓊吉爾汗任命你爲守衛隊長。但私底下，你聽命於我。你的第一項任務就是帶隊前往哈努曼神廟，表現上是爲了搜尋殺害祭司凶手的線索；實際上要找的是科朧拉之星。戒指肯定藏在神廟裡。找到戒指後，拿來給我。現在我允許你離開。」

他點頭，依然不吭聲，大步離開。女孩看著他的背影，惱怒地發現無法從他的體態中看出他在懊惱還是窘迫。

他繞過一個轉角，回頭看一眼，隨即改變方向，加快腳步。片刻過後，他來到該城的馬市。他敲打一扇門，直到樓上窗口探出一顆大鬍子腦袋，質問他在吵什麼。

「我要馬。」科南大聲道。「你最快的馬。」

「這個時間我不開門。」馬販抱怨道。

科南搖搖錢袋。

「狗兒子無賴！你看不出來我是白人，還只有一個人嗎？下來，不然我打爛你的門！」

沒多久，科南騎上棗紅馬，趕往阿朗·巴克許旅店。

他離開大道，轉入旅店和棗椰樹園間的小巷，不過沒在店門口停馬。他騎到圍牆東北角，然後沿著北牆繼續騎，停在距西北角幾步外。圍牆附近沒樹，但有些矮樹叢。他把馬綁在其中一片樹叢旁，正要再爬上馬鞍，聽見牆角後傳來低語聲。

他的腳離開馬鐙，溜到牆角，探頭偷看。有三個男人沿大路朝棕櫚園前進，從他們沒精打采的模樣判斷，顯然都是黑人。他們在他低呼時停步，湊在一起，看著他手持闊劍，大步走向他們。他們的眼睛在星光下反射白光。殘酷的慾望反映在他們的黑臉上，但他們知道他們三根棒子不是他那把劍的對手，他也很清楚這一點。

「你們要去哪裡？」他問。

「去叫我們兄弟澆熄樹園後地洞的火堆。」陰沉的喉音回答。「阿朗·巴克許承諾會給我們一個男人，但他說謊。我們有個兄弟死在陷阱房裡。我們今晚要挨餓。」

「我想不會。」科南微笑。「阿朗·巴克許會給你們一個男人。你看到那扇門了嗎？」

他指向西牆中間的一扇鐵框小門。

「在這裡等。阿朗·巴克許會給你們一個男人。」

他謹愼後退，離開木棒的攻擊範圍，轉身融入西北牆角後。他來到馬前，停頓片刻，確認黑人沒偷跟過來，隨即爬上馬鞍，站在上面，輕聲細語安撫焦躁的馬。他雙手向上，抓住牆頂，翻牆而過。他研究牆內的地勢片刻。旅店位於圍牆的西南角，他跟旅店之間則是樹林和花園。他沒看到有人。旅店一片漆黑，寂靜無聲，他知道所有門窗都有封住上閂。

科南知道阿朗・巴克許的寢室面向一條通往西牆大門的柏樹道。他宛如影子般沿著樹蔭前進，片刻過後開始輕敲那間房的門。

「什麼事？」房內有個睡甚濃的聲音問道。

「阿朗・巴克許！」科南嘶聲道。「黑人要翻牆進來！」

門幾乎立刻打開，門後是旅店主人，穿了件短衫，手持匕首。

他伸長脖子，凝視辛梅利亞人的臉。

「你在說什麼鬼話——你！」

科南的復仇之指掐得他無發吭聲。他們一起倒地，科南搶走敵人手裡的匕首。刀身反射星光，接著鮮血四濺。阿朗・巴克許發出可怕的嗓音，滿嘴鮮血，汩汩窒息。科南拉他起身，然後又是一刀，刮下他大部分捲鬍鬚。

科南依然抓著對方的喉嚨——因爲喉嚨被劃開的人還是可以大叫——拖著他離開黑暗房間，走過柏樹道，來到外牆上的鐵框門後。他一手提起門閂，推開門，露出像黑禿鷹般等在門外的三條黑影。科南把旅店主人丟到他們急切的手裡。

贊波拉人喉嚨在嗆血中發出恐怖的叫聲，但寂靜旅店裡沒有任何反應。店裡的人很習慣圍牆外有人慘叫。阿朗・巴克許像個狂人般掙扎，圓睜的眼珠瘋狂轉向辛梅利亞人。他在他臉上看不見慈悲。科南心裡想的是死在此人貪婪之下的無數可憐人。

黑人開開心心地拖著他離開，嘲笑他口齒不清的呼喊。他們怎麼可能認出這個半身赤裸、鮮血淋漓、鬍鬚古怪、胡言亂語的傢伙就是阿朗・巴克許？即使當那群人消失在棕櫚樹間，掙扎的聲音依然傳入站在大門前的科南耳中。

科南關上大門，回到他的馬旁，上馬，轉向西方，迎向遼闊的沙漠，遠遠繞過陰險凶惡的棕櫚樹園。他一邊騎馬，一邊從腰帶中取出一枚戒指，戒上的寶石反射星光，色彩斑斕。他抬高戒指，左翻右轉，仔細欣賞。那袋金子在他鞍弓上叮噹作響，彷彿承諾大筆財寶即將進帳。

「如果她知道我一眼就認出她是娜弗塔莉，而他是瓊吉爾汗的話會怎麼說，」他心想。「我也知道科臘拉之星的事。要是她猜到是我趁用他的劍帶綁他時拔下戒指的話，肯定會大發雷霆。但我先走一步，他們絕對抓不到我。」

他回頭看了陰森的棕櫚樹園一眼，依稀看見紅光閃爍。夜空中傳來詠唱曲調，蘊含野蠻的狂喜之情。另一個聲音摻雜其中，瘋狂無條理的慘叫，沒人聽懂得胡言亂語。這些噪音在逐漸黯淡的星光下伴隨科南向西遠去。

〈贊波拉暗影〉完

喋血紅釘

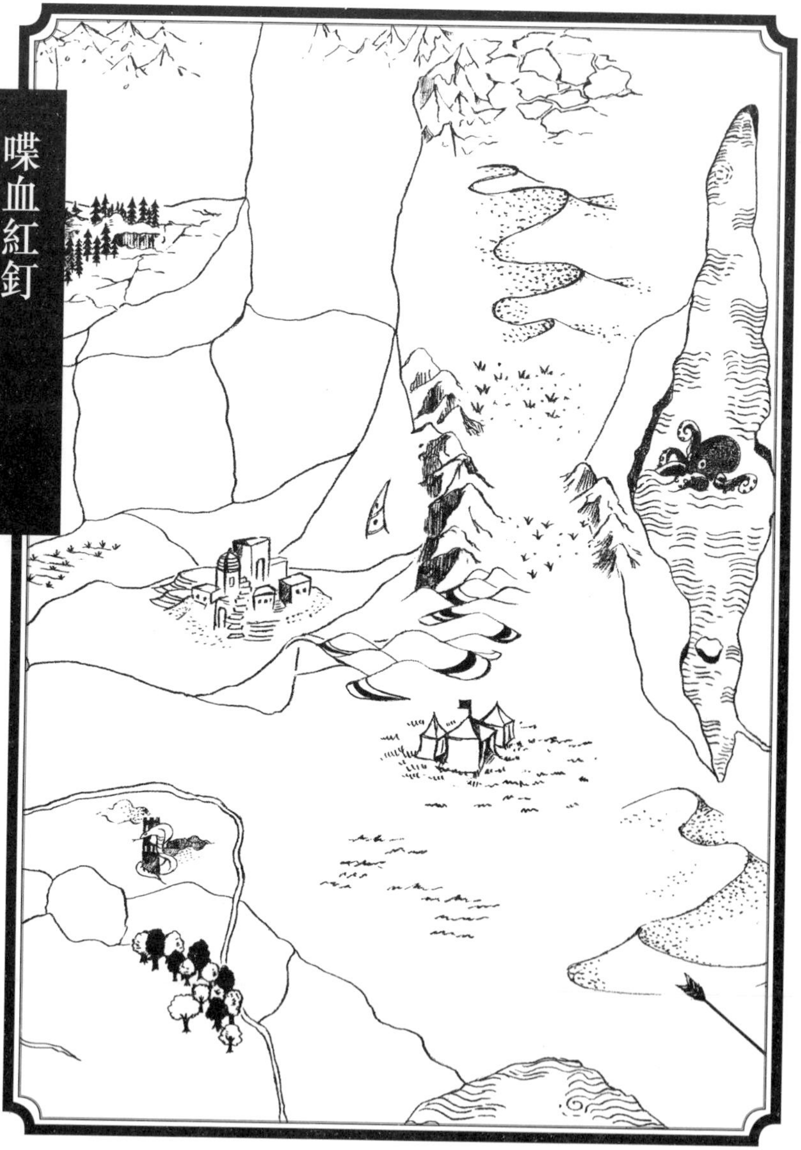

這是霍華生前完成的最後一部科南小說，和〈黑環巫師會〉同樣是長達五萬字的中篇，在他死後才開始在《怪譚》雜誌連載，從一九三六年七月起一共四期。霍華深信文明終將腐敗，野蠻終將勝利，而這個信念在許多「失落古城」式的故事中出現，例如〈爬行的黑影〉雖然並不是特別傑出的作品，但稱得上是〈喋血紅釘〉的前身，兩者都描述科南和女伴發現一座失落古城，與其中的女性反派和超自然怪物對抗。〈喋血紅釘〉的一大特色是女主角瓦勒莉亞（Valeria）並非軟弱的花瓶，而是能和科南並駕齊驅的戰士（雖然劇情中還是幾度身陷險境，必須靠科南營救。無論出於商業考量還是本性使然，霍華似乎無法避免英雄救美的套路），這個角色後來也被寫進一九八二年的電影《王者之劍》。本篇的背景採用中美洲阿茲特克式的文化，也是先前科南故事中不曾出現的。在寫給洛夫克拉夫特的信中，霍華表示〈喋血紅釘〉「很可能是我寫的最後一個奇幻故事，也是我至今最血腥、最詭異也最性感的故事。」

——編者

01 峭壁上的骷髏頭

女子拉韁停下疲憊的坐騎。那匹馬四腳外擴，腦袋低垂，彷彿連金流蘇紅皮馬勒的重量都撐不住。女人的靴子離開馬鐙，翻身跳下鍍金馬鞍。她把韁繩綁在一棵小樹樹枝上，轉過身去，雙手扠腰，打量身處環境。

環境並不友善。馬兒喝水的小水池四周長滿巨樹。低矮樹叢及糾結的樹枝遮蔽了幽暗暮光下的視線。女人寬厚的肩膀微微抽動，低聲咒罵。

她身材高，胸脯大，手長腳長，肩膀結實。她全身散發出一股不尋常的力量，但並不影響她的美貌。她充滿女性魅力，儘管儀態和打扮不太一樣。她身上的衣服跟當前環境格格不入。她不是穿裙子，而是一條寬敞絲褲，長到膝蓋上方一個拳頭的位置，以絲帶充當腰帶固定。她的及膝闊口軟皮靴十分醒目，上身則是寬領口的低胸寬袖絲衫。勻稱的纖腰上一邊掛著雙刃直劍，另一邊則是長尖匕首。她金髮蓬鬆，長及肩膀，以紅緞綁在頭上。

她無意間在陰森原始森林背景前呈現出美麗的畫面，看來很怪，格格不入。她的背景應該要是海雲、塗漆桅桿、海鷗盤旋。她的大眼睛有著海水的色彩。這很合理，因爲她是紅色兄弟會的瓦勒莉亞，她的事蹟和歌謠在船員聚集地廣爲流傳。

她努力看穿濃密枝葉組成的綠色林頂，試圖看見理應位於樹林上的天空，不過沒多久就在詛咒聲中放棄。

她留下馬，朝向東走，三不五時回頭看看水池，記下自己行走的路徑。寂靜令她沮喪。高處的樹枝間沒有鳥兒鳴叫，樹叢中也沒有小動物出沒的聲響。她已經在陰森寂靜裡奔走數里，沿路只有聽見自己的馬蹄聲。

她在水池旁解決了口渴的問題，如今飢餓來襲，她開始四下尋找打從鞍袋中的食物耗盡後就賴以裹腹的水果。

沒多久，她就在前方看見一塊類似燧石的深色巨岩，宛如峭壁般聳立在樹林之中。岩頂消失於好似雲朵的枝葉叢中。或許岩頂高過林頂，那她就可以從上面瞭望樹林之外的景象——如果這片她已經騎馬趕路多日依然無法穿越的無盡森林外眞有任何東西的話。

峭壁上有一道狹窄岩架形成天然坡道。上行五十呎後，她來到環繞巨岩的樹葉帶。樹幹並沒有聚集在巨岩附近，不過樹枝末端距離很近，茂密的綠葉遮蔽岩壁。她爬入陰暗的茂密樹葉中，看不見上方或下方的景象；但沒多久她瞥見藍天，片刻後便沐浴在清新炎熱的陽光中，看見林頂在腳下朝遠方延伸。

她站在一塊約莫與林頂同高的突岩上，其上尙有一道尖塔般的終極岩峰。但當時還有別的東西吸引她的目光。她的腳在覆蓋突岩的枯葉中踩到東西。她踢開枯葉，看到一具骷髏。她老練地打量已經變白的枯骨，但是沒看見斷骨或其他暴力跡象。這個人定是自然死亡；但她想不透他爲什麼要爬到這麼高來等死。

她爬上頂峰，望向地平線。林頂——在這個高度看起來像地板——跟從地面往上看一樣無法看穿。她根本看不見拴馬處的水池。她往北看，之前來時的方向。她只看見起伏不定的綠海一路向外延伸，遠方隱約可見的一條藍線就是她幾天前進入這片荒野密林前所翻越的山丘。

東西兩邊的景象大同小異；只不過少了那條藍色山丘線。但轉向南方時，她突然全身僵硬，屏住呼吸。往南一里外，樹林變稀疏，然後突然消失，轉爲一片長有零星仙人掌的平原。而那塊平原中聳立著城市的圍牆和塔樓。瓦勒莉亞驚訝到忍不住罵了句髒話。這太難以置信了。如果看見的是其他人類聚落，她都不會如此驚訝——黑人的蜂巢狀小屋，或是傳說中這片未知土地上神祕棕皮膚人種的峭壁部落。但她完全沒想到會在離文明世界最近的前哨站數週路途之外的地方見到圍牆城市。

她在尖塔般的頂峰上抓得手痠，於是回到突岩上，皺起眉頭，難以決定接下來的行動。她跑了很遠——逃出草原邊境城蘇克梅的傭兵營地，一群來自世界各地走投無路的冒險者在斯堤及亞邊界對抗宛如紅浪的達法掠奪部隊的地方。她盲目逃亡，進入全然陌生的鄉間。如今她難以抉擇是要直接騎往平地上的城市，還是聽從警覺本能，繞過那座城市，繼續獨自逃亡的旅程。

她的思緒讓下方樹葉的沙沙聲響打斷。她宛如大貓般轉身，拔出她的劍；接著她渾身僵硬，瞪大眼睛看著站在面前的男人。

他是個宛如雕像般的壯漢，肌肉在太陽曬成棕色的皮膚下平穩起伏。他的打扮跟她很像，不過腰上繫著的是寬皮帶，而非絲腰帶。皮帶上掛著闊劍和匕首。

「辛梅利亞人科南！」女人脫口而出。「你跟著我做什麼？」

他冷冷一笑，藍眼打量她性感的身材，流露出任何女人都看得懂的目光，停駐在薄衫下的傲人雙峰及短褲和靴頂間的雪白肌膚上。

「妳不知道嗎？」他大笑。「我第一眼看到時妳不就已經明白表示過仰慕之情了嗎？」

「種馬都無法表示得比你明白，」她語氣輕蔑。「但我沒想到會在離蘇克梅的酒桶和肉壺這麼遠的地方遇到你。你眞的從札拉羅的營地一路跟過來，還是你這惡棍被人抽鞭子趕出來了？」

他被這傲慢的言語逗笑，伸展強壯的二頭肌。

「妳知道札拉羅的人手不夠把我鞭出營地，」他笑道。「我當然是跟蹤妳。算妳走運，女人！砍死那個斯堤及亞軍官讓妳贏得札拉羅的善意及保護，也變成斯堤及亞的通緝犯。」

「我知道，」她不太高興地回道。「但我還能怎麼做？你知道我被激怒的原因。」

「當然，」他同意。「如果是我，我也會砍死他。但一個女人住在男人的戰營裡就是會遇上這種事。」

瓦勒莉亞跺腳咒罵。

「男人爲什麼不肯讓我過男人的生活？」

「太明顯啦！」他又色迷迷地打量她。「但妳逃走是明智之舉。斯堤及亞人會把妳活活剝皮。那個軍官的弟弟跟蹤妳；速度比妳想像中快，我不懷疑。我追上他時，他離妳不遠。他的馬比妳的好。再過幾里就會抓到妳，割斷妳的喉嚨。」

「然後呢？」

「然後什麼？」他神色困惑。

「斯提及亞人呢？」

「怎麼，妳以爲呢？」他不耐煩地回答。「我殺了他，當然，把他的屍體留給禿鷹。不過那拖延了點時間，我差點在妳翻越那些崎嶇山丘時失去妳的蹤跡。要不然我早就趕上妳了。」

「那你現在是要把我拖回札拉羅的營地嗎？」她語氣不屑。

「少說蠢話了。」他嘟噥道。「來吧，女人，別老這麼火大。我跟妳殺的那個斯堤及亞人不一樣，妳明明知道。」

「你是身無分文的流浪漢。」她嘲弄道。

他哈哈大笑。

「那妳又算什麼？妳連買匹新馬都沒錢。妳那種自大的態度騙不了人。妳知道我指揮過的船比妳的大，指揮過的人比妳的多。至於身無分文這件事——哪個浪跡天涯的人不是大部分時間都沒錢呢？我在世界各地港口揮霍掉的黃金足以裝滿一艘單甲板帆船。這個妳也很清楚。」

「你從前指揮過的好船跟英勇水手現在都在哪裡呢？」她譏笑道。

「大部分都在海底。」他語氣歡樂。「辛加拉人在閃姆外海擊沉了我最後一艘船——所以我才加入札拉羅的自由軍團。但行軍前往達法邊境時，我就知道我被耍了。酬勞太少，酒又是酸的，而且我不喜歡黑女人。偏偏只有黑女人會來蘇克梅的營地——戴鼻環，還把牙齒磨尖——去！妳爲什麼加入札拉羅？蘇克梅距離鹹水很遠。」

「紅奧索要我當他情人，」她語氣不悅。「我們在庫許海岸停船下錨時，我趁夜跳船，游到岸上。那裡在薩黑拉附近。我從閃姆商人那裡聽說札拉羅率領自由軍團南下防禦達法邊境。沒有更好的工作機會。於是我加入東向車隊，最後來到蘇克梅。」

「沒頭沒腦地往南方逃是很瘋狂的做法，」科南評論，「但也很聰明，因爲札拉羅的巡邏隊不會想到往這個方向來找妳。只有死者的弟弟剛巧找到妳的行蹤。」

「那你現在打算怎麼辦？」她問。

「往西走。」他回答。「我到過這麼南邊的地方，但是沒有這麼東。往西走個幾天就會抵達黑人部落放牧牲口的大草原。我在那裡有朋友。我們前往海岸，找一艘船。我受夠叢林了。」

「那你就走呀。」她建議。「我另有計畫。」

「不要蠢了！」他首度流露不耐煩的情緒。「妳不能一直在這座森林裡遊蕩。」

「我想要就可以。」

「但妳打算怎麼辦？」

「與你無關。」她大聲道。

「不，有關。」他語氣冷酷。「妳以爲我跟了妳這麼久是打算空手而回嗎？理智點，女人。我不會傷害妳。」

他朝她走近，她往後跳，揮出她的劍。

「別過來，你這條野蠻狗！我像烤豬刺穿你！」

他不情願地停下腳步，然後問：「要我搶走妳那把玩具，拿來打妳屁股？」

「大話！就只會說大話！」她嘲弄道，挑釁的眼中閃著類似陽光照在海面上的光芒。

他知道她說的沒錯。沒有活著的男人可以徒手繳械紅色兄弟會的瓦勒莉亞。他眉頭深鎖，情緒複雜。他在生氣，但又深感有趣，也很欣賞她的鬥志。他迫不及待想要抱起那性感嬌軀，在他的鐵臂下盡情蹂躪，但他實在不希望傷害這個女人。他很想把她抓起來猛搖，但又很想溫柔愛撫她。他知道如果繼續逼近，她的劍就會插入自己心臟。他在邊境掠奪任務和酒館鬥毆中看瓦勒莉亞殺過太多人，完全不抱任何幻想。他知道她又快又猛，如同母老虎。他可以拔出闊劍來繳她的械，擊落她的劍，但對女人拔劍這種事，就算沒打算傷害對方，他還是覺得極度反感。

「可惡啊，妳這個蕩婦！」他氣沖沖地道。「我要剝光妳的——」

他朝她跨步，憤怒的情慾令他魯莽，她則拉開架式，準備施展致命一擊。接著這荒謬又危險的場面讓突如其來的聲響打斷。

「什麼東西？」

問話的是瓦勒莉亞，但他們同時大驚，科南宛如大貓般轉身，順勢拔出巨劍。森林裡傳出駭人驚叫——馬匹在恐懼和痛苦中發出的叫聲。當中還夾雜著骨頭斷折的聲響。

「獅子在殺馬！」瓦勒莉亞叫道。

「不是獅子！」科南哼聲說道，雙眼發光。「妳有聽見獅吼嗎？我也沒有！聽那些骨碎聲——就連獅子殺馬都不會那麼吵。」

他快步跑下天然坡道，她跟下去，在冒險者本能下將私人恩怨擺到一邊，聯手共同對付危機。慘叫聲消失，他們穿越擠在巨岩上的綠色幃幔。

「我在那裡的水池旁發現妳的馬，」他低聲道，踏步無聲，解開了他爲什麼能無聲無息爬上山壁的疑問。「我把我的馬綁在旁邊，跟蹤妳的足跡而來。看，小心！」

他們穿越樹葉帶，凝視下方的樹林。他們上面的綠枝葉攤成陰暗的林頂。下方只有微弱的陽光滲透，呈現翠綠的暮光。不到一百碼外的高大樹幹看起來就很幽暗陰沉了。

「馬應該在那片樹叢後面，那裡，」科南低聲說話，彷彿吹過樹枝的微風。「聽！」

瓦勒莉亞已經聽見，感覺血管中湧出寒意；她白皙的手掌下意識地放到夥伴的大肌肉棕臂上。樹叢後傳來嚼骨頭和撕扯肉塊的聲響，外加恐怖野獸吃東西流口水的聲音。

「獅子不會發出那種聲音。」科南低聲道。「有東西在吃我們的馬，但不是獅子——克羅姆呀！」

咀嚼聲突然消失，科南低聲咒罵。一陣突來的風從他們身後吹向看不見的野獸藏身處。

「它要來了！」科南喃喃說道，半舉他的劍。

樹叢傳來猛烈的動靜，瓦勒莉亞用力握住科南手臂。她不熟悉叢林相關知識，但她很肯定自己從未見過能讓那堆高樹叢晃成那樣的動物。

「肯定跟大象一樣大，」科南說，複述她的想法。「搞什麼——」他越說越小聲，驚訝得說不出話。

樹叢中冒出一顆瘋狂夢魘大腦袋。猙獰下頷露出數排滴口水的黃獠牙；血盆大口上方皺著類似蜥蜴的吻部。宛如蟒蛇的大眼睛，不過比蛇眼大上千倍，毫不眨動地瞪著巨岩上兩個嚇呆的人類。鮮血染紅鱗片嘴，順著嘴角往下滴。

那顆頭比鱷魚頭還大，頂在長長的鱗片頸上，長有數排鋸齒狀的尖刺，其下連著龐大的身軀，擠壓荊棘和小樹，肚子粗如酒桶，腳短得荒謬。白肚子差點磨到地面，鋸齒背骨比科南踮腳還高。一條有刺的長尾巴，彷彿巨大蠍尾垂在身後。

「回上面去，快！」科南大聲道，把女孩拉到身後。「我不認爲它能爬石壁，但它立起來就能搆到我們——」

就聽見獸嘴咬合，枝葉斷折，怪物衝過樹叢，他們連忙像是被風吹起的樹葉般爬上巨岩。瓦勒莉亞竄入樹葉帶時回頭偷看一眼，發現巨獸已經憑藉兩條粗後腿站起身來，一如科南預測。那個景象令她驚慌失措。立起的怪物看起來比之前更加高大；有吻部的腦袋聳立在樹林之中。接著科南的鐵掌握住她手腕，一把拉入什麼都看不清楚的枝葉之中，再度回到陽光普照的突岩上，怪物前肢撞擊巨岩，巨岩搖晃抖動。

大頭鑽入樹枝，兩人驚恐回頭，看著綠葉之中突起的恐怖景象，發光的眼睛、狂張的大口。接著大獠牙無奈咬合，然後頭就縮回去，自他們眼前消失，彷彿沉入池塘裡。

他們透過抵住巨岩的斷枝觀看，發現怪物蹲坐在巨岩腳下，瞪大眼睛看他們。

瓦勒莉亞微微顫抖。

「你認為它會在那裡待多久？」

科南踢踢地上樹葉間的骷髏頭。

「這傢伙八成是為了躲避那頭怪物才爬上來的，或是它的同類。它肯定是餓死的。這些骨頭都沒斷。那怪物一定是黑人傳說中的龍。倘若如此，它在我們兩個死前都不會離開。」

瓦勒莉亞神色茫然看著他，把之前的厭惡感拋到腦後。她壓抑一股恐慌。她曾數千度證實自己無畏無懼的勇氣，在海上和陸地上，在燃燒戰艦滿地鮮血的甲板上，在攻打有圍牆的城市時，在紅色兄弟會為了爭奪領導權而自相殘殺的混亂沙灘上。但此刻面對的處境令她血液凝結。激戰中遭遇短彎刀不算什麼；但束手無策坐在裸岩上等到自己餓死，對付不了守株待兔的遠古怪物——這個想法令她驚慌不已。

「它總得離開去找東西吃喝。」她無助地說。

「不論吃喝都不用跑多遠。」科南指出這一點。「它才吃完馬肉，而跟真正的蛇一樣，它可以很長一段時間不吃不喝。但它似乎沒有像蛇那樣吃完就睡。無論如何，它爬不上來。」

科南說得很冷靜。他是野蠻人，荒野及其子民的恐怖耐性對他而言就跟慾望和憤怒一樣是屬於他的一部分。他能以文明人無法達到的冷靜態度面對這種處境。

「我們不能從樹上離開，像猩猩一樣爬樹枝？」她語氣絕望。

他搖頭。「我有想過。底下臨接巨岩的樹枝都太細了。它們撐不住我們的體重。再說，我認爲那頭魔鬼有辦法把這附近的樹都連根拔起。」

「好吧，我們是要坐在這裡等到餓死，就像那傢伙一樣？」她怒氣沖沖，把骷髏頭踢到岩架另一邊去。「我不幹！我要下去砍掉它腦袋——」

科南坐在錐型頂峰旁的一塊岩石上。他神色仰慕地抬頭看著她堅定的目光和緊繃顫抖的身子，但發現她處於什麼事都做得出來的心理狀態後，他沒在聲音中透露任何仰慕之情。

「坐下。」他嘟噥道，握住她的手腕，把她拉到自己大腿上。她訝異到忘了抵抗，他則搶過她的劍，插回劍鞘裡。「坐著別動，冷靜下來。妳的劍會斷在它的鱗片上。它一口就能把妳吞掉，或是用那條長刺的尾巴把妳當蛋砸碎。我們會擺脫這個困境，但不該透過被咬碎吞掉的方式來擺脫。」

她沒有回應，也沒有推開摟著她腰的手臂。她在害怕，害怕對紅色兄弟會的瓦勒莉亞而言是全新的體驗。於是她坐在夥伴——或綁匪——的大腿上，順從的模樣足以嚇壞宣稱她是地獄後宮女魔鬼的札拉羅。

科南愣愣地把玩她的金髮，彷彿心中只想著他的戰利品。腳下的骷髏或下方的怪物似乎都干擾不了他的心思，澆熄不了他的慾望。

女人目光焦躁，打量著下方的枝葉，在綠色之中看見其他色彩。是水果，暗紅色的大圓球，垂在樹葉特別肥大翠綠的樹枝上。她開始感覺到飢餓和口渴，雖然在了解到自己無法下去找東西吃喝前一點也不覺得渴。

「我們不會挨餓。」她說。「我們構得到水果。」

科南看向她指的位置。

「如果吃了那玩意兒，我們就不用等龍來咬了。」他嘟噥道。「庫許的黑人稱之爲德凱塔的蘋果。德凱塔是死亡女王。喝一點那種果汁，或灑在皮膚上，妳還沒落地就已經死了。」

「喔！」

她悶悶不樂，沉默不語。她沮喪地認爲他們陷入無法逃離的困境。她看不見脫身之道，而科南又滿腦子都是她的纖腰和鬈髮。如果有在擬定逃跑的計畫，他也沒有顯露出來。

「如果你放開我，爬上頂峰，」她一會兒後說，「你會看見出乎意料的景象。」

他看著她，目光懷疑，接著聳聳厚實肩膀照做。他爬上尖塔般的頂峰，瞭望森林林頂。

他宛如巨岩頂的雕像，一聲不吭地看了很長一段時間。

「一座有城牆的城市，毫無疑問。」他片刻後喃喃說道。「妳叫我去海邊時，就是打算去那裡？」

「我是在你出現前看到的。我離開蘇克梅時根本沒聽說過這座城市。」

「誰想得到這種地方會有城市？我不認爲斯堤及亞人有把領土擴張到這裡過。黑人有辦法建造出那種城市嗎?平原上沒有牲口,沒有耕種的跡象,也沒人走來走去。」

「你從這麼遠怎麼可能看到那些?」她問。

他聳肩跳回突岩上。

「好吧,那座城裡的人此刻幫不了我們。就算可以,也未必會幫。黑國的人通常都敵視陌生人。或許會把我們插到矛上——」

他突然住口,一聲不吭,彷彿忘記剛剛在講什麼,皺眉看著樹葉間的紅色水果。

「矛!」他低聲道。「我眞是個大笨蛋,居然現在才想到!美女就是會讓男人變笨。」

「你到底在說什麼?」她問。

他沒有回答,爬入樹葉帶中,低頭看著下方。大怪獸蹲坐在底下,以爬蟲類特有的恐怖耐性監視巨岩。就像是昏暗黎明的年代,它的同類抬頭凝望他們住在高處的穴居祖先一樣。科南冷冷咒罵一句,開始砍樹枝,手儘可能伸到最遠去砍。樹上的騷動令怪物焦躁。它站起身來,甩出可怕的尾巴,把小樹當成牙籤般撞斷。科南透過眼角謹慎留意它,正當瓦勒莉亞以爲龍又要起身撞巨岩時,辛梅利亞人終於縮手,帶著砍下的樹枝爬回岩架。一共三枝樹枝,細細長長,約莫七呎長,但不比他的拇指粗。他還砍了幾條堅韌的細藤蔓。

「高處的樹枝不適合當矛身,藤蔓也沒繩索粗。」他指著巨岩四周的樹木。「本來是撐不住我們的重量,但結合起來就能增加強度。那就是阿奎洛尼亞叛軍跑來丘陵地徵召辛梅利亞人入侵他們自己國家時會說的話。但我們向來都是跟氏族或部落一起作戰。」

「那跟那些樹枝有什麼關係？」她問。

「妳等著看。」

他把樹枝弄成一捆，匕首柄插入其中一端。接著拿藤蔓綑綁起來，弄完之後，他多了一把七呎長的堅固長矛。

「那有什麼用？」她問。「你說用劍也砍不穿它的鱗片——」

「它不是全身都有鱗片。」科南回答。「要剝豹皮可不只一種辦法。」

他向下來到樹葉邊緣，拿起長矛，小心翼翼刺穿一顆德凱塔蘋果，移到旁邊，避開水果上滴落的深紫汁液。沒多久他收回矛尖，藍鋼被染成暗紫紅色。

「我不確定夠不夠毒，」他說。「這些毒足以殺死大象，但——好吧，試試看。」

他深入樹葉帶中，瓦勒莉亞緊跟在後。他小心翼翼把毒矛頭舉得遠遠的，一頭探出枝葉，對下方的怪物說話。

「你在底下等什麼，你這父母不明的私生子？」這是他用來羞辱對手的問話。「再把你那顆醜陋的大頭伸過來呀，你這頭長脖子怪物——還是要我下去把你的腦袋從亂七八糟的脊椎上踢飛？」

他繼續謾罵——有些話不堪入耳到連瓦勒莉亞都斜眼瞪他，雖然她曾在水手間受過髒話訓練。而那些髒話對怪物起了作用。就像叫個不停的狗會騷擾激怒生性安靜的動物，人類的嗓音也會讓某些動物害怕，某些動物發狂。突然間，巨獸以強壯的後腳撐起全身，怒氣沖沖地挺直身體，伸長脖子，撲向這個打擾它古老國度中原始寂靜的小矮子。

但科南精準判斷對方的距離。怪物的大頭聲勢驚人卻徒勞無功地撞上下方五呎左右的枝葉。血盆大口張得好似巨蛇，科南將長矛插入頷骨關節處紅色突起的部位。他使盡全力，雙手持矛插落，長匕首直沒入柄，深入血肉筋骨。

血盆大口立刻闔上，咬碎三根樹枝組成的矛柄，差點把科南給扯下去。要不是身後的女人奮力抓住他的劍帶，他肯定會被扯下去。他抓住一塊突岩，笑著對她道謝。

地上的怪物好像眼睛沾到辣椒的狗一樣打滾。它腦袋左右甩動，出爪亂抓，一再把嘴巴張到極限。沒多久它伸前腳抓住斷矛柄，奮力拔出矛頭。接著它猛然抬頭，撐開大嘴，鮮血狂噴，以專注、智慧、又憤怒的目光瞪視巨岩，嚇得瓦勒莉亞渾身發抖，拔出長劍。它背上和腹脅的鱗片從鏽棕色轉爲火紅。最可怕的是，怪物不再安靜。它血流不止的嘴中發出的聲音聽起來不像出自任何凡塵生物之口。

龍嘶吼一聲，撞上敵人藏身的巨岩。它的大頭一再竄入樹枝，徒勞無功地亂咬。它以全身重量撞擊巨岩，直到岩石底部都開始震動。它立起身，前腳抱住岩身，試圖將其連根拔起，彷彿把岩石當成樹一樣。

這種原始憤怒的表現令瓦勒莉亞血液凝結，但科南也很接近原始，對這種反應感同身受。在野蠻人眼中，它跟其他人和動物之間並不存在瓦勒莉亞觀念中的那種鴻溝。下面那頭怪物，對科南而言，只不過是主要在肉體上跟他不同的動物。他認爲對方的本質跟自己很像，在其狂怒的反應中看見本身憤怒的影子，而爬蟲生物的吼叫聲也跟他在這種情況下會發出的聲音相差不遠。他覺得自己跟所有野生動物都有共通點，就連龍也一樣，所以他不可能會有瓦勒莉亞眼看怪物暴力反應時所產生的噁心恐懼。

他神色寧靜地坐著看戲，點出怪物的叫聲和動作中出現的變化。

「毒性發作了。」他肯定地說。

「我不相信。」瓦勒莉亞覺得假設任何東西，不管有多致命，能夠影響這座肌肉和憤怒的大山都是很荒謬的事。

「它的叫聲中浮現痛苦，」科南說。「一開始它只是因爲嘴中刺痛表達憤怒。如今它感覺到劇毒的威力了。看！它在搖晃。再過一會兒它就看不見了。我是怎麼說的？」

龍突然東倒西歪地踐踏樹叢而去。

「它要逃了？」瓦勒莉亞不安地問。

「它要去水池！」科南跳起身來，動作迅捷。「劇毒讓它口渴。來吧，它再過不久就會瞎了，但它可以靠嗅覺回到巨岩下，到時候如果我們的氣味還在，它就會在底下坐到死亡爲止。說不定會有同類聽見它的叫聲趕來。我們走！」

「下去？」瓦勒莉亞大驚。

「當然！我們衝向那座城！他們有可能會砍掉我們的腦袋，但那是我們唯一的機會。我們可能會在路上遭遇一千條龍，但留在這裡只有死路一條。如果等到它死，可能會多十幾條龍要對付。跟我來，動作快！」

他像猩猩一樣迅速跳下坡道，只有在協助手腳沒那麼靈活的夥伴時停下腳步，而她在親眼看到辛梅利亞人爬山前都自以爲在攀爬船索或岩壁方面不會輸給任何男人。

他們爬到枝葉下方的陰暗處，無聲無息地往下滑，雖然瓦勒莉亞肯定從很遠的地方就能聽見自己的心跳聲。茂密樹叢後方傳來啪啪聲和汨汨聲顯示那條龍在喝水池的水。

「它一喝飽就會回來。」科南喃喃道。「它可能要好幾小時才會毒發身亡——如果眞的毒得死它。」

森林外，太陽已經朝向地平線西下。森林裡在薄霧暮光下黑影處處，景色陰暗。科南抓起瓦勒莉亞的手腕，躡手躡腳遠離巨岩。他發出的聲響比樹幹間的微風還輕，但瓦勒莉亞覺得自己的軟靴把他們出賣給森林。

「我不認爲他能追蹤足跡。」科南小聲說。「但如果風把我們的體味送到他身邊，他聞得出來。」

「密特拉呀，千萬不要有風！」瓦勒莉亞低聲道。

她在昏暗中看來臉色蒼白。她一手緊握長劍，但綑綁豬皮的劍柄只有令她感到無助。快到森林邊緣時，他們聽見身後傳來咬合撞擊聲。瓦勒莉亞緊閉雙唇，阻止自己大叫。

「它追上來了！」她低聲急道。

科南搖頭。

「它在巨岩那邊沒有聞到我們，如今四下亂撞，企圖找出我們的氣味。來吧！如今除了趕去那座城市別無選擇！它有辦法撞斷任何我們爬上去躲的樹。只要不起風就好了——」

他們繼續前進，直到前方的樹木逐漸稀少。他們身後的森林化身為無法看穿的黑影海。令人發毛的撞擊聲持續傳來，那條龍還在四下亂撞。

「前方就是平原，」瓦勒莉亞低聲道。「只要再跑一段路——」

「克羅姆呀！」科南咒罵。

「密特拉呀！」瓦勒莉亞輕聲說。

南方起風了。

那陣風掠過他們，直接吹入後方的黑森林。恐怖的吼叫聲立刻撼動樹林。漫無目的的咬合及撞擊聲突然找到了目標，龍宛如颶風般直奔敵人氣味傳來的位置。

「跑！」科南大叫，雙眼綻放受困野狼的精光。「我們只能跑了！」

水手靴不適合狂奔，海盜生涯也不常需要跑步。瓦勒莉亞還沒跑出百碼就已經氣喘吁吁、左搖右晃，身後的撞擊聲宛如雷鳴，怪物已經衝出樹叢，進入更為寬敞的區域。

科南的鐵臂摟起女人腰身，半提起她；她幾乎足不點地，在科南的協助下達到單憑自己絕計無法達到的速度。如果他能多撐一會，說不定背叛他們位置的風會改向——但風吹個不停，科南迅速回頭，發現怪物幾乎已經追上，宛如趕在颶風前的戰艦。他奮力推開瓦勒莉亞，令她跌跌撞撞十餘步，最後摔在最近的樹旁，接著辛梅利亞人轉身衝向雷霆萬鈞的巨獸。

由於認定自己死期到了，辛梅利亞人憑藉本能行動，縱身撲上那張低垂恐怖的大臉。他奮力躍起，宛如野貓般揮劍，感覺劍刃深陷遮蔽吻部的鱗片——接著恐怖力量撞得他向後滾開五十呎，體內所有空氣和半條命當場離體而去。

就連撞到動彈不得的辛梅利亞人自己也不知道他是怎麼爬起來的。但他腦中唯一想到的就是幾乎位於那頭惡魔路徑上、暈頭轉向的無助女子，而在空氣回到自己氣管前，他已經持劍站在她身前。

她躺在剛剛被他推開的地方，不過正在奮力坐起。巨獸鋒利的獠牙和重踏的大腳都沒碰到她。剛剛擊中科南的是肩膀或前腳，盲目的怪物繼續往前衝，在突來的劇痛中忘記剛剛追蹤的獵物氣味。他勢若奔雷，悶頭撞上前方的一棵巨樹。撞擊的力道將樹連根拔起，肯定也撞碎了那顆畸形頭顱中的腦子。樹和巨獸同時倒地，頭昏眼花的人類眼看遮蔽巨獸身體的枝葉隨著巨獸抽痛而顫抖——然後安靜下來。

科南停頓片刻，回頭看向漆黑的森林。沒有一片樹葉在搖擺，沒有一隻鳥在鳴叫。森林就跟人類創造出來之前一樣寂靜無聲地矗立於此。

「來吧，」科南輕聲道，牽起夥伴的手。「我們還沒脫離險境。如果森林裡還有更多危機盯上我們——」

他沒有把話說完。

那座城看起來要穿越一大片平原，比在巨岩上看起來遠多了。瓦勒莉亞的心跳劇烈到幾乎令她窒息。她每跨出一步都以爲會聽見樹叢斷折聲，看見龐大夢魘朝向他們衝來。但始終沒有東西劃破森林中的寂靜。

離開森林一里遠後，瓦勒莉亞終於開始呼吸順暢。自信心再度浮出水面。太陽下山了，黑暗降臨平原，微弱的星光照亮大地，依稀可見發育不良的仙人掌。

「沒有牲口，沒有犁田。」科南喃喃道。「這裡的人如何過活？」

「或許晚上牲口都趕回畜欄了。」瓦勒莉亞說，「田地和牧草地都在城市的另外一端。」

「或許，」他嘟噥。「不過我在巨岩上都沒看見。」

月亮自城後升起，黃光前勾勒出城牆和塔樓的輪廓。瓦勒莉亞抖了一抖。怪城市在月亮前的黑影散發出陰森詭異的感覺。

或許科南也有同樣的感覺，因爲他停止前進，左顧右盼，然後嘟噥道：「我們在此休息。晚上去敲城門沒有意義。他們多半不會放我們進去。再說，我們需要休息，我們不知道他們會如何對付我們。休息幾小時，如果要戰鬥或逃跑也比較有力氣。」

他領頭走向長成一圈的仙人掌叢——南方沙漠很常見的景象。他用劍砍出一片空地，指示瓦勒莉亞進去。

「總之，我們在這裡就不必怕蛇了。」

她神色恐懼地回頭看向約莫六里外的森林黑線。

「如果有龍衝出森林呢？」

「我們輪班站哨。」他回答，不過沒說當眞遇上這種情況該怎麼辦。他凝望數里外的那座城市。塔樓上沒有燈火。一整塊神祕黑影，聳立在月光照耀的星空前。

「躺下睡覺。我先站哨。」

她遲疑，神色不定地偷看他，但他盤腿坐在空地上，面對平原，劍放在腿上，背對著她。她沒有多說什麼，在仙人掌圈中的沙地上躺下。

「月亮到天頂時叫我。」她指示。

他沒有回應或看向她。她睡前最後一個印象就是在低垂星光前勾勒出健壯的輪廓，彷彿銅像般一動也不動。

02 藉由火寶石的光芒

瓦勒莉亞突然驚醒，隨即發現平原已經籠罩在灰色黎明中。她坐起，揉眼睛。科南蹲在仙人掌旁，割下厚實的仙人掌葉，仔細挑出皮上的刺。

「你沒叫我，」她語氣不悅。「你讓我睡一整晚！」

「妳累了。」他回答。「妳騎馬騎那麼久，屁股一定很疼。你們海盜不習慣馬背。」

「那你呢？」她反駁。

「我當海盜前幹過科薩克人。」他回答。「他們住在馬鞍上。我會像躲在路旁等鹿經過的獵豹一樣偷偷打盹。我的耳朵會在眼睛睡覺時持續站哨。」

高大的野蠻人看起來確實像是在金床上睡了一整夜的模樣。他拔光刺，剝掉硬皮，把豐潤多汁的仙人掌葉遞給女人。

「好好享用那片葉子。對沙漠人來說，那是食物也是飲水。我曾當過祖阿格酋長——靠掠奪車隊維生的沙漠人。」

「有什麼是你沒幹過的嗎？」女人問，嘲弄中帶有敬佩的意味。

「我沒幹過海伯里亞國家的國王。」他微笑，咬了一大口仙人掌。「但我打算要去當當看。有朝一日，我可能會當國王。有何不可？」

她搖了搖頭，佩服他能把這話說得臉不紅氣不喘，然後開始大快朵頤。她發現味道還不錯，充滿清涼解渴的汁液。科南吃完葉肉，在沙裡擦手，整理濃密的黑髮，拿起他的劍帶說道：

「好了，我們走。如果那座城裡的人打算割斷我們喉嚨，不如趁烈日當空前趕快割一割。」

科南隨口開個黑色玩笑，但瓦勒莉亞卻有股不祥的預感。她起身時也綁好劍帶。昨晚的恐懼過去了。遠方森林中大吼大叫的龍宛如遺忘的夢境。她昂首闊步地走到辛梅利亞人身邊。不管前面有何凶險，他們的敵人都是人類。紅色兄弟會的瓦勒莉亞從未怕過任何人。

科南轉頭看著她與自己並肩而行，步伐輕盈，毫不落後。

「妳走路的姿態像丘陵人，不像水手。」他說。「妳一定是阿奎洛尼亞人。達法的烈日沒有曬黑妳白皙的肌膚。很多公主會嫉妒妳。」

「我來自阿奎洛尼亞。」她回答。他的恭維不再令她不悅。她喜歡他毫不掩飾地表達愛慕。如果是其他男人趁她睡覺時幫她站哨肯定會激怒她；她向來都很討厭男人因爲她是女人而企圖保護她，避免她接觸危險。但這個男人這麼做卻讓她暗自開心。而且他沒有趁她害怕脆弱時占她便宜。看來，她心想，她的夥伴終究不是普通人。

太陽在城市後方升起，塔樓蒙上一層不祥紅光。

「昨晚在月光前一片漆黑，」科南嘟噥道，野蠻人強烈的迷信在他眼中增添陰霾。「清晨又在陽光下呈充滿威脅的血紅。我不喜歡這座城市。」

但他們繼續前進，科南走著走著提出北方沒有道路通往這座城市的事實。

「城市這一邊的平原上沒有牲口行走的跡象。」他說。「土地也很多年沒耕作過了，或許好幾百年。但是妳看：從前這裡都是農地。」

瓦勒莉亞看到他所指的遠古灌溉溝渠，有些已經埋在土裡，長了不少仙人掌。她茫然皺眉，目光掃過城市四周一路延伸到巨大環形森林的平原。視線範圍無法超過那一圈森林。她神色不安地看向那座城。城垛上沒有發光的頭盔或矛頭，也沒有號角聲，塔樓上沒人高聲喝問。城牆上和尖塔中籠罩著跟森林裡一樣的絕對寂靜。

太陽高掛在東方地平線上，他們來到北城牆大門外，站在高大壁壘的陰影下。堅固銅城門的鐵框架都生鏽了。鉸鍊、門檻、鑲板上結了厚厚一層蛛網。

「這扇門很多年沒開過了！」瓦勒莉亞大聲道。

「死城。」科南嘟噥道。「這就是溝渠年久失修，平原無人耕作的原因。」

「但是誰建造的？誰住在這裡？他們去哪裡了？爲什麼要棄城？」

「誰知道？或許是某支被放逐的斯堤及亞氏族所建。或許不是。看起來不像斯堤及亞建築風格。或許居民被敵人殺光了，或是瘟疫滅絕了他們。」

「若是那樣，裡面就可能有很多寶藏在生灰塵蛛網。」瓦勒莉亞說，本身職業的貪婪本能突然喚醒；另外還加上女性的好奇心。「我們可以開門嗎？進去探探險。」

科南神色懷疑地打量城門，接著以厚實肩膀頂門，用大腿和小腿的肌肉爲後盾，使勁推擠。在鏽蝕鉸鍊的刺耳聲響中，笨重城門緩緩向內開啓，科南站直身子，拔劍出鞘。瓦勒莉亞透過他的肩膀看去，訝異地低呼一聲。

他們面前不是理應會出現在城門後的街道或庭院。城門，或大門，直接通往一座又長又寬的走廊，一路向後延伸到看不清楚。走廊十分寬大，地板是切割成四方地磚的奇特紅石，彷彿在火焰倒影下悶燒。牆壁則是明亮的綠色材質。

「翡翠，不然我是閃姆人！」科南發誓。

「不可能有這麼多翡翠！」瓦勒莉亞不同意。

「我搶過很多齊丹商隊，知道翡翠長什麼樣子。」他斷言。「那就是翡翠！」

拱頂是天青石，其上鑲有許多大綠寶石，發出怨毒的光芒。

「綠火石，」科南低吼道。「龐特人是這麼叫的。據說它們是古人稱之爲金蛇的史前巨蛇眼睛化石。它們在黑暗中會像貓眼一樣發光。晚上它們將提供這條走廊照明，但是光線幽暗詭異。四處看看。我們或許能找到放珠寶的地方。」

「把門關上。」瓦勒莉亞說。「我可不想在這條走廊上給龍追。」

科南微笑，回答道：「我認爲那些龍從未離開森林。」

但他還是照做，並指出門內側斷掉的門閂。

「我就覺得推門的時候聽見有東西斷了。門閂鏽得厲害。如果城裡的人都跑了，爲什麼還會從裡面鬥鬥？」

「他們肯定是從其他門走的。」瓦勒莉亞說。

她好奇究竟多少年不曾有外界的陽光透過城門灑落這道長廊。陽光透過某種方式進入長廊，而他們很快就看出來源。高高的拱頂上有許多夾縫般的天窗——類似水晶材質的半透明薄片。天窗之間的陰影中，綠寶石宛如憤怒貓咪的眼睛般閃爍。他們腳下的暗紅地板持續改變色調及火焰色彩。那感覺就像是邪惡星辰照耀下走過地獄的地板。

走道兩側各有三層欄杆迴廊，層層交疊。

「四層樓建築。」科南嘟囔道，「這座走廊直達屋頂。跟一條街一樣長。對面似乎有扇門。」

瓦勒莉亞聳聳白皙香肩。

「那你目光比我銳利，而我在海盜裡眼力已經算很強的了。」

他們挑扇開啓的門走入，經過許多空蕩蕩的房間，地板都跟走廊一樣，牆壁也是同樣的翡翠，不然就是大理石、象牙或玉髓，以金、銀、銅像壁刻裝飾。天花板上鑲著綠火寶石，它們的光線陰森迷幻，跟科南預料中一樣。入侵者在巫火下如鬼似魅地移動。

有些房間沒有這種照明，房門內宛如地獄洞口般漆黑。科南和瓦勒莉亞避開那些房間，專挑有照明的房間走。

角落布滿蛛網，但地板上沒有積塵，房內的桌子、大理石、翡翠、玉髓等坐椅上也都沒有。地上隨處可見基本上不會毀壞的齊丹絲地毯。完全沒有窗戶，也沒有通往街道或庭院的門。每扇門後都是另一個房間或走廊。

「我們為什麼走不到街上？」瓦勒莉亞抱怨道。「這座宮殿或天知道什麼建築肯定跟突倫王的後宮一樣大。」

「他們絕對不是死於瘟疫。」科南邊說邊思索荒城之謎。「不然我們就會找到枯骨。或許這裡鬧鬼，所以大家通通跑了。或許——」

「或許個鬼！」瓦勒莉亞粗魯地打斷他。「我們解不開這個謎的。看看這些壁雕。上面有人像。他們是什麼人種？」

科南檢視壁雕，搖一搖頭。

「我沒見過特徵完全符合的人種。不過他們看來有東方血統——梵迪亞，或許，或可薩拉。」

「你在可薩拉當過國王嗎？」她問，以嘲弄的口吻掩飾強烈的好奇。

「沒。但我在梵迪亞邊境的西梅里亞山脈當過阿富古利人的戰爭酋長。那些人的血統偏向可薩拉人。但可薩拉人為什麼會在西邊這麼遠的地方建立城市？」

畫中人都是身材纖瘦，橄欖膚色的男女，五官鮮明，充滿異國風情。他們身穿薄袍，戴有各式各樣細緻珠寶，大部分都在吃喝玩樂，跳舞做愛。

「東方人，不會錯。」科南嘟噥道，「但我看不出是哪裡的東方人。不過他們肯定過著極端和平的生活，不然壁雕上會有戰爭或打鬥的場景。我們上樓。」

他們所在房間中有道象牙旋轉梯。他們走了三段階梯，來到似乎是整座建築最高的四樓中一間寬敞石室。天花板上的天窗照亮室內，火寶石的光黯然失色。房間有三面的房門後都是照明充足的房間。剩下的那扇門通往一道有欄杆的迴廊，俯瞰遠比下方長廊小的走廊。

「見鬼！」瓦勒莉亞神色厭惡地坐在翡翠長凳上。「遺棄此城的人肯定把所有寶藏通通帶走了。我受夠在這些空無一物的房間裡亂晃啦。」

「上層的房間似乎都有照明，」科南說。「我想找扇窗口俯瞰整座城。我們去那扇門後的房間看看。」

「你去看，」瓦勒莉亞說。「我要在這裡休息。」

科南消失在迴廊對面的門後，瓦勒莉亞雙手交扣腦後，身體斜向後方，伸展穿靴子的雙腳。這些安靜無聲的房間和走道、發光的綠寶石、火焰般的地板已經開始讓她沮喪了。她希望他們找到離開這座迷宮的路，抵達室外街道。她愣愣想著數百年前踏過這些火焰地板的深色輕盈腳掌，天花板上那些閃爍的寶石曾照亮什麼暴行與祕密。

一陣細微聲響將她帶回現實。她迅速起身，手握長劍，隨即發現是什麼令她如此不安。科南沒有回來，而她知道剛剛的聲音不是他所發出。

聲響來自通往迴廊的那扇門後。她的軟皮靴踏地無聲，偷偷溜出那扇門，矮身穿越迴廊，透過粗欄杆間隙偷看下方。

有個男人躡手躡腳沿著走廊行走。

她很驚訝會在這座荒城中看見活人。瓦勒莉亞矮身躲在石欄杆後，渾身緊繃，盯著偷偷摸摸的身影看。

對方看起來一點也不像壁雕上的人。他身材比中等高一點，膚色很深，不過不是黑人。他赤身裸體，只有一小塊絲布遮住一部分結實的臀部，細腰上有條手掌寬的皮帶。他長長的黑髮披在肩膀上，散發狂野的氣勢。他很瘦，但是手腳肌肉結實明顯，沒有多餘的肥肉呈現令人心怡的對稱輪廓。他的外形樸實到令人反感。

但眞正引起旁觀女人興趣的並非他的外形，而是他的行爲舉止。他彎腰駝背，偷偷摸摸，左顧右盼。他右手拿著一把寬頭刀，隨著動作上下搖晃。他在害怕，被某種恐怖的東西嚇得發抖。當他轉頭，她透過黑髮縫隙看見撐大雙眼的明亮目光。

他沒看到她。他踮腳穿越走廊，消失在一扇門後。片刻過後，她聽見一聲低呼，然後寂靜再度降臨。

瓦勒莉亞按捺不住好奇，沿著迴廊前進，來到男人進入之門上方的那扇門。門後是另一道更小的迴廊，下方是個大房間。

這個房間位於三樓，天花板沒有走廊外高。房內只有火寶石照明，迴廊下方的空間在詭異綠光下一片漆黑。

瓦勒莉亞瞪大雙眼。她看到的男人還在房間裡。

他臉朝下趴在房間中央的深紅地毯上。他四肢鬆垮，雙手攤開。他的彎刀躺在身邊。

她不知道對方爲什麼一動不動趴在那裡。接著她瞇起雙眼凝視他所躺的地毯。他底下周遭的地毯顏色不太一樣，更深、更亮的紅色。

她微微顫抖，貼近欄杆，用力搜尋迴廊下方的陰影。什麼都沒看見。

突然間另外一人進入這陰森的場景。他看起來跟之前那人很像，從走廊對面的門進來的。

他看著地板上的男人，聲音鏗鏘有力地說了個像「奇梅克」的字。另外那人沒動。

男人迅速走過去，彎腰，抓起地上之人的肩膀，翻過身來。看到對方腦袋軟垂後仰，露出喉嚨前從左耳到右耳被劃開的傷痕時，他忍不住低聲驚呼。

男人任由屍體摔回染血的地毯，跳起身來，宛如風中樹葉般抖動。他害怕到面如死灰。但一腳才剛跨出，突然間僵在原地，瞳孔放大，瞪向房間對面。

迴廊下的陰影中浮現一道鬼火，不屬於火寶石的光源。瓦勒莉亞看得毛骨悚然；因爲那道浮動的光源中隱約可見一顆骷髏頭，而骷髏頭——看來像人頭，但又有點畸形——似乎就是那道幽光的來源。它就這麼飄浮在空中，出自黑夜和陰影，光線愈來愈強烈；看來是人頭，但又不是她所熟悉的人頭。

男人一動不動地站著，成爲恐懼麻痺的實體化身，目不轉睛地看著那個幽靈。那東西離開牆邊，一道古怪的陰影隨之移動。慢慢地，陰影變成人類的身體，赤裸的軀幹和四肢反射白光，宛如漂白過的骨頭。肩膀上的無眼骷髏頭在污穢的光輪中咧嘴而笑，而對面的男人似乎無法將目光自其身上移開。他站在原地，劍在緊張的手指間抖動，臉上的表情彷彿遭受催眠。

瓦勒莉亞發現讓他無法動彈的並非僅是恐懼。那道光蘊含了地獄魔力，剝奪男人思考和行動的能力。她本人位於高處，只感到一股足以衝擊理智的無名力量。

怪物朝向獵物撲去，男人終於動了，但卻只是拋下武器，跪倒在地，伸手遮蔽雙眼。他默不作聲地等待如今宛如死神戰勝人類般站在他面前的幽靈舉起他的劍狠狠砍落。

瓦勒莉亞基於倔強天性中湧出的第一股衝動展開行動。她宛如老虎般跳過欄杆，落在恐怖幽靈身後。對方聽見軟靴落地，連忙轉身，但尚未轉完，她的利劍已經砍下，得意地感到手中傳來劍刃砍中實體血肉和凡人骨頭的手感。

幽靈被一劍砍穿肩膀、胸骨和脊椎，當場大叫倒地，而在倒地同時，發光的骷髏頭滾開，露出其下的黑髮和在死亡抽搐中五官扭曲的深色面孔。在那恐怖裝扮下的是個人類，跟伏跪在地上的人同種的人類。

後者聽見砍殺和慘叫聲連忙抬頭，神色驚訝地看著站在屍體前的白皮膚女人，手中握著滴血長劍。

他搖晃起身，喃喃自語，彷彿被眼前的景象奪走理智。她驚訝地發現自己聽得懂他的話。他說的是斯堤及亞語，只是口音不太熟悉。

「妳是誰？哪裡來的？到祖喬托幹什麼？」接著他不等回應，繼續說道：「但妳是朋友——不管是女神還是魔鬼，無所謂！妳殺了燃燒頭顱！他竟然是凡人假扮的！我們還以為他是他們從地下墓穴召喚來的惡魔！聽！」

他突然住口，渾身僵硬，豎起耳朵，神情專注。女人什麼都沒聽見。

「我們得趕快！」他低聲道。「他們在大走廊西邊！他們可能已經把我們包圍了！此刻可能在準備偷襲我們！」

他使勁握住她的手腕，緊到難以擺脫。

「『他們』是誰？」她問。

他神色迷惘地看她片刻，彷彿無法理解她怎麼會不知道這種事。

「他們？」他結巴道。「怎麼——當然是索塔蘭克人！妳殺的那個人所屬的氏族。他們住在東門附近。」

「你是說這座城裡有人住？」她大聲問。

「對！對！」他的神色憂慮不安。「來！快點！我們得回泰庫特利！」

「哪裡？」她問。

「西門附近！」他再度抓起她的手腕，拉著她朝來時的門走去。他深色額頭上冒出冷汗，眼中流露恐懼之光。

「先等一等！」她吼道，甩他的手。「不要碰我，不然我會打爛你的腦袋。到底是怎麼回事？你是誰？要帶我去哪裡？」

他緊緊握拳，四下張望，說話的速度快到字都撞成一團。

「我叫泰喬爾。是泰庫特利人。我跟被割喉的這傢伙前來寂靜長廊，試圖伏擊索塔蘭克人。但我們走散了，而我回這裡時就發現他慘遭割喉。燃燒頭顱幹的，我知道，如果妳沒殺他的話，他也會把我殺了。但或許他不是一個人來的。可能還有其他人從索塔蘭克溜過來！被他們活捉之人的命運就連諸神也不忍卒睹！」

這個想法令他打個冷顫，深色皮膚宛如死灰。瓦勒莉亞皺眉看他。她感覺這堆亂七八糟的言語並非廢話，只是在她耳中毫無意義。

她轉向還在地板上發光的骷髏頭，朝它走出一步，接著自稱泰喬爾的男人大叫一聲衝上來。

「不要碰它！看都不要看！瘋狂與死亡潛伏其中。索塔蘭克的巫師了解它的祕密——他們在地下墓穴找到的，那裡埋葬的都是過往黑暗時代統治祖喬托的暴君。盯著它看會讓不了解其祕密的人血液凝結、腦袋凋零。觸碰它會導致瘋狂和毀滅。」

她不太肯定地皺眉看他。他的外表不太令人信服，瘦巴巴的，肌肉結實，頭髮像蛇。他眼中，恐懼目光之後，隱約可見精神正常的人不會散發的詭異光芒。不過他這些話說得很誠懇。

「來！」他哀求，伸向她的手，隨即在想起她的警告時縮手。「妳是陌生人。我不知道妳如何來此，但如果妳是女神或惡魔，前來援助泰庫特利，妳就該知道妳剛剛問我的那些事。妳一定是從大森林外來的，我們的祖先也是。但妳是我們的朋友，不然妳不會殺我們的敵人。快來吧，讓索塔蘭克人找到就死定了！」

她目光從他那激動又引人反感的臉轉到那顆陰森骷髏頭，在死人旁的地板上悶燒發光。它就像是在夢中看見的骷髏頭，毫無疑問是人類，偏偏外觀輪廓又給人扭曲變形的感覺。那顆骷髏頭的主人生前肯定是個外來者或怪物。生前？那顆骷髏頭似乎依然保有某種生命氣息。它張開的下頷對她咬合。它的光愈來愈亮，越鮮艷，但是惡夢的感覺也隨之加劇；這是一場夢，所有生命都是一場夢——泰喬爾迫切的嗓音把瓦勒莉亞拉出她所身處的陰暗深淵。

「不要看那顆骷髏頭！不要看骷髏頭！」那是穿越未知虛空而來的遙遠叫喚。

瓦勒莉亞像獅子甩動鬃毛般搖晃身體。她的視線清晰了。泰喬爾喋喋不休。「它生前裝著法師之王的可怕腦袋！如今它依然保有從外界引進的魔法生命與火焰！」

瓦勒莉亞咒罵一聲，跳起身來，如獵豹般輕盈，一劍將骷髏頭砍成火焰碎片。房間內某處，或虛空中某處，或她意識深處，傳來痛苦又憤怒的慘叫聲。

泰喬爾拉她手臂，唸唸有詞道：「妳打破它了！妳摧毀它了！索塔蘭克所有黑魔法都無法將之復原！快點離開這裡，快！」

「但我不能離開。」她說。「我有個朋友在附近——」

她突然住口，看著他的目光望向她身後，臉色瞬間轉爲慘白。她連忙轉身，發現有四個男人穿越四扇門，把他們兩人圍在房間中央。

他們跟她見到的其他人很像，同樣是肌肉結實的瘦子，同樣的藍黑色長髮，狂野的眼睛裡綻放同樣的瘋狂目光。他們手持武器，穿著類似泰喬爾，不過胸口都畫了一顆白骷髏頭。

他們沒有挑釁或戰呼。索塔蘭克人就像陷入血狂的老虎般攻向敵人的咽喉。泰喬爾情急拚命，矮身避過一把寬頭刀，抓住持刀之人，將之撲倒在地，一聲不吭地滾動角力。

剩下三人衝向瓦勒莉亞，怪眼血紅，宛如瘋狗。

她在對方有機會攻擊前殺死第一個傢伙，在他舉刀的同時砍碎他的頭顱。她側身避過一刀，同時架開另一人的攻擊。她目光亂轉，嘴角揚起無情的笑容。她再度化身爲紅色兄弟會的瓦勒莉亞，長劍呼嘯聲在她耳中宛如婚禮歌曲。

她的劍掠過本來打算招架的刀，插入對方以皮甲守護的腹部六吋之深。對方吃痛驚呼，跪倒在地，但他的高個子夥伴無聲無息搶上，瘋狂出擊，攻勢猛烈到瓦勒莉亞沒有機會反擊。她冷靜後退，抵擋來刀，伺機反擊。這種瘋狂的攻勢絕對持續不了多久。他的手臂會疲憊，呼吸會開始喘；他會虛弱，腳軟，然後她的劍就會順勢插入他心臟。她斜眼一瞥，發現泰喬爾跪在對手胸口上，奮力掙脫手腕的束縛，企圖用匕首插死對方。

面前的男人滿頭大汗，雙眼如同火紅煤塊。儘管攻勢猛烈，他就是沒辦法突破她的防禦。他氣喘吁吁，眉毛開始下垂。她後退誘敵——結果大腿被人緊緊抱住。她都把受傷倒地的敵人給忘了。

對方跪在地上，雙臂緊扣她雙腳，他的夥伴發出勝利歡呼，開始繞到左側攻擊她。瓦勒莉亞奮力抽身，但卻擺脫不了對方。她只要揮劍下砍就能解決這個情況，但那一瞬間就能讓高個子戰士有機會砍穿她的腦袋。受傷的男人像發狂的動物般張嘴咬她大腿。

她左手下移，抓住他的長髮，強拉他的腦袋，讓他森白的牙齒和亂轉的眼睛朝向她。高個子索塔蘭克人狂吼一聲，跳上前來，使盡吃奶的力量狠狠砍下。她勉強擋住此刀，劍刃被壓得平貼在她頭上，火星濺灑在她眼前，身形搖晃。對方再度舉起寬頭刀，發出野獸獲勝的吼叫聲——接著一條高大的身影出現在索塔蘭克人身後，鋼刃閃爍，宛如藍色電光。戰士的叫聲戛然而止，像頭死在屠宰斧下的牛般倒地，腦漿噴濺，頭顱被一劍劈到喉嚨。

「科南！」瓦勒莉亞喘道。她盛氣凌人地轉向頭髮抓在左手上的索塔蘭克人。「地獄的狗！」她長劍呼嘯，拖曳殘影，朝上竄出，無頭屍體軟癱倒地，鮮血狂噴。她把斷頭丟到房間另外一邊。

「這裡是怎麼回事？」科南跨過死在他手下的男人屍體，手持闊劍，神色驚訝地打量四周。

泰喬爾從最後一個還在抽搐的索塔蘭克人旁邊起身，甩掉匕首上的鮮血。他大腿上有道很深的傷口在淌血。他瞪大雙眼看著科南。

「怎麼回事？」科南又問，還沒從在滿心以爲無人居住的古城中發現瓦勒莉亞跟這群瘋子大打出手的事實中恢復過來。他在上層房間中漫無目的地遊蕩，然後發現瓦勒莉亞不在之前的房間裡，接著就跟隨傳入那雙驚呆耳朵裡的聲響趕來此地。

「五隻死狗！」泰喬爾喊道，雙眼炯炯有神，反映出陰森的喜悅。「殺了五隻！黑柱上增添五根紅釘！感謝血腥諸神！」

他高舉顫抖的雙掌，面如惡魔般朝屍體吐口水，踐踏他們的臉，大跳殘暴的歡愉之舞。他剛結交的盟友神色訝異地看著他，科南以阿奎洛尼亞語問道：「這個瘋子是誰？」

瓦勒莉亞聳肩。

「他說他叫泰喬爾。我從他的瘋言瘋語中聽出他的族人住在這座瘋狂城市的一側，另外一族的人住在另一側。或許我們該跟他走。他看起來算友善，另外那族的人顯然不友善。」

泰喬爾停止跳舞，再度側耳傾聽，腦袋像狗一樣歪一邊，令人厭惡的五官上流露勝利和恐懼的神情。

「跟我走，立刻！」他低聲說。「我們已經做得夠多了！五隻死狗！我的族人會歡迎兩位！他們會尊敬你們！來！泰庫特利很遠。索塔蘭克人隨時都可能對我們群起而攻。」

「帶路。」科南嘟噥道。

泰喬爾立刻爬上通往迴廊的樓梯，指示他們跟上去，他們跟了，加快腳步，緊跟在後。抵達迴廊後，他衝入一扇西向的門，迅速穿越一間又一間石室，每一間都有天窗或綠火寶石照明。

「這裡究竟是什麼地方？」瓦勒莉亞低聲問道。

「克羅姆才知道！」科南回答。「不過我見過他這種人種。那些人住在庫許邊境附近的祖德湖畔。他們是斯堤及亞人混血，數百年前跟東方來的其他種族雜交，然後融入其中。他們叫特拉西蘭人。不過我敢打賭建立這座城的人不是他們。」

儘管離死人的房間愈來愈遠，泰喬爾的恐懼似乎沒有絲毫減少。他隨時都在左顧右盼，傾聽任何追兵的聲響，目光迫切地瞪視所有經過的門。

瓦勒莉亞忍不住微微發抖。她不怕人。但腳下的怪地板、頭上那些分開他們影子的怪寶石，嚮導輕盈的腳步和害怕的神情在在給她一種無名的恐懼，一種危機四伏的感覺。

「他們可能會在我們跟泰庫特利之間伏擊！」他低聲說。「我們得時刻警覺，不要中伏！」

「我們何不離開這座可惡的宮殿，到街上去？」瓦勒莉亞問。

「祖喬托沒有街道。」他回答。「沒有廣場，沒有庭院。整座城就是同一個屋簷下的大宮殿。最接近街道的東西就是大走廊，從北門直通南門。唯一通往外界的就是城門，但已經五十年沒人通過那些門了。」

「你們在這裡面窩多久了？」科南問。

「我是三十五年前在泰庫特利城堡中出生的。我從未踏足城外。看在諸神的份上，別再說話了！這些走道可能到處都有魔鬼潛伏。抵達泰庫特利後，歐梅克會把一切都告訴你們。」

於是他們安靜前進，綠火寶石在頭上閃爍，火焰地板在腳下悶燒，瓦勒莉亞感覺彷彿跟著深皮膚長頭髮的哥布林在地獄中逃亡。

然而在通過一間出奇寬敞的房間時，科南叫停了他們。他的野生耳朵遠比泰喬爾一輩子在寂靜走廊中磨練出來的耳朵敏銳。

「你認爲前方可能有敵人埋伏我們？」

「他們無時無刻都在這些房間中徘徊，」泰喬爾說，「我們也是。泰庫特利跟索塔蘭克之間的走道和房間是紛擾區，不屬於任何一方。我們稱之爲寂靜長廊。問這幹嘛？」

「因爲前面的房間裡有人。」科南回答。「我聽見鋼鐵敲擊石頭的聲響。」

泰喬爾再度發抖，咬緊牙關避免牙齒打顫。

「或許是你朋友。」瓦勒莉亞說。

「我們不敢冒險。」他喘息道，手腳靈活地移動。他轉到側面，穿越左方的門，進入一個裡面有象牙樓梯向下深入黑暗的房間。

「這樓梯通往沒有照明的走廊。」他嘶聲說，額頭上布滿汗水。「底下也可能有他們的人。他們可能就是要引我們下去。但我們必須假設他們是在上面的房間裡埋伏。快點跟我下去！」

他們像幽靈般輕手輕腳，走下樓梯，來到漆黑如夜的走廊入口。他們在那裡伏低片刻，側耳傾聽，然後深入其中。沿著走廊前進時，瓦勒莉亞曾一度感到毛骨悚然，期待黑暗中有劍砍落。但除了科南的手指緊握她手臂外，她完全察覺不到夥伴的存在。兩個夥伴都像貓一樣安靜。身處絕對漆黑的環境。她一手觸摸牆壁，偶爾感覺摸到門。這條走廊似乎永無止盡。

突然間他們都讓身後的聲響嚇了一跳。瓦勒莉亞再度背脊發毛，因爲她聽出那是開門聲。有人進入他們身後的走廊。想法才剛入腦，她就踢到感覺像是骷髏頭的東西。那東西滾過地板，發出響亮的撞擊聲。

「跑！」泰喬爾大叫，聽來緊張萬分，彷彿會飛的鬼魂般掠過走廊。

瓦勒莉亞再度感到科南的手拉起她，帶她發足狂奔，緊跟他們的嚮導。科南在黑暗中的視力不比她好，但他的本能讓他們保持正確的方向。少了他的支撐和引導，她肯定會摔倒或撞牆。他們沿走廊狂奔，身後的腳步聲逐漸逼近，接著泰喬爾突然喘道：「樓梯到了！跟我來，快！喔，快！」

他自黑暗中伸手，在瓦勒莉亞盲目摸索時握住她的手腕。她覺得自己讓人半拖半抬地爬上旋轉梯，科南則放開她，在樓梯上轉身，耳朵和本能告訴他敵人快要追上了。而且聽起來並不全是人類的腳步聲。

有東西在樓梯上蠕動，迅速滑行，周遭空氣隨之變冷。科南大劍揮砍，感覺劍刃砍過肉和骨，陷入下方的階梯。有東西碰到他的腳，冷到彷彿瞬間結霜，接著下方的黑暗傳出甩動撞擊聲，有人吃痛大叫。

科南衝上旋轉梯，穿越梯頂打開的門。瓦勒莉亞跟泰喬爾已經等在外面，泰喬爾甩上門，插上門閂——這是離開外城門後科南看到的第一道門閂。

然後她轉身跑過照明充足的房間，通過對面的門時，科南回頭看見樓梯門在巨大的壓力下膨脹變形。

儘管泰喬爾奔行速度和警覺都沒有變化，但他如今似乎自信滿滿。他一副進入熟悉領域的模樣，會有朋友來支援的地方。

但科南的問題又讓他怕了起來：「我在樓梯上對付的是什麼怪物？」

「索塔蘭克人。」泰喬爾說，沒有回頭。「我說過走廊上到處都是。」

「不是人。」科南嘟囔道。「用爬的，觸體冰冷。我想我把它砍斷了。它摔在追趕我們的人身上，死前肯定殺了一個他們的人。」

泰喬爾突然回頭，面如死灰。他加快步伐。

「是爬行怪！他們從地下墓穴帶上來的怪物！我們不知道它究竟是什麼玩意兒，但它殺的人都死狀淒慘！以塞特之名，跑快點！如果他們讓爬行怪來追我們，它會一路追到泰庫特利大門口！」

「我懷疑，」科南說。「我在樓梯上那一劍砍得乾淨俐落。」

「快點！快點！」泰喬爾哀鳴道。

他們跑過幾間綠光石室，通過寬敞走廊，停在一扇大銅門前。

泰喬爾說：「這裡就是泰庫特利！」

03 世仇

泰喬爾揮拳敲打銅門，然後轉向側面，監視身後的走廊。

「有些人在這扇門前自以為安全，結果被殺了。」他說。

「他們為什麼不開門？」科南問。

「他們在透過鷹眼觀察我們，」泰喬爾說。「你們令他們困惑。」他揚起音量叫道：「開門，伊瑟蘭！是我，泰喬爾，還有來自森林外大世界的朋友！他們會開門的。」他對夥伴保證。

「他們最好快點開。」科南語氣冷酷。「走廊上有爬行聲。」

泰喬爾臉色再灰，拚命敲門，大喊：「開門，蠢蛋，快開門！爬行怪追來啦！」

就在他邊敲邊叫時，大銅門無聲無息開啓，露出門縫中一條沉重鎖鏈，鎖鏈上方探出矛頭還有冷酷的面孔，目光炯炯地打量他們片刻。接著鎖鏈垂落，泰喬爾緊張兮兮地抓住朋友的手臂，拉著他們跨越門檻。科南在門關閉時回頭看向陰暗走廊，於走廊末端依稀看見大蛇的輪廓穿越一間石室門口，緩慢痛苦地朝他們爬來，醜陋染血的蛇頭宛如酒醉般擺動。接著銅門完全關閉。

他們進入四方形的房間，沉重的門閂和鎖鏈卡入定位。這扇門足以抵擋攻城槌。有四個守衛站哨，跟泰喬爾一樣直髮深皮膚，手持長矛，腰掛長劍。門旁的牆上有複雜的鏡片機械，科南猜那就是泰喬爾提到的鷹眼，讓門內的人可以在不被門外之人發現下透過牆上的水晶鑲板觀察外面的景象。四名守衛神色訝異地凝視陌生人，但沒開口提問，泰喬爾也沒有主動提出任何說明。如今他充滿自信，彷彿一通過門檻就脫掉了優柔寡斷和恐懼的斗篷。

「來！」他對新朋友說，但科南看著大銅門。

「跟蹤我們的人怎麼辦？他們不會硬闖嗎？」

泰喬爾搖頭。

「他們知道帶著爬行惡魔無法突破鷹門。來吧！我帶你們去見泰庫特利的統治者。」

其中一名守衛打開大銅門對面的門，他們穿門而過，來到一條走廊，跟那層樓大部分房間一樣透過窄天窗和火寶石照明。不過這條走廊跟之前通過的房間不同，一望便知有人居住。光滑的翡翠牆以絨布掛毯裝飾，紅地板上鋪著厚地毯，象牙椅、長凳、床上都擺有緞墊。

走廊最後是扇雕飾華麗的門，門前沒守衛。泰喬爾二話不說，推開那扇門，請朋友進入一間寬敞房間，裡面約莫有三十名深色皮膚的男女躺在綢緞床上，齊聲驚呼，坐起身來。

所有男人，只有一個除外，都跟泰喬爾外表差不多，女人則一樣是深色皮膚和怪眼睛，不過就某種奇特的角度來看也不至於不美。她們穿涼鞋，戴金胸飾片，以寶石腰帶固定的短紗裙，黑髮及肩，戴銀頭環。

翡翠高台上有張長象牙椅，一男一女坐於其上，外表跟其他人有些微不同。他很高大，胸膛厚實，肩膀壯如牛。他跟其他人不同，有留鬍子，濃密的藍黑鬍鬚幾乎垂到寬腰帶上。他身穿紫絲袍，隨著他的一舉一動而改變色澤，其中一邊寬袖拉到手肘，露出肌肉虯結的粗壯前臂。固定藍黑頭髮的頭環鑲滿亮晶晶的珠寶。

他身旁的女人在陌生人進房時驚叫起身，目光掠過科南，神色不善地注視瓦勒莉亞。她身材高挑，體態輕盈，艷冠群芳。她身上的衣物比其他女人更少；別人穿裙子，她則只有一塊長及膝蓋的金邊紫布垂在腰帶中央。加上腰帶後的另一塊紫布，就是她下半身所有衣物，而她並不在乎衣不蔽體。她的胸口飾片和頭環都鑲著寶石。所有深色皮膚的人裡，就只有她眼中沒有陰森瘋狂的目光。她驚叫完後就沒有說話；她渾身緊繃，雙手握拳，瞪視瓦勒莉亞。

坐在象牙椅上的男人沒有起身。

「歐梅克王子，」泰喬爾說著深深鞠躬，攤開雙手，掌心朝上。「這兩位朋友來自森林外的世界。燃燒頭顱在泰斯科提室裡殺了奇梅克，我的朋友——」

「燃燒頭顱！」泰庫特利人竊竊私語，神色恐懼。

「對！然後我進去了，發現奇梅克躺在地上，喉嚨被刀劃開。但在我有機會逃跑前，燃燒頭顱出現了，我一看到它，血液就凝結成冰，骨髓都融化了。我無法戰鬥，也無力逃跑。我只能等死。接著這位白皮膚女人突然出劍；結果呀，燃燒頭顱不過就是個塗了白漆的索塔蘭克狗，在頭上戴了顆古代巫師的活骷髏頭！如今那顆骷髏頭化為碎片，那隻狗也變成死屍了！」

最後那句話令人們欣喜若狂，旁觀眾人紛紛低聲歡呼。

「等等！」泰喬爾說。「還沒說完！四個索塔蘭克人趁我跟女人交談時展開攻擊！我殺了一個——我腳上的刀傷可以證明當時情況有多危急。那個女人殺了兩個。但在最凶險的時刻，這個男人加入混戰，劈開第四個傢伙的腦袋！對！復仇之柱上又多了五根紅釘！」

他指向高台後方一根黑檀木黑柱。光滑的表面上有數百個紅點——釘在黑木之中的沉重銅釘釘頭。

「五支紅釘，五條索塔蘭克人的命！」泰喬爾歡呼，旁觀眾人臉上欣喜若狂的表情讓他們看起來不像人。

「這兩個是什麼人？」歐梅克問，聲音像是遠方公牛發出的低吼。祖喬托的人講話都不大聲。彷彿他們把空蕩走道和廢棄石室中的死寂吸收到靈魂裡。

「我叫科南，是辛梅利亞人。」野蠻人簡短回應。「這個女人是紅色兄弟會的瓦勒莉亞，阿奎洛尼亞海盜。我們是達法邊境部隊的逃兵，那位於北方一段距離之外，而我們打算前往海岸。」

高台上的女人大聲說話，因爲說得太快而有點結巴。

「你們到不了海岸的！沒人能逃出祖喬托！你們一輩子都會待在這座城裡！」

「什麼意思？」科南怒道，手握劍柄，擺開架式，一副要跟高台上和房間裡所有人作戰的模樣。「妳說我們是囚犯？」

「她不是那個意思。」歐梅克插嘴。「我們是兩位的朋友。我們不會違背你們的意願限制你們行動。但我擔心這裡的情況會導致兩位無法離開祖喬托。」

他偷看瓦勒莉亞一眼，隨即壓低目光。

「這女人是塔西拉，」他說。「她是泰庫特利的公主。快拿食物和水來給我們的客人。他們遠道而來，肯定餓了倦了。」

他指向一張象牙桌，兩名冒險者對看一眼，在桌旁坐下。辛梅利亞人心存疑慮。藍眼睛目光炯炯地四下打量，手掌始終離劍不遠。但他對請他吃飯喝酒一向來者不拒。他的目光不斷飄向塔西拉，但公主的眼中只有他的白皮膚夥伴。

泰喬爾在大腿傷口外綁了塊布，來到桌前服務他的朋友，似乎認爲能滿足他們的需求是一種殊榮。他檢查其他人放在金容器和盤子裡端來的食物與酒，每樣都先嚐過才放到客人面前。他們吃飯時，歐梅克安安靜靜坐在象牙椅上，頂著寬黑眉毛觀察他們。塔西拉坐在他身邊，手肘頂著膝蓋，掌心捧著下巴。她深邃漆黑的眼中燃放神祕光芒，始終沒有離開瓦勒莉亞玲瓏有致的身軀。她身後有個臭臉美女拿著駱駝羽毛扇緩緩搧風。

食物都是兩個冒險者沒見過的異國水果，但十分美味，酒色淡紅，香氣濃郁。

「你們來自很遠的地方，」歐梅克終於開口。「我讀過祖先的書籍。阿奎洛尼亞比斯堤及亞和閃姆更遠，超過阿果斯和辛加拉；辛梅利亞又比阿奎洛尼亞還遠。」

「我們喜歡四下遊歷。」科南謹慎回應。

「我很驚訝你們能穿越森林。」歐梅克說。「我們曾派出上千名戰士，都沒辦法開路穿越森林。」

「我們遇上一隻跟乳齒象差不多大的短腿怪物。」科南漫不經心地說，伸出酒杯讓滿心歡喜的泰喬爾倒酒。「殺掉之後就沒其他問題了。」

泰喬爾手一滑，酒壺在地上摔成碎片。他的深色皮膚轉爲死灰。歐梅克赫然起身，神色驚訝，人群中傳來讚歎或恐懼的驚呼聲。有些人跪倒在地，彷彿雙腳撐不住他們的重量。只有塔西拉好像什麼都沒聽到。科南神色困惑地左右張望。

「怎麼了？那麼驚訝幹嘛？」

「你——你殺了龍神？」

「神？我殺了一條龍。幹嘛不殺？它要吃我們。」

「可是龍永生不死！」歐梅克大聲道。「它們會自相殘殺，但從來沒有凡人殺過龍！我們那一千個一路作戰到祖喬托的戰士祖先也都不是龍的對手！他們的劍在它們的鱗片前彷彿樹枝般折斷。」

「如果你們祖先想過在矛上沾點德凱塔蘋果的毒汁，」科南滿嘴食物說道。「刺入龍的眼睛或嘴巴或之類的部位，他們就會知道龍跟牛一樣不是永生不死。屍體就躺在森林邊緣，在森林裡。如果不相信我，自己出去看看。」

歐梅克搖頭，表情不是不相信，而是讚歎。

「就是那些龍導致我們祖先躲在祖喬托。」他說。「他們不敢穿越平原，進入其後的森林。他們還沒抵達本城，已經被那些怪物吃掉好幾十人。」

「所以祖喬托不是你們祖先建造的？」瓦勒莉亞問。

「他們剛來時，這就已經是座古城了。此城建立了多久，就連其中的墮落居民都不知道。」

「你們的人來自祖德湖？」科南問。

「對。半世紀前，一支特拉西蘭部族反叛斯堤及亞王，戰敗之後，向南逃竄。他們在草原、沙漠、山丘上遊蕩數週，最後來到大森林，一千名戰士加上他們的女人和小孩。」

「龍在大森林裡攻擊他們，把很多人撕成碎片；人們在它們面前瘋狂逃竄，終於來到平原上，遠遠看見祖喬托城。」

「他們在城外紮營，不敢離開平原，因爲夜晚森林裡傳出恐怖的怪物打鬥聲響。他們不斷自相殘殺。但他們不會跑到平原上來。」

「城裡的人緊閉城門，在城牆上對我們的人放箭。特拉西蘭人受困在平原上，彷彿四周的環狀森林就是一座高牆；只有瘋子才會闖入森林。」

「那天晚上，城裡有個奴隸偷偷溜到他們營地，他們同族的人，很久以前跟一群探險士兵闖入森林，當時他還很年輕。龍吃光他的夥伴，但他被人救入城內，淪爲奴隸。他名叫托可梅克。」這個名字在眾人眼中掀起火苗，有些人罵髒話、吐口水。「他承諾會幫戰士開門。他只要求把所有活捉的戰俘交給他。」

「他於黎明開門。戰士闖入城內，擁進走廊，祖喬托血流成河。這裡面只住了幾百個人，一個偉大民族殘存下來的後裔。托可梅克說他們來自東方，許久以前，從可薩拉來的，因爲現代可薩拉人的祖先從南方入侵，趕走了當地的原住民。他們往西方流浪許久，終於找到這片森林環立的平原，當時只有一支黑人部落居住其中。」

「他們奴役黑人，開始建造城市。他們從山丘往東方去運來翡翠、大理石和天青石，金、銀和銅。大批大象提供他們象牙。城市建造完成時，他們就殺了所有黑人奴隸。而他們的法師施展可怕的魔法守護這座城市；藉由死靈法術，他們以在森林中找到的巨大骸骨重新創造出曾經住在這片失落大地上的龍。他們在骸骨上添加血肉和生命，讓活生生的龍行走世間，就像大地尚且年輕之時。但巫師透過法術強迫他們待在森林中，不會進入平原。」

「於是數百年來，祖喬托的人就居住在他們的城裡，耕種肥沃的土地，直到他們的智者學會在城內種植水果——不須種植在土地，而是直接透過空氣吸收養分——接著他們就任由灌溉渠道乾枯，生活安逸懶散，直到腐敗降臨。我們祖先闖出森林，抵達平原時，他們已經面臨滅族邊緣。他們巫師都死光了，人民遺忘了古時候的死靈法術。他們無法透過巫術或長劍作戰。」

「好吧，我們上一輩殺光了祖喬托的人，只留下一百名活口，交給原先是他們奴隸的托可梅克處置；接下來許多晝夜，走廊上都迴蕩著他們慘遭折磨的叫聲。」

「特拉西蘭人在此定居，過了一段和平歲月，接受泰庫特利和索塔蘭克兩兄弟統治，還有托可梅克。托可梅克娶了部族一名女子爲妻，由於他打開城門有功，加上熟知祖喬托人的技藝，所以能跟率領部族叛變的兩兄弟一起統治。」

「接下來數年間，城內一直相安無事，每天就是吃喝、做愛、養孩子。他們沒必要去平原上耕作，因爲托可梅克教導他們種植空氣水果的技術。再說，殺害祖喬托人解除了把龍限制在森林中的魔法，它們每晚都會跑來城門附近吼叫。平原上染滿它們自相殘殺的鮮血，就是那個時候——」他說到一半突然停下，過了一會兒繼續說下去，不過瓦勒莉亞和科南都察覺他壓下了自以爲不智的話沒說。

「他們過了五年的和平生涯。然後，」歐梅克目光短暫停留在安安靜靜坐在他身邊的女人身上——「索塔蘭克娶了一名女子爲妻，偏偏泰庫特利和老托可梅克也喜歡那個女人。泰庫特利發狂之下，竟從女人丈夫手中搶走她。沒錯，她是自願跟他走的。托可梅克爲了激怒索塔蘭克，決定幫助泰庫特利。索塔蘭克要求他們交還她，結果部族議會裁定要讓女子自行決定。她選擇繼續待在泰庫特利身邊。索塔蘭克盛怒之下，訴諸武力搶女人，兩兄弟的手下就在大長廊中混戰。」

「那一戰極其慘烈。雙方死傷慘重。嫌隙變成世仇，世仇變成全面戰爭。亂局之中形成了三個派系——泰庫特利、索塔蘭克和托可梅克。他們在和平時期就已經於城中劃分勢力範圍。泰庫特利待在西半部，索塔蘭克盤據東邊，托可梅克及其家族則在南門。」

「憤怒、怨恨、和嫉妒變成喋血、強暴與謀殺。一旦拔劍相向就再也沒有回頭的餘地；因爲血腥召喚血腥，復仇緊跟暴行的靈巧腳跟。泰庫特利跟索塔蘭克開戰，托可梅克先是協助一邊，接著又轉換陣營，爲了自己的目的兩面背叛。泰庫特利和他的手下退回西城門附近，就是我們此刻所在的地方。祖喬托是橢圓形的。泰庫特利，以其王子爲名，占據橢圓形的西側。人民封鎖了所有跟城內其他區域連接的門戶，每層只留下一處出口，能夠輕易防禦。他們進入城下的地道，建立牆壁，阻隔西側的地下墓穴，裡面躺著古祖喬托人和在世仇中喪身的特拉西蘭人屍骨。他們住在宛如遭受圍城的城堡中，伺機對敵人發動攻擊。」

「索塔蘭克人同樣強化城東的防禦工事，托可梅克也在南城門附近幹一樣的事。城市中央部位空虛廢棄，無人居住。那些空蕩蕩的走廊和房間就變成戰場，陰森恐怖的地區。」

「托可梅克對雙方開戰。他是擁有人形的惡魔，比索塔蘭克可怕多了。他知道這座城市裡許多從未告知其他人的祕密。他從地下墓穴中掠奪死人的恐怖祕密──遠古國王和巫師的祕密，早就遭受我們祖先屠殺的祖喬托後裔遺忘的祕密。但那些魔法都不能在我們泰庫特利人闖入他的城堡、殺光他所有人民的那天晚上拯救他。我們折磨了托可梅克很多天。」

他的聲音轉爲輕柔，目光飄向遠方，彷彿回到過去，重溫強烈的快感。

「對，我們保住他的性命，直到他像新婚女人一樣尖叫求死。終於我們把垂死的他拖離刑求室，丟到地牢裡去餵老鼠。但他不知透過什麼手段，竟然逃出地牢，前往地下墓穴。他毫無疑問死在那裡，因爲想要離開泰庫特利的地下墓穴只能穿越泰庫特利，而他始終沒有出來。他的屍體從未尋獲，而我們同胞在迷信下認爲他的鬼魂直到今天還在地下墓穴中遊蕩，在死者骸骨間哭號。我們十二年前屠殺了托可梅克的子民，但泰庫特利跟索塔蘭克還在持續交戰，並將一路戰到最後一個男人、最後一個女人死去爲止。」

「泰庫特利偷走索塔蘭克妻子已經是五十年前的事了。世仇持續了半個世紀。我出生在世仇中。除了塔西拉，這個房間裡所有人都出生在世仇中。我們也會死在世仇裡。」

「我們是垂死的部族，就跟我們祖先屠殺的祖喬托人一樣。世仇開始時，三派人馬都有好幾百人。如今泰庫特利就只剩下你眼前這些人，還有守衛四扇門的人；總數四十。我們不知道索塔蘭克還有多少人，但我懷疑他們人數會比我們多到哪裡去。我們已經有十五年沒有孩童誕生了，也沒看到索塔蘭克那邊有小孩。」

「我們就要死了，但死前，我們要在諸神允許下儘可能殺光索塔蘭克人。」

在他怪眼的炯炯目光下，歐梅克詳加描述世仇的細節，於寂靜的石室和綠火寶石照耀下的陰暗走廊上作戰，在悶燒火焰般的地板上從砍斷的血管中灑落更深色的血液。在漫長的屠殺中，一整個世代的人就這麼死光了。索塔蘭克很久以前就死了，戰死在象牙台階上的慘烈戰役中。泰庫特利死了，被俘虜他的瘋狂索塔蘭克人活活剝皮。

歐梅克毫無情緒地訴說在漆黑走廊上演的殘暴戰役、旋轉梯上的伏擊、血腥屠殺。他深邃漆黑的雙眼中浮現特別血紅邪異的目光，講述剝皮肢解男人女人，俘虜在刑求中淒厲慘叫等情況，就連野蠻的辛梅利亞人也不禁皺眉。難怪泰喬爾一想到被俘就嚇得發抖！但他還是在遠比恐懼強烈的仇恨驅使下出門殺敵。歐梅克繼續說下去，提起黑暗神祕的事件，深夜在地下墓穴施展的黑魔法和巫術，來自黑暗的詭異怪物締結可怕的盟約。索塔蘭克人在這方面占據優勢，因爲他們所處的東側地下墓穴中埋葬的是古祖喬托最偉大的巫師屍骨，蘊含他們年代久遠的祕密。

瓦勒莉亞聽得著迷卻又感到噁心。世仇成為可怕的原始力量，驅使祖喬托人邁向末日與滅絕。世仇填滿他們的人生。他們生在世仇中，期待死在世仇裡。他們從不離開封閉的城堡，除非是要溜入位於雙方堡壘之間的寂靜長廊，去殺人和被殺。有時候掠奪部隊會帶著激動的俘虜回來，或是在戰鬥取得無情的勝利標記。有時候他們沒有回來，或變成斷肢殘體被丟在緊閉的銅門前。這些人活在陰森虛幻的惡夢中，跟世界徹底隔離，彷彿受困在同一個陷阱裡的瘋狂老鼠，經年累月自相殘殺，潛伏在陽光照不到的走廊裡，肢解、折磨、謀殺。

歐梅克說話時，瓦勒莉亞察覺塔西拉炙烈的目光始終集中在自己身上。公主似乎沒在聽歐梅克說話。她的表情，在他敘述勝利或戰敗時，並沒有伴隨其他泰庫特利人的憤怒與殘暴神色而變化。她族人念茲在茲的世仇彷彿對她毫無意義。瓦勒莉亞覺得她這種麻木不仁的表現遠比歐梅克的赤裸仇恨更令人反感。

「我們永遠無法離開這座城市。」歐梅克說。「五十年來都沒人離開，除了——」他再度住口。

「就算沒有龍的威脅，」他繼續，「我們這些在城裡出生長大的人也不敢離開。我們從未踏足城牆外的世界。我們不習慣遼闊的天空和赤裸的太陽。不；我們生在祖喬托，我們也將死在祖喬托。」

「好吧，」科南說，「只要你們允許，我們會再想辦法通過那些龍。你們的世仇與我們無關。請帶我們前往西城門，我們這就離開。」

塔西拉雙手握拳，張口欲言，但歐梅克插嘴：「天就要黑了。晚上進入平原，肯定會淪爲龍的食物。」

「我們昨晚穿越平原，睡在空曠的土地上，一條龍都沒遇上。」科南反道。

塔西拉笑容陰森。「你們才不敢離開祖喬托！」

科南瞪向她，本能浮現敵意；她沒在看他，而是在看他對面的女人。

「我想他們敢，」歐梅克說。「但看看你們，科南和瓦勒莉亞，一定是諸神派你們來的，爲了讓泰庫特利取得勝利！你們是專業戰士——何不爲我們作戰？我們的財富無處可花——祖喬托裡的寶石就跟世界上其他城市裡的鵝卵石一樣常見。有些是祖喬托人從可薩拉帶來的。有些，像是火寶石，則是在東方丘陵裡找到的。幫助我們剷除索塔蘭克人，我們就把你們能帶走的寶石通通給你們。」

「那你們會幫我們殺龍嗎？」瓦勒莉亞問。「只要有弓和毒箭，三十個人就足以殺光森林的龍。」

「幫！」歐梅克立刻答應。「我們多年來都是近身肉搏，已經忘記弓箭的技巧，但我們可以學。」

「你怎麼說？」瓦勒莉亞問科南。

「我們都是身無分文的流浪漢。」他冷冷一笑。「殺索塔蘭克人還是其他人對我來說沒差。」

「那你們同意了？」歐梅克問，泰喬爾喜形於色。

「對。現在請帶我們找個房間睡覺，明天一早養足精神後再開始殺人。」

歐梅克點頭，揮一揮手，泰喬爾跟一個女人領著冒險者從玉台左側的門出去，來到走廊上。瓦勒莉亞回頭一瞥，看見歐梅克坐在王座上，拳頭抵著下巴，凝望他們的背影。他的眼中綻放奇特的火光。塔西拉靠著椅背，對臭臉侍女，雅莎拉，輕聲說話，雅莎拉則彎腰湊到她的肩膀旁，耳朵貼著公主的嘴唇。

這條走廊沒有之前通過的走廊寬敞，但是很長。沒多久帶路的女人停步，打開一扇門，讓路給瓦勒莉亞進去。

「等等，」科南低吼。「我睡哪裡？」

泰喬爾指向走廊對面一間石室，不過又再隔壁一間。科南遲疑，想要抗議，但瓦勒莉亞不客氣地朝他笑了笑，把門甩在他臉上。他含糊批評了世間女子幾句，然後跟著泰喬爾走過走廊。

進入爲他準備的華麗石室中，他抬頭看向窄縫天窗。有些天窗寬到能讓瘦子擠入，如果玻璃破掉的話。

「索塔蘭克人爲什麼不走屋頂打破天窗進來？」他問。

「天窗打不破。」泰喬爾說。「再說，屋頂很難爬。大部分都是塔樓、圓頂、陡峭屋脊。」

他又說了更多泰庫特利「城堡」的事。一如城內大部分地區，城堡共四層樓高，或有四層房間，屋頂上有隆起幾座塔樓。每一層樓都有名稱；是的，祖喬托人爲每間石室、走廊、樓梯命名，就跟正常城市的人會給街道和街區命名一樣。泰庫特利的樓層由上而下依序叫作鷹層、猩層、虎層、和蛇層。鷹層最高，爲第四層樓。

「塔西拉是誰？」科南問。「歐梅克的妻子？」

泰喬爾聳肩，四下偷看，然後才回答。

「不。她是——塔西拉！她就是索塔蘭克的妻子——泰庫特利偷走的女人，兩族世仇的起源。」

「你在說什麼鬼？」科南問。「那女人年輕貌美。你是要告訴我，她五十年前就是人妻了？」

「對！我發誓！打從特拉西蘭人離開祖德湖時，她就已經是成年女人。就是因爲斯堤及亞王垂涎她的美色，想把她納爲妻妾，索塔蘭克和他兄弟才會叛變，逃入荒野。她是個女巫，掌握永恆青春的祕密。」

「什麼？」科南問。

泰喬爾抖了抖。

「別問我！我不敢說。太恐怖了，就算對祖喬托這種地方而言也一樣！」

他伸手抵住嘴唇，迅速離開房間。

04 — 黑蓮花香

瓦勒莉亞解開劍帶，隨劍鞘裡的劍一起放在自己要睡的床上。她注意到門上有門閂，問起那些門通往何處。

「隔壁房間。」女人回答，指向左右兩側的房間。「那扇門外，」指向走廊門對面的銅鑲板門——「是一條走廊，有樓梯通往地下墓穴。不要害怕；這裡沒有東西會傷害妳。」

「誰說害怕了？」瓦勒莉亞問。「我只想知道我的船錨下在什麼樣的港口。不，我不要妳睡在我的床腳。我不習慣有人服侍——至少不是女人服侍。我允許妳離開。」

獨自待在房間，海盜把所有門閂都閂起來，踢掉靴子，舒舒服服躺上床。她想像科南也跟她一樣躺在對面的房間裡放鬆，但女人的虛榮讓她幻想起他遭拒後悶悶不樂獨自上床的模樣，臉上不禁揚起淘氣的笑容，準備進入夢鄉。

外面，黑夜降臨。祖喬托的走廊上，綠火寶石宛如史前時代的貓眼般發光。漆黑塔樓上傳來一陣晚風，彷彿躁動的幽靈輕輕呻吟。陰暗走道上，鬼祟的人影出沒，彷彿虛無飄渺的影子。

瓦勒莉亞突然在床上驚醒。透過黯淡的火寶石綠光，她看見一條黑影彎腰在她身前。一時之間，她還以為自己在作夢。她似乎依然躺在房間裡的床上，但頭上卻有朵大到遮蔽天花板的黑花在搖晃抖動。它奇特的香味籠罩她身體，觸發一種美味歡愉的慵懶氣息，有點像是睡眠，又不太像是睡眠。她沉入一道莫名喜悅的芳香浪潮，感覺到有東西觸摸她的臉。她受到藥物影響的感官超級敏感，如此輕輕觸摸感覺就像是足以導致脫臼的衝擊，突然間粗暴地徹底喚醒她。接著她眼前不再是巨大花朵，而是個深色皮膚的女人站在她身前。

瓦勒莉亞大怒，立刻採取行動。女人迅速轉身，但還沒拔腿開跑，瓦勒莉亞已經起身拉住她手臂。她宛如野貓般掙扎片刻，隨即在對方蠻橫的力道下安靜下來。海盜扯過女人面對她，另一手扣住她的下巴，強迫俘虜直視她雙眼。臭臉雅莎拉，塔西拉的侍女。

「妳到我床前來做什麼？妳手裡拿了什麼？」

女人沒回應，但企圖丟掉手中的東西。瓦勒莉亞把她手臂扭到面前，那東西落在地板上——一朵翠綠莖桿的大黑花，肯定跟女人的頭一樣大，不過與半夢半醒間的幻覺相比顯得很小。

「黑蓮花！」瓦勒莉亞咬牙說道。「香味能讓人沉睡的花。妳在對我下藥！如果不是花瓣不小心碰到我的臉，妳就得逞了——爲什麼？妳有何目的？」

雅莎拉神色陰沉，不發一言，瓦勒莉亞咒罵一聲，迫她轉身下跪，在背後扭高她的手臂。

「說，不然我就扭斷妳的手臂！」

雅莎拉痛苦扭動，手臂被扯到肩胛骨間，但她唯一的反應就是拚命搖頭。

「賤人！」瓦勒莉亞把她推倒在地。海盜目光炯炯地瞪著地上的身影。恐懼和塔西拉的目光浮現心頭，激發她猛虎般的自保本能。這些傢伙全都是墮落之人；他們什麼怪事都幹得出來。但瓦勒莉亞察覺有股力量隱身幕後，遠比墮落人性更加邪惡的祕密。對這座城市的恐懼和厭惡感瞬間來襲。這些人沒有發瘋，但也絕不正常；她開始懷疑他們究竟是不是人。所有人的眼中都有瘋狂的神色——除了塔西拉殘酷神祕的目光，隱含超越瘋狂的祕密與謎團。

她抬起頭，側耳傾聽。祖喬托的走廊彷彿死城般寂靜。綠寶石在房間裡灑落惡夢般的光芒，在地板上女人的眼中反射詭異幽光。瓦勒莉亞心下恐慌，將最後一絲慈悲趕出她凶猛的靈魂。

「妳爲什麼對我下藥？」她低聲道，抓起女人的黑髮，令她仰頭面對自己，注視那雙陰鬱的長睫毛眼睛。「塔西拉派妳來的？」

沒有反應。瓦勒莉亞怒罵一聲，朝女人兩側臉頰各甩一耳光。巴掌聲在房中迴蕩，但雅莎拉毫不吭聲。

「妳爲什麼不叫？」瓦勒莉亞惡狠狠問。「妳擔心有人會聽見嗎？妳在怕誰？塔西拉？歐梅克？科南？」

雅莎拉不答話。她蜷伏在地，以宛如蜥蜴般的怨毒目光看著抓她的人。固執的沉默總是會引人氣憤。瓦勒莉亞轉身從附近的掛毯扯下一把繩索。

「妳這臭臉賤人！」她咬牙切齒。「我要把妳剝光，綁在床上，鞭打妳到說出來意、是誰派來的爲止！」

雅莎拉沒有出言抵抗，也沒有採取任何行動，任由瓦勒莉亞把她綁在床上，固執的俘虜讓她愈來愈怒。一時之間，房間裡一片寂靜，只聽得到絲繩抽打皮膚的啪嗒聲響。雅莎拉手腳都被綁得很緊，動彈不得。她被抽打得扭動顫抖，腦袋隨著抽打左右甩動。她牙齒陷入下唇，隨著鞭笞滲出鮮血。但她沒有慘叫。

軟繩抽在俘虜顫抖的肌膚上聲音並不響亮；就只有啪嗒一聲，但每一抽都在雅莎拉的深色皮膚上留下紅印。瓦勒莉亞使盡實戰中磨練出的手臂所有力量鞭打，帶著宛如家常便飯的痛苦與折磨歷練出的冷酷無情，加上只有女人對女人才能展現出的憤世嫉俗。雅莎拉遭受的折磨，不論在生理上還心理上，都遠遠超越男人能夠對她造成的折磨，不管是多壯的男人。

這種女人憤世嫉俗的表現終於馴服了雅莎拉。

她輕輕呻吟一聲，瓦勒莉亞停止動作，手臂高舉，撩開汗濕的金髮。「如何，妳要招了嗎？」她問。「必要的話，我可以打一整晚。」

「饒命！」女人低聲道。「我說。」

瓦勒莉亞割斷她手腕和腳踝上的繩索，扶她起身。雅莎拉癱在床上，靠半邊赤裸的屁股橫躺，用手臂撐起身體，不斷扭動身體避開皮開肉綻的肌膚。她手腳都在發抖。

「酒！」她哀求，嘴唇乾燥，抬起發抖的手掌比向象牙桌上的金酒壺。「讓我喝點。我痛得虛弱。喝完我就全盤托出。」

瓦勒莉亞拿起酒壺，雅莎拉搖搖晃晃起身接下。她將酒壺抬到嘴邊——然後把裡面的酒全部灑到阿奎洛尼亞人臉上。瓦勒莉亞連忙後退，連甩帶抹地擺脫眼中的刺痛液體。透過劇痛迷霧，她看見雅莎拉衝過房間，拉開門閂，推開銅鑲板門，跑入走廊。海盜立刻追上去，手持長劍，面露殺機。

但雅莎拉搶得先機，又是以剛剛被鞭打到歇斯底里邊緣的女人特有的緊繃速度開跑。她在瓦勒莉亞前方數碼外轉過走廊上一個轉角，而當海盜轉彎，她只看見一條空走廊，末端有扇開啓一條縫的門。漆黑的門後傳出潮濕發霉的味道，瓦勒莉亞不禁打個冷顫。那肯定是通往地下墓穴的門。雅莎拉跑去躲在死人堆裡。

瓦勒莉亞走到門前，低頭看向消失在黑暗中的階梯。顯然那是一道直通城市地底的梯井，沒有開口通往其他樓層。她微微發抖，想到數千具躺在石棺中的屍體，裹在破爛的布條中。她一點也不想摸黑走下那些石階。雅莎拉肯定清楚地下通道所有轉角和彎道。

她正要在挫折和憤怒下轉身離去，卻聽見黑暗中傳來啜泣聲。聲音彷彿是從深處傳來，但她隱約聽見有人說話，是女人的聲音。「喔，救命！救命，以塞特之名！啊！」聲音逐漸消失，瓦勒莉亞依稀聽見一陣陰森竊笑的回音。

瓦勒莉亞毛骨悚然。雅莎拉在深邃黑暗中出了什麼事？剛剛叫的人肯定是她。但她究竟遭遇什麼危險？難道有索塔蘭克人躲在底下？歐梅克信誓旦旦地說泰庫特利的地下墓穴以圍牆跟其他墓穴分開，他們的敵人不可能突破。再說，那陣竊笑聽起來一點也不像人類所發。

瓦勒莉亞連忙沿走廊奔回，沒浪費時間去關樓梯間的門。回到她房間後，她關上門，拉上門門，穿上靴子，扣上劍帶。她打算去找科南，如果他還活著，就和他一起逃離這座魔鬼之城。

但就在她來到通往走廊的門前時，走廊上傳來淒厲慘叫，緊接著是奔跑腳步聲，還有金屬碰撞聲。

05 二十支紅釘

兩名戰士在鷹層的守衛室打混。他們一副漫不經心的模樣，不過還是維持習慣性的警覺。敵人隨時都有可能攻擊大銅門，不過雙方很多年沒有嘗試這種攻擊。

「那兩個陌生人是很強大的盟友。」一名守衛說。「歐梅克明天就會展開攻擊，我敢說。」

他講話的態度就像是戰時的士兵。在祖喬托這個小世界裡，世仇雙方都算是一支軍隊，而兩座城堡中間的空蕩走道就是他們的戰場。

另一名守衛沉思片刻。

「如果我們靠他們幫助摧毀了索塔蘭克。」他說。「然後呢，察特梅克？」

「什麼意思？」察特梅克回道，「然後就幫他們每個人釘一支紅釘。放火燒了俘虜，剝皮，分屍。」

「然後呢？」另一人繼續問。「把他們全部殺光後？沒有敵人不會很怪嗎？我一輩子都痛恨索塔蘭克人，跟他們作戰。沒了仇恨，還剩下什麼？」

察特梅克聳肩。他從未想過摧毀敵人之後的事。他們想不了那麼遠。

突然門外傳來聲響，兩人渾身緊繃。

「去門口，察特梅克！」最後說話的人說。「我去看鷹眼——」

察特梅克，持劍在手，貼上銅門，豎起耳朵透過銅門傾聽。他的夥伴去看鏡子。他大驚失色。門外聚集了很多人；神色猙獰的深皮膚男人，嘴裡咬著劍——手指塞著耳朵。其中一個戴著羽毛頭飾的拿出一組排笛放在嘴前，泰庫特利人正要出聲警告，排笛已經發出尖銳笛音。

隨著詭異的笛音貫穿金屬門竄入守衛耳中，守衛的叫聲就這麼啞了。察特梅克繼續貼在門上，彷彿癱瘓成那個姿勢。他的臉好似木雕，凝結成驚恐傾聽的神情。另一個守衛距離笛聲源頭較遠，但還是感應到有怪事發生，心知那陣凶險笛音中藏著恐怖的威脅。他感到有看不見的手指在拉扯他的腦袋，在他心裡填滿外來的情緒與瘋狂的衝動。但他以撕裂靈魂的意志力破解魔法，用連自己都認不得的嗓音吼出警告。

但就在他大吼時，笛音突然刺耳到難以承受，宛如匕首般刺入耳膜。察特梅克痛得放聲尖叫，所有理性瞬間自臉上消失，就像火焰被風吹熄。在夥伴有機會阻止他前，他像瘋子般解開鎖鏈，拉開銅門，衝入走廊，高舉長劍。十幾把劍把他砍死，接著索塔蘭克人跨越他的殘軀，擁入守衛室，發出嗜血瘋狂的長嘯，在走道中迴蕩開來。

剩下的守衛在大驚下頭昏眼花，舉起三角矛撲向敵人。目睹魔法的恐懼淹沒在敵人闖入泰庫特利的震驚中。而當他的矛頭插入深皮膚肚子後，他就什麼也不知道了，因為有把劍砍爛他的頭顱，同時還有許多瞪大眼睛的戰士從守衛室後的房間擁入。

叫聲和武器交擊聲讓科南跳下他的床，徹底清醒，手持闊劍。他轉眼之間衝到門口，拉開門，剛好趕上泰喬爾衝過走廊，神色瘋狂。

「索塔蘭克人！」他尖叫，嗓音幾乎不像人。「他們闖進來了！」

科南跑上走廊，瓦勒莉亞也衝出房間。

「怎麼回事？」她喝問。

「泰喬爾說索塔蘭克人攻進來了。」他匆忙回答。「聽起來是沒錯。」

泰庫特利人跟著他們衝入王座廳，眼前出現一幅超越最血腥憤怒瘋狂夢境的場面。二十名男女，黑髮飄逸，胸口繪有白骷髏，跟泰庫特利人浴血混戰。雙方的女人都跟男人一樣激烈交戰，王座廳和其後的走廊上已經躺滿屍體。

只穿褲子的歐梅克在他的王座前作戰，而當冒險者進廳，塔西拉也拿劍從內室中跑出。

察特梅克和他的夥伴死了，所以沒人告訴泰庫特利人對方是怎麼攻入城堡的。也沒人知道是什麼導致這次瘋狂的攻擊行動。但索塔蘭克人損失比泰庫特利人所知更爲慘重，處境更危急。砍傷他們的鱗片盟友、摧毀燃燒頭顱、垂死之人帶來神祕白皮膚盟友加入敵方陣營的消息，導致他們情急拚命，打定主意要跟古老的敵人同歸於盡。

泰庫特利人在敵方突襲下退入王座廳，自滿地屍體的震撼中恢復過來，開始以同樣背水一戰的憤怒反擊，下方樓層的大門守衛也趕過來加入混戰。那是一場發狂狼群間的死鬥，盲目狂喘、殘暴無情。雙方你來我往，從門口戰至高台，長劍呼嘯，砍入骨肉，鮮血四濺，腳踏血泊。象牙桌翻覆，椅子碎裂，絨布掛毯染血扯落。那是血腥半世紀中的血腥高潮，在場所有人都感覺得出來。

但結果無可避免。泰庫特利人比入侵者多出一倍，而淺色皮膚的盟友加入戰團也振奮了他們的士氣。

兩個外人加入混戰產生的破壞力就跟颶風掃過樹苗林一樣。單以力量而言，三個特拉西蘭人加在一起都比不上科南，而儘管比別人重，他的動作還是更為敏捷。他行走於混亂的人群中肆意破壞，彷彿灰狼闖入巷狗群，所到之處，屍橫遍野。

瓦勒莉亞眉開眼笑地與他並肩作戰。她比普通男人強壯，動作飛快，攻勢猛烈。長劍在她手中彷彿有生命般。科南憑藉重量和蠻力擊倒對手、打斷長矛、粉碎頭顱、劈開胸膛，瓦勒莉亞則以眼花撩亂的高強劍技宰殺敵人。不斷有戰士舉高長劍，卻在出擊前就被她的劍刺中咽喉。科南人高馬大，在人群中左劈右砍，但瓦勒莉亞卻像條虛無飄渺的幽魂，隨時變換位置，出劍傷敵。敵人的劍始終砍中空氣，錯過她的身體，最後心臟或喉嚨中劍，在她的嘲笑聲中死去。

雙方人馬陷入瘋狂，沒人在乎性別或處境。科南和瓦勒莉亞參戰之前，已有五個索塔蘭克女人喉嚨中劍身亡，每當有男人或女人摔倒在地，肯定就有匕首劃向他們無助的喉嚨，或是出腳踏爛地上的腦袋。

從牆壁到牆壁，從門口到門口，打鬥一波接著一波，殺入隔壁房間裡。沒多久大王座廳中就只剩下泰庫特利人和他們的淡膚色盟友。倖存者神色陰鬱茫然地凝望彼此，彷彿經歷過審判日或世界末日的倖存者。他們跨開雙腳，手中握著布滿缺口和血的劍，手臂上鮮血流竄，透過敵我雙方的屍體打量彼此。他們沒有力氣喊叫，不過嘴裡還是冒出野獸般的瘋狂呼嚎。那並非人類的勝利吶喊。那是發狂的狼群走在獵物屍體間發出的嚎叫。

科南握住瓦勒莉亞的手臂，把她轉過身來。

「妳小腿被刺傷了。」他大聲道。

她低頭看，這才感到小腿肌肉傳來刺痛。某個地上的垂死之人拚盡最後的力氣捅了她一刀。

「你看起來像屠夫。」她笑道。

他甩開雙掌上的血。

「不是我的血。喔，身上有幾處擦傷。都沒什麼。但妳小腿的傷該包紮一下。」

歐梅克跨越屍體而來，厚實的肩膀上濺了不少血，黑鬍鬚也有染血，看起來很像食屍鬼。他雙眼血紅，彷彿黑水反映火光。

「我們贏了！」他神色恍惚地嘶聲道。「世仇結束了！索塔蘭克狗死光了！喔，沒有俘虜可以活活剝皮！但是看到他們的死人臉感覺眞好。二十隻死狗！黑柱上多二十支紅釘！」

「你們最好開始治療傷者，」科南嘟噥道，轉身不理他。「好了，女人，讓我看看妳的腿。」

「給我等等！」她不耐煩地推開他。她的戰鬥魂依然火光四射。「我們怎麼知道已經殺光他們了？搞不好這些只是自組的掠奪隊。」

「他們不會分散兵力進行掠奪行動，」歐梅克說著搖一搖頭，恢復一些正常理智。少了紫袍，這個人看起來比較不像王子，像令人反感的狩獵生物。「我敢用我的腦袋打賭，他們已經死光。他們的人數比我想像中少，而他們肯定是狗急跳牆了。但他們是怎麼進入泰庫特利的？」

塔西拉走上前來，在赤裸的大腿上拍打她的劍，另一手上拿著從戴羽飾的索塔蘭克領袖手中拿來的東西。

「瘋狂魔笛。」她說。「有戰士告訴我，察特梅克開門攻擊索塔蘭克人，被他們砍成肉醬。戰士衝入守衛室，剛好看見事發經過，還聽見最後一聲笛音，凍結了他的靈魂。托可梅克提過這種魔笛，祖喬托人宣稱藏在地下墓穴古代巫師的骸骨之間，是他們生前用過的法器。索塔蘭克狗找到了魔笛，還學會它們的祕密。」

「應該派人去索塔蘭克確認還有沒有活口。」科南說。「如果有人帶路，我願意去。」

歐梅克看向剩下的人。只有二十個人還活著，全都受傷躺在地上呻吟。塔西拉是唯一毫髮無傷的泰庫特利人。公主跟其他人一樣英勇作戰，而敵人碰都沒碰到她。

「誰願意跟科南去索塔蘭克？」歐梅克問。

泰喬爾一拐一拐上前。他大腿上的傷口又開始流血，而他肋骨附近還有新傷痕。

「我去！」

「不，不要你。」科南否決。「妳也不能去，瓦勒莉亞。再過一會兒，妳的腿就會開始僵硬。」

「我去。」一名戰士自願，他正在手臂上綁繃帶。

「很好，亞納斯。帶辛梅利亞人去。還有你，托帕爾。」歐梅克比向另一個傷勢輕微的人。「但先幫忙把重傷的人抬到床上療傷。」

他們很快就移動好傷者。他們彎腰去抬一名被戰棍打昏的女人時，歐梅克的鬍鬚掠過托帕爾耳朵。科南認爲王子有對戰士低聲交代什麼，但他不能肯定。片刻過後，他跟夥伴踏上走廊。

科南出門時回頭看了一眼，死人躺在宛如悶燒的地板上，染血的深色肢體肌肉虯結，深色面孔凝結成仇恨面具，無神的眼睛瞪視上方的綠火寶石，陰森的場景沐浴在暗綠巫光之中。活人在滿地屍體間漫無目的遊走，彷彿一群夢遊之人。科南聽見歐梅克命令一個女人去幫瓦勒莉亞包紮腳傷。海盜跟隨女人前往隔壁房間，走路已經開始有點瘸了。

兩個泰庫特利人神色謹慎地帶領科南沿著大銅門外的走廊前進，穿越一間又一間綠火照明的房間。他們沒看到人，沒聽見聲響。穿越縱貫全城南北的大長廊後，他們提高警覺，深入敵境。但就他們所見，房間和走廊空無一人，最後他們沿著寬敞陰暗走廊來到一扇跟泰庫特利鷹門很像的大銅門前。他們輕輕推門，銅門無聲開啓。他們神色敬畏，進入其後的綠光石室。五十年來，除了面對恐怖末日的囚犯外，從來沒有泰庫特利人踏足此地。前往索塔蘭克乃是西城堡的人最深沉的恐懼。那種恐懼打從孩提時代就在夢中糾纏他們。對亞納斯和托帕爾而言，那扇銅門就是地獄門。

他們神色畏縮，眼中浮現不理性的恐懼，科南推開他們，大步走入索塔蘭克。

他們膽顫心驚地跟他走。每個人跨越門檻時都瞪大眼睛四下亂看。但唯一騷擾寂靜的只有他們急促的呼吸聲。

他們身處四方形守衛室，就跟泰庫特利鷹門後的那間很像，同樣地，有條走廊通往類似歐梅克王座廳的大殿。

科南透過走廊看著大殿的地毯、床鋪、掛毯，一聲不吭地站在原地。他沒聽見聲音，這裡的房間感覺都是空的。他認爲祖喬托裡已經沒有索塔蘭克人了。

「來吧。」他喃喃說道，踏上走廊。

他沒走出幾步就發現只有亞納斯跟著他來。他轉身看見托帕爾神色驚恐，伸出一手彷彿在抵擋威脅，催眠般瞪大雙眼盯著一張床後隆起的東西看。

「什麼鬼？」接著科南看見托帕爾在看的東西，寬厚肩膀間的皮膚開始發毛。床後凸起一顆恐怖的大頭，爬蟲類的頭，跟鱷魚頭一樣寬，下頷冒出彎曲獠牙。但怪物軟癱的模樣不太自然，恐怖的眼睛目光呆滯。

科南看向那張床後。一條大蛇死在那裡，不過是他在冒險生涯中從未見過的蛇。它散發出來自深邃漆黑大地的臭味和寒意，表皮顏色不定，隨著不同的角度而變化。頭部上的大傷口顯然是它的死因。

「是爬行怪！」亞納斯低聲道。

「是我在樓梯上砍到的怪物，」科南嘟噥道。「跟蹤我們前往鷹門後，它又爬回這裡等死。索塔蘭克人怎麼可能控制這種怪物？」

泰庫特利人微微顫抖，搖一搖頭。

「他們是從地下墓穴之下的黑通道裡帶它出來的。他們發現了泰庫特利人不知道的祕密。」

「好吧，它死了，如果還有更多爬行怪，它們一定會帶去攻擊泰庫特利。來吧。」

他們躲在他身後，跟他大步走過走道，推開末端的銀鑲板門。

「如果這層樓沒找到人，」他說，「我們就到樓下去。我們從頂樓往地下墓穴一路搜過去。如果索塔蘭克跟泰庫特利一樣，這層樓所有房間和走道都會有照明——搞什麼鬼！」

他們進入寬敞的王座廳，跟泰庫特利的十分相像。一樣有翡翠台和象牙椅，一樣有床、地毯、牆上的掛毯。王座台後方沒有布滿紅點的黑柱，但也不缺乏殘酷世仇的證據。

翡翠台後方牆邊擺著幾排玻璃櫃。櫃子上則陳列數百顆人頭，保存狀況良好，面無表情地瞪視神色驚訝的訪客，就像之前天知道多少個月多少年裡一樣。

托帕爾低聲咒罵，但亞納斯一聲不吭，瞪大的眼中浮現瘋光。科南皺眉，心知特拉西蘭人的理智隨時都有可能斷裂。

突然間亞納斯手指發抖地指向那些陰森古物。

「那是我哥哥的頭！」他喃喃說道。「還有我父親的弟弟！他們後面是我姊姊長子的！」

他突然開始哭泣，沒有落淚，啜泣得渾身發抖。他目光始終停留在那些頭上。他的啜泣聲逐漸刺耳，轉爲可怕的尖聲大笑，沒多久又變成難以忍受的尖叫。亞納斯發瘋了。

科南伸手搭他肩膀，而這一摸彷彿釋放了他靈魂中所有狂意，亞納斯尖叫轉身，舉劍攻擊辛梅利亞人。科南擋下攻擊，托帕爾試圖抓住亞納斯手臂。但瘋子閃開，在滿口白沫中一劍刺入托帕爾體內。托帕爾呻吟倒地，亞納斯有如瘋狂僧侶般原地轉圈；接著他衝向玻璃櫃，在尖叫怒罵聲中出劍砍玻璃。

科南從後方撲向他，試圖趁他不備奪下他的劍，但瘋子轉身衝向他，彷彿迷失靈魂般尖叫。確認戰士已經無可救藥後，辛梅利亞人側跨一步，在瘋子衝過時揮劍砍斷對方肩骨和胸骨，倒在傷在他手下的人旁邊。

科南彎腰檢視托帕爾的傷，發現男人只剩一息尚存。幫他止血已經沒有意義。

「你要死了，托帕爾。」科南輕聲道。「有話要我帶給你的人嗎？」

「過來點，」托帕爾喘道，科南朝他貼近——隨即在托帕爾拿匕首刺他胸口時抓住他手腕。

「克羅姆呀！」科南罵道。「你也瘋了？」

「歐梅克的命令！」垂死之人說。「我不知道原因。我們抬傷者上床時，他輕聲命令我在返回泰庫特利時殺了你——」提起自己氏族後，托帕爾就死了。

科南皺眉看他，神情困惑。整件事情毫無道理可言。歐梅克也瘋了嗎？還是泰庫特利人全都瘋到超乎他想像？他聳聳肩，沿走廊走出銅門，把死去的泰庫特利人留在他們親戚頭顱的死眼視線範圍內。

科南回程不需要嚮導帶路穿越迷宮。他的原始方向本能帶他精準無誤原路折返。他跟來時一樣小心謹慎，闊劍在手，目光掃過所有陰暗角落；因爲此刻他要擔心的是他原先的盟友，不是索塔蘭克人的鬼魂。

他穿越大長廊，進入其後的石室，隨即聽見前方有動靜——某個氣喘吁吁、移動時拖泥帶水的傢伙。片刻過後，科南看到有個男人在火焰地板上朝他爬來——邊爬邊在身後的地板上留下大片血跡。是泰喬爾，而他雙眼已經開始失去神采；他摀住胸口一道很深的傷口，鮮血不斷自指縫溢出。他用另一隻手抓地爬行。

「科南，」他咳血叫道，「科南！歐梅克搶走了黃髮女人！」

「所以他才叫托帕爾殺我！」科南喃喃說道，跪在男人身旁，經驗豐富地看出他快死了。「歐梅克沒有我想像中那麼瘋狂。」

泰喬爾伸手去抓科南手臂。在泰庫特利人冰冷、無情、醜陋的一生中，他對外界入侵者的仰慕及好感凝聚成一座溫暖的人性綠洲，幫助他找到那些內心只有仇恨、淫慾、暴力虐待的族人徹底欠缺的自然人性。

「我起身反抗他，」泰喬爾口中冒出血泡。「但他砍倒我。他以爲他殺了我，但我爬走了。啊，塞特呀，我在自己的血泊中爬了多遠！當心，科南！歐梅克或許有埋伏！殺了歐梅克！他是怪物。帶瓦勒莉亞逃走！不要怕森林。歐梅克和塔西拉說謊。龍很多年前就自相殘殺到只剩下最強的那條了。十幾年來，森林中都只有一條龍。既然你殺了它，森林裡就沒有東西會傷害你。它是歐梅克崇拜的神；歐梅克用活人獻祭它，最老和最年輕的，綁起來丟出城牆。快！歐梅克把瓦勒莉亞帶去——」

他腦袋低垂，尚未著地便已死去。

科南跳起身來，眼中精光大盛。這就是歐梅克的陰謀，先利用外來者摧毀敵人！他早該料到那個黑鬍鬚敗類的腦中會有這類計畫。

辛梅利亞人速度飛快衝向泰庫特利。他迅速計算前盟友的人數。王座廳之役中存活下來的人，加上歐梅克不過二十一個。之後死了三個，剩下十七個有待解決。盛怒之下，科南自認有辦法單槍匹馬幹掉所有人。

但在野地生長的天性本能浮出水面引導他的怒氣。他想起泰喬爾警告會有埋伏。王子很可能會做此安排，以免托帕爾任務失敗。歐梅克會期待他走原路回來。

科南抬頭看向路過的天窗，瞥見模糊的星光。星光尚未因爲黎明接近開始黯淡。當晚的事件都是在很短的時間內發生的。

他離開既定的道路，走下蜿蜒石階，來到下方樓層。他不知道該層通往城堡的大門何在，但他知道他能找出來。他不知道該如何開鎖；他相信通往泰庫特利的門全部都有上門上鎖，就算原因只是半個世紀來養成的習慣。但他別無選擇，只能想辦法開門。

他持劍在手，無聲無息地快步前進，穿越綠光照明或黑暗的房間與走廊迷宮。接近泰庫特利時，他突然聽見一下聲響。他認出那是什麼聲音——嘴巴被摀住的人企圖大叫。聲音發自前方某處，稍微偏左。死寂之中，一點細微聲響就能傳出很遠。

科南轉彎尋找聲音來源，而他持續聽見那個聲音。沒多久他就在一扇門後看見詭異的景象。門後的房間裡有座鐵刑架，架上綁著一個身材高大的男人。他的頭躺在一堆鐵釘上，釘頭血紅，顯然已經刺破他的頭皮。有個類似挽具的裝置套在他頭上，不過皮帶並不能在鐵釘前保護他的頭皮。挽具連著一條細鎖鏈，鎖鏈連結機關，末端吊掛著一顆懸在男人濃毛胸口的鐵球。只要男人能強迫自己保持不動，鐵球就會待在原位。但當鐵釘刺痛導致他抬頭時，鐵球會下沉數吋。要不了多久，他痠痛的頸部肌肉會無法支撐腦袋維持這個不自然的姿勢，再度躺回鐵釘上。顯然最後那顆鐵球終將把他壓成肉醬，過程緩慢，無可抵擋。男人嘴被塞住，嘴上的大黑牛眼迅速轉向安靜訝異地站在門口的男人。刑架上的人是歐梅克，泰庫特利王子。

06 — 塔西拉之眼

「妳爲什麼帶我來這個房間包紮腳傷？」瓦勒莉亞問。「在王座廳裡不行嗎？」

她坐在一張臥床上，受傷的腳放在床面，泰庫特利女人剛用絲布綁好傷口。瓦勒莉亞把染血劍放在身邊。

她說話時眉頭微皺。這個女人安靜迅速地完成她的工作，但瓦勒莉亞不喜歡她纖細的手指輕撫她的皮膚，也不喜歡她眼中的神情。

「他們帶其他傷者到別的房間去療傷，」女人以泰庫特利女人特有的輕柔語調說，不過並不表示說話的人親切或溫柔。不久之前，瓦勒莉亞才目睹這個女人刺穿索塔蘭克女人的胸口，還把受傷的索塔蘭克男人的眼珠踩出眼眶。

「他們會把死者抬去地下墓穴，」她補充，「以免鬼魂逃入房間裡作祟。」

「妳相信有鬼？」瓦勒莉亞問。

「我知道托可梅克的鬼魂在地下墓穴遊蕩。」她回答時微微顫抖。「我見過一次，當時我躲在放置一名女王骸骨的墓室中。有一個白鬚白髮飄逸的老人走過，雙眼在黑暗中閃閃發光。那是托可梅克；我小時候見過活著的他承受酷刑。」

她輕聲細語，透露恐懼：「歐梅克笑我，但我知道托可梅克的鬼魂待在地下墓穴！他們說是老鼠在吃新鮮屍體——但鬼會吃肉。誰知道到底——」

她在床上多出一道影子時立刻抬頭。瓦勒莉亞往上看，只見歐梅克低頭看著她。王子已經洗掉手掌、身體及鬍鬚上濺到的血；但他沒穿他的袍子，而他深色無毛的軀幹和肢體再度凸顯出其凶殘天性。他深邃的黑眼中燃放原始的火光，輕扯鬍鬚的手指微微抽動。

他瞪了女人一眼，她起身離開房間。通過門口時，她回頭看向瓦勒莉亞，目光充滿憤世嫉俗的譏笑和猥褻淫蕩的嘲弄。

「她包紮得很糟，」王子批評道，來到床前，彎腰檢視繃帶。「讓我看看——」

他以這種體型而言十分靈活的動作抓起她的劍，丟到房間另一邊。他下一個動作就是伸出雙臂去抱她。

儘管出乎意料，動作又快，她還是以幾乎同樣的速度展開反應；他抓到她時，她已經拔出匕首，毫不留情地刺他喉嚨。他靠運氣和技巧扣住她手腕，接著兩人開始瘋狂角力。她用拳頭、腳掌、膝蓋、牙齒和指甲對付他，以全身所有力量和長年浪跡天涯學來的近身肉搏技巧爲後盾。那一切都無法在他強勢的力量下提供優勢。她一交手就弄丟了匕首，隨即發現她無法對高大的對手造成任何有意義的傷害。

他那雙詭異黑眼中的精光毫不動搖，而那個神情令她怒不可抑，更別提刻在他鬍鬚嘴唇上的譏諷笑意。那雙眼睛跟那個笑容中包含了一個世故墮落種族表面下所有殘酷的嘲諷，令瓦勒莉亞這輩子首度對男人感到恐懼。那感覺像是在對抗某種巨大的自然力量；他的鐵臂輕易阻擋她的攻勢，透過手腳傳遞恐慌。他似乎毫不在乎她所造成的傷害。只有一次，她森白利齒咬得他手腕噴血，他才有所反應。他狠狠捶中她的腦側，打得她眼冒金星，腦袋甩向肩膀。

她的上衣在打鬥中扯開，而他殘酷變態地用濃密鬍鬚去蹭她裸露的胸部，把血塗抹在白皙的肌膚上，痛得她放聲大叫，怒到極點。她奮力抵抗，徒勞無功；她被壓在床上，手無寸鐵，氣喘吁吁，撐大宛如受困母老虎的眼睛狠狠瞪他。

片刻過後，他扛起她，快步離開房間。她不再抵抗，但眼中的怒火顯示她至少精神上還沒認輸。她沒有叫。她知道科南聽不見她的叫聲，而她沒想過會有泰庫特利人挺身對抗他們王子。但她發現歐梅克輕手輕腳，側耳傾聽，彷彿擔心有沒人追來，而且他也沒回王座廳。他扛著她從剛剛進來之門對面的出口離開，穿越另一間房，偷偷通過走廊。她開始了解到他怕有人會抗議這種綁架行爲，於是仰起頭來，放聲尖叫。

歐梅克一巴掌打得她頭昏眼花，隨即加快速度，搖晃奔跑。

但她的叫聲引來回應，瓦勒莉亞轉過頭去，透過遮蔽視線的淚水和金星，看見泰喬爾一拐一拐追了上來。

歐梅克吼叫轉身，一手把女人夾成不舒服也肯定不雅觀的姿勢，像小孩一樣徒勞無功地掙扎亂踢。

「歐梅克！」泰喬爾抗議道。「你不能幹這種狗才會幹的事！她是科南的女人！她幫我們殺光索塔蘭克人，還——」

歐梅克二話不說，赤手握拳，將受傷的戰士打昏在地。他彎下腰去，完全不在乎俘虜的掙扎與咒罵，拔出泰喬爾的劍，插入戰士胸口。他丟下武器，繼續沿走廊逃亡。他沒看見有張深色女人臉偷偷探出掛毯看他。那張臉消失了，沒多久泰喬爾呻吟抖動，搖晃起身，跌跌撞撞離開，出聲叫喚科南。

歐梅克迅速穿越走廊，走下旋轉象牙階梯。他又通過幾道走廊，最後停在一間寬敞石室，房門都有門簾遮蔽，只有一扇例外——那扇門是類似上層鷹門的沉重銅門。

他聲音低沉，指著銅門說：「泰庫特利的外門之一。五十年來第一次，此門無人看守。如今我們沒必要看守它了，因爲索塔蘭克人都死光了。」

「多虧了科南和我，你這個天殺的惡棍！」瓦勒莉亞語氣輕蔑，在憤怒和受制於人的羞愧下微微發抖。「你這條不忠的狗！科南會爲此割斷你的喉嚨！」

歐梅克沒有浪費唇舌告訴她科南的喉嚨已經在他的密令下被割斷了。他憤世嫉俗到完全不在乎她的想法或意見。他慾火中燒的視線呑沒她，色迷迷地享受她在掙扎中，從上衣和褲子間露出的雪白肌膚。

「忘了科南，」他沉聲道。「歐梅克是祖喬托之王。索塔蘭克滅亡了。不再須要打仗了。我們應該喝酒做愛，享受人生。首先來喝酒吧！」

他坐在一張象牙桌上，把她放在大腿上，彷彿深皮膚的羊男摟著寧芙仙子。他忽略她完全不像寧芙仙子的滿口髒話，一條粗手臂摟著她的纖腰，另一手則伸過桌子去拿酒壺。

「喝吧！」他下令，強把酒壺壓到她嘴前，她則偏開頭去。酒灑出來，刺痛她的嘴唇，濺在她裸露的乳房上。

「你的客人不喜歡你的酒，歐梅克。」一個冰冷的聲音嘲諷道。

歐梅克身體一僵；眼中的火光透露出恐懼。他緩緩轉頭，面對漫不經心站在門簾前的塔西拉，一手放在圓潤的翹臀上。瓦勒莉亞在他的鐵腕下轉身，對上塔西拉的炯炯目光時，一股寒意爬上她的背脊。那天晚上瓦勒莉亞高傲的靈魂接觸到許多全新的體驗。她才剛學會害怕男人，如今她又了解害怕一個女人是什麼感覺。

歐梅克動也不動地坐著，深色皮膚灰得發白。塔西拉另一手離開身後，拿出一個小金瓶。

「我擔心她不喜歡你的酒，歐梅克，」公主聲音慵懶，「所以帶了我的酒來，許久以前從祖德湖帶來的酒——你懂嗎，歐梅克？」

歐梅克額頭突然冒出斗大的汗珠。他肌肉鬆弛，瓦勒莉亞立刻掙脫，翻到桌子另外一邊。但儘管理性告訴她要逃離這個房間，基於某個難以理解的理由，她留在原地，靜觀其變。

塔西拉走向坐著的王子，扭腰擺臀，充滿嘲弄意味。她的聲音輕柔，細語呢喃，但目光銳利。她纖細的手指輕扯他鬍鬚。

「你好自私，歐梅克，」她柔聲笑道。「你明明知道我也想招待她，卻還是打算獨享我們美麗的客人。你這樣眞的很壞，歐梅克！」

她面具撕落的一瞬間，目露精光，容貌扭曲，手掌彷彿突然力大無窮般扣住他的鬍鬚，扯下一把鬍子。不過這股不自然的怪力遠不及她溫和的外表下短暫湧現的恐怖怒氣可怕。

歐梅克大吼起身，突然像熊一樣搖晃，強健的雙掌握起又鬆開。

「賤人！」他洪亮的嗓音迴蕩房中。「女巫！女魔頭！泰庫特利五十年前就該宰了妳！滾！我已經忍受妳太久了！這個白女人是我的！趁我沒動手殺妳前快滾！」

公主哈哈大笑，把染血的鬍子丟到他臉上。她的笑聲比鋼鐵交擊聲還要冷酷無情。

「你從前不是這麼說的，歐梅克。」她嘲弄道。「從前，年輕時，你老說愛我。對，你曾經是我的愛人，許多年前，因爲你愛我，所以在魔法蓮花下沉睡我懷中——接著陷入奴役的枷鎖。你知道你無法反抗我。你知道我只要凝視你的雙眼，施展許久以前斯堤及亞祭司教我的神祕力量，你就會失去力量。你還記得黑蓮花在我們頭上無風自動的夜晚；你再度聞到宛如雲霧瀰漫四周奴役你的那股神祕花香。你沒辦法對抗我。你跟那天晚上一樣是我的奴隸——你到死都是我的奴隸，祖喬托的歐梅克！」

她的聲音細不可聞，宛如在星光下黑暗河面掀起的漣漪。她湊到王子身前，攤開細長的手指，貼上他厚實的胸膛。他目光呆滯，雙手垂在身側。

塔西拉露出殘酷的笑容，揚起酒瓶放在他嘴前。

「喝！」

王子不由自主，聽命行事。呆滯目光立刻消失，他的眼中充滿憤怒、理解和極度恐懼。他張開嘴，但卻沒有出聲。一時之間，他膝蓋痠軟，突然摔倒在地。

這一摔將瓦勒莉亞拉回現實。她轉身衝向房門，但塔西拉的動作快到能令獵豹羞愧，轉眼來到她面前。瓦勒莉亞出拳攻擊，使盡全身所有力量。這一拳能把男人打昏。但塔西拉輕轉上身，避開此拳，還扣住海盜的手腕。下一刻，瓦勒莉亞左手遭擒，塔西拉一手扣住她兩手，從容不迫地從腰帶中取出繩索，把手綁在一起。瓦勒莉亞本來以為當晚已經嘗到終極羞辱的滋味，但被歐梅克粗暴對待的羞辱遠遠不及此刻的感覺。瓦勒莉亞向來鄙視女性；她難以想像遇上一個能把她當成小孩玩弄的女人。她幾乎完全沒有反抗，任由塔西拉把她推到一張椅子上，將綁住的手腕壓到膝蓋中間，全部捆在椅子上。

塔西拉漫不經心地跨過歐梅克，走到銅門前，拉開門閂，推開銅門，露出外面的走廊。

「這條走廊上，」她第一次對自己的女俘虜開口說話，「有間從前用作刑求室的房間。退守泰庫特利時，我們帶走了大部分刑具，但有一樣刑具太重，難以搬運。那個刑具還能用。我想現在正好派上用場。」

歐梅克眼中浮現理解般的恐懼目光。塔西拉走回他面前，彎下腰去，抓他頭髮。

「他只是暫時癱瘓而已。」她彷彿閒話家常。「他聽得見、能思考、有感覺——對，他的感覺沒有問題！」

說完這句充滿惡意的話後，她開始往門口走，毫不費力地拖著壯漢前進，看得海盜瞪大雙眼。她步入走廊，毫不遲疑，沒多久帶著俘虜消失在走廊旁的房間裡，片刻後傳出鐵器碰撞聲。

瓦勒莉亞低聲咒罵，雙腳抵住椅子，掙扎卻沒有用處。綁她的繩索顯然扯不斷。

塔西拉不久後獨自回歸；她身後的房間裡傳出悶聲哀鳴。她關上門，但卻沒有上門。習慣不能左右塔西拉，就像其他人類本能和情緒都不能影響她。

瓦勒莉亞愣愣坐著，海盜明白如今自己的命運已經掌握在眼前這個女人的玉手之中。

塔西拉抓起她的黃髮，強迫她腦袋後仰，神色冷淡地凝視她的臉。但她黑眼中的閃光看來卻不冷淡。

「我要賜予妳無上榮耀，」她說。「妳將讓塔西拉恢復青春。喔，瞧妳那眼神！我外表青春，但血管裡流著老邁冰冷的血液，我有這種感覺已經不下上千次了。我老了，老到不記得我的童年。但在我年輕時，有個斯堤及亞祭司愛上我，教我永生不死、青春常駐的祕密。後來他死了——有人說是中毒。但我躲在祖德湖畔的宮殿裡，絲毫不受歲月侵擾。終於有個斯堤及亞王看上了我，而我的子民叛變，把我帶來這片土地。歐梅克說我是公主。但我沒有王室血統。我比公主偉大多了。我是塔西拉，妳美好的青春將會恢復我的青春。」

瓦勒莉亞的舌頭黏在嘴裡。她感覺自己接觸到比原先想像中更爲墮落邪惡的祕密。

高個子女人解開阿奎洛尼亞人的手腕，拉她站起身來。讓瓦勒莉亞絕望無助到在公主手中發抖的並非是對其肢體中的支配力量所產生的恐懼。而是塔西拉那雙炙烈恐怖、具有催眠力量的眼睛。

07 他來自黑暗

「好吧，這下我是庫許人了！」

科南低頭瞪著鐵刑架上的男人。

「你躺在那玩意兒上幹什麼？」

塞住的嘴中發出含糊不清的話語，科南彎腰扯下口塞，俘虜嚇得叫出聲來；因爲這個動作導致鐵球下降，幾乎碰到他厚實的胸膛。

「小心點，看在塞特的份上！」歐梅克哀求道。

「小心什麼？」科南問。「你以爲我在乎你的下場嗎？我只希望有時間可以留在這裡欣賞鐵球把你的內臟都壓出來。但我趕時間。瓦勒莉亞在哪裡？」

「釋放我！」歐梅克要求。「我就把一切都告訴你。」

「你先說。」

「不幹！」王子緊緊閉嘴。

「好喔。」科南在旁邊的長凳坐下。「等你變成肉醬後，我再自己去找她。我相信只要用劍在你耳旁轉幾下就能加速整個過程。」他補充，嘗試性地伸出武器。

「等等！」俘虜慘白的嘴唇連忙吐出言語。「塔西拉搶走她了。我一直都只是塔西拉的傀僵。」

「塔西拉？」科南哼聲啐道。「好哇，那個骯髒——」

「不，不！」歐梅克喘道。「情況比你想得糟。塔西拉很古老——已經好幾百歲了。她透過獻祭年輕貌美的女人恢復生命與青春。這就是我們氏族退化至此的原因之一。她會吸收瓦勒莉亞的精華，取得全新的活力與美貌。」

「門有鎖嗎？」科南問，手指把玩劍刃。

「有！但我知道潛入泰庫特利的路。只有塔西拉和我知道，而她以為我動彈不得，你已死亡。釋放我，我發誓會幫你解救瓦勒莉亞。沒有我幫忙，你進不了泰庫特利；就算你折磨我說出祕密，你也沒辦法操作機關。讓我走，我們偷襲塔西拉，趁她施法前殺了她——在她目光停留在我們身上前。從背後捅她一刀就行了。我許久以前就該殺了她，但我擔心少了她，索塔蘭克人會征服我們。她也需要我的幫助；那是她容我活這麼久的唯一理由。如今我們彼此都不再需要對方，所以有一個必須死。我發誓等我們殺了女巫後，你跟瓦勒莉亞可以毫髮無傷離開。塔西拉死後，我的人會聽我號令。」

科南彎腰砍斷固定王子的繩索，歐梅克小心翼翼自大鐵球下滑開，站起身來，像公牛般搖晃大頭，一邊摸著傷痕累累的頭皮一邊暗罵髒話。兩個男人並肩而立，呈現一幅充滿原始力量的強大形象。歐梅克跟科南一樣高，比他還重；但特拉西蘭人有股令人厭惡的氣質，詭異又毛骨悚然，跟爽朗結實的辛梅利亞人形成對比。科南脫掉血淋淋的破爛上衣，露出精壯健美的駭人肌肉。他的肩膀跟歐梅克一樣寬厚，線條更明顯，巨大的胸膛跟堅硬的腰身呈現緊實的弧線，不像歐梅克腰身給人肥大的感覺。他簡直是座展現原始力量的銅像。歐梅克膚色較深，但不是被太陽曬出來的。如果科南是來自黎明的男人，歐梅克就是從黎明前的黑暗走出來的陰森黑影。

「帶路，」科南說。「走在我前面。我相信你的程度不會超過我能抓著牛尾巴，然後把牛甩出去的距離。」

歐梅克轉身走在前面，一手輕輕抽動，拉扯他纏結的鬍鬚。

歐梅克沒帶科南回到銅門前，因爲王子認定塔西拉會上門，他走向泰庫特利邊境的一間石室。

「這個祕密半個世紀都沒洩露，」他說。「就連我們自己人都不知道，索塔蘭克人也從未發現。泰庫特利本人親自建造這個祕密入口，之後殺光參與其事的奴隸，因爲塔西拉對他的愛意迅速轉爲怨恨，而他擔心自己可能會被隔絕在自己的王國之外。但她發現了這個祕密，某天在他自失敗的掠奪任務中回歸時鎖上密門，導致他被索塔蘭克人抓去活活剝皮。但我有次在監視她時，看見她走這條路進入泰庫特利，從而得知這個祕密。」

他壓下牆上一個金飾，一塊鑲板內翻，露出一道往上的象牙階梯。

「這道階梯建在牆內，」歐梅克說。「通往屋頂上的塔樓，從那裡走另一道旋轉階梯往下通往其他石室。快！」

「你先請，夥伴！」科南語氣諷刺，邊說邊甩他的闊劍，歐梅克聳聳肩膀，踏上階梯。科南立刻跟上，門在他們身後關閉。上方有一堆火寶石，讓梯井籠罩在幽暗光線之中。

他們來到科南估計四樓以上的地方，出現在一座圓柱形的塔樓中，塔樓圓頂上的火寶石照亮樓梯。科南透過金欄杆窗戶，牢不可破的水晶玻璃窗面，在祖喬托中見到的第一扇窗戶，瞥見高聳的屋脊、圓頂和更多塔樓，漆黑聳立在星空之下。他在瞭望祖喬托眾多建築的屋頂。

歐梅克沒去看窗外。他迅速走下幾條向下的階梯之一，走出幾呎後，階梯抵達狹窄走道，左彎右拐一段距離。通道末端又是一道向下的陡梯。歐梅克停下腳步。

下方傳來沉悶但不會聽錯的女人叫聲，散發恐懼、憤怒、和羞辱。科南認出那是瓦勒莉亞的嗓音。

叫聲令科南勃然大怒，而且他難以想像什麼樣的危機能讓瓦勒莉亞發出這種尖叫，當場就把歐梅克拋到腦後。他推開王子，步下樓梯。突然甦醒的本能讓他再度回頭，剛好趕上歐梅克揮出錘子般的拳頭。這無聲無息的猛拳瞄準科南後腦。但辛梅利亞人即時轉身，以側頸承受此擊。這拳猛到足以打斷普通人的脊椎。科南向後退開，但他在搖晃間丟下闊劍，因爲劍在狹窄空間中派不上用場。他抓起歐梅克揮拳的手臂，拉著王子一起摔倒。他們一同滾下樓梯，手腳軀體撞成一團。翻滾的同時，科南的鐵指找機會扣住歐梅克的牛頸。

野蠻人的脖子和肩膀被歐梅克的巨拳打得發麻，他那一拳凝聚粗壯前臂、二頭肌、厚肩膀的所有力量。但麻痺感並不對他的凶殘程度造成多大影響。他好似鬥牛犬般狠狠抓住對方，不停翻滾，直到他們終於撞上樓梯底端的象牙鑲板門，力道猛到把門撞穿。但歐梅克已經死了，因爲科南的鐵指掐光了他的生命，並在滾動中扭斷他脖子。

科南起身，甩開肩膀上的碎片，眨出眼中的鮮血和塵土。

他身處大王座廳。除了他之外，廳內還有十五個人。他第一個看到的就是瓦勒莉亞。王座台上多了一座奇特的黑祭壇。祭壇四周有七支插在金燭台上的黑蠟燭，綠煙裊裊盤旋，散發令人不安的氣味。這些盤旋的燭煙在天花板下聚集成雲，於祭壇上空形成迷煙拱道。瓦勒莉亞赤身裸體躺在祭壇上，雪白肌膚跟明亮黑石形成強烈對比。她沒有受縛。她平躺，雙手筆直伸在頭上。祭壇頂端跪著一個年輕人，緊緊握住她的手腕。一個年輕女子跪在祭壇另一端，抓住她的腳踝。在兩人箝制下，她無法起身，動彈不得。

十一名泰庫特利男女默默跪成半圓形，目光熱切、神色淫慾地旁觀儀式。

塔西拉懶洋洋地斜躺在象牙王座上。銅盆中的焚香煙霧瀰漫在其身周；煙絲宛如愛撫手指般盤繞她赤裸的肢體。她不是靜靜坐著，她性感放縱地扭動轉身，彷彿光滑的肌膚能從象牙椅的接觸中得到歡愉。

兩具糾纏的身軀突然破門而出並沒有影響房間裡的人。跪在地上的男女只是神色冷淡地看了王子的屍體和在破門碎片中起身的男人一眼，隨即又目光貪婪地轉回在黑祭壇上扭動的白皙嬌軀上。塔西拉神色傲慢地看他一眼，隨即躺回王座，哈哈大笑。

「賤人！」科南怒罵。他拳頭握成鐵錘，朝她走去。他才跨出一步，就聽見噹啷一聲，鋼齒狠狠咬住他的小腿。他身形一晃，差點跌倒，當即停止前進。一副鐵陷阱夾住他的小腿，鋼齒深陷肉裡。他的腿骨沒被夾碎全靠堅硬的小腿肌肉。天殺的陷阱無預警從悶燒地板上彈起。這下他在地板上看到放置鋼齒的縫隙了，之前僞裝得天衣無縫。

「笨蛋！」塔西拉大笑。「你以爲我沒有料到你可能會回來嗎？王座廳所有門口都有這種陷阱。站在那裡欣賞吧，你美麗的朋友即將完成天命！到時候我再決定你的命運。」

科南的手本能伸向腰帶，結果只摸到空劍鞘。他的劍掉在身後的階梯上。他的匕首躺在森林裡，被龍從嘴裡拔出來的地方。他腳上的鋼齒感覺像火碳，但痛楚尚不能與在他靈魂中沸騰的怒火相提並論。他像狼一樣受困。如果手中有劍，他會削斷自己的腳，爬過去殺了塔西拉。

瓦勒莉亞雙眼轉向科南，無聲地向他求助，而他本身的無助感在腦中激起陣陣狂意。

他跪下沒受傷的腳，努力將手指插入陷阱的鋼齒，試圖以蠻力扯開它們。指甲下方開始冒出鮮血，但鋼齒在他腳上緊緊咬合，環節完美相扣，緊縮到模糊的血肉跟鋼齒之間幾乎沒有空間。看到赤身裸體的瓦勒莉亞令他怒火更甚。

塔西拉不理會他。她慵懶地步下王座，走過她的子民，左右張望，問道：「察梅克、茲拉納斯、塔奇克在哪裡？」

「他們沒從地下墓穴回來，公主，」一個男人回答。「就跟我們其他人一樣，他們抬屍體去地下墓穴，但是沒有回來。或許是被托可梅克的鬼魂帶走了。」

「閉嘴，笨蛋！」她沙啞下令。「鬼魂只是無稽之談。」

她步下台座，把玩一把金柄薄匕首。她的眼中綻放出不屬於地獄這一側所有的光芒。她在祭壇旁停步，在寂靜中開口。

「妳的生命會讓我重返青春，白女人！」她說。「我要貼緊妳的乳房，親吻妳的嘴唇，慢慢地——啊，慢慢地——將這把匕首插入妳的心臟，好讓妳的生命逃出僵硬的軀體，進入我的體內，讓我再度綻放，重返年輕，永生不朽！」

慢慢地，宛如毒蛇弓身逼近獵物，她透過擾動的煙霧彎腰，慢慢接近如今靜止不動地盯著她明亮黑眼看的女人——那雙眼睛愈來愈大，愈來愈深邃，在煙霧中宛如兩顆黑月般綻放光芒。

跪在地上的人握緊拳頭，屏住呼吸，凝神等候血腥高潮，唯一的聲音就是科南奮力扯動陷阱發出的喘息聲。

所有人的目光都集中在祭壇及其上的白皙身影；就算有閃電擊落都不太可能破解這道法術，但結果卻是一聲低吼粉碎了廳內的魔力，令所有人轉過身去——低吼聲，不過是能讓所有人頭皮發麻的低吼。他們尋找，他們看到了。

台座左側的門中站著一條宛如惡夢的身影。一個男人，白髮凌亂，白鬚纏結，垂在胸口。他身材枯瘦，衣不蔽體，露出看來極不自然的肢體。他的皮膚跟正常人不同。表面似乎覆蓋鱗片，彷彿皮膚的主人長久以來都居住在不適合正常人類生長的環境。凌亂白髮間透露出的目光完全沒有人性。那雙眼睛是兩片明亮的圓盤，毫不眨動，綻放白光，沒有正常的情緒或理智。他嘴巴張開，但沒說任何有意義的話——只是尖聲怪笑。

「托可梅克！」塔西拉低聲說道，臉色發白，其他人則嚇得說不出話來。「看來不是無稽之談，但也不是鬼！塞特呀！你在黑暗中躲了十二年！在死人骸骨中躲了十二年！你吃什麼可怕的食物？在永恆黑夜的漆黑環境下過著如何扭曲的生活？我現在知道察梅克、茲拉納斯和塔奇克爲什麼沒從地下墓穴回來了——他們永遠不會回來。但你爲什麼等這麼久才決定行動？你在地底尋找什麼東西嗎？你知道藏在底下的祕密武器？你終於找到了嗎？」

托可梅克唯一的回應就是尖聲怪笑，同時他一躍而起，跳過門前的隱藏陷阱——不知道是剛好還是對祖喬托人的了解。他沒發瘋，不像人類那樣發瘋。他只是離開人間太久，早就不能算人。只有一絲尚未截斷的回憶，以仇恨和復仇慾望的形式讓他與早已斷絕關係的人類保持連結，留在他痛恨的那些人身邊。只有那絲回憶長久以來阻止他離開許久前發現的地底世界漆黑走廊。

「你在找尋藏起來的東西！」塔西拉輕聲道，微微畏縮。「而你找到了！你還記得氏族仇恨！在黑暗中待了這麼多年，你依然記得！」

托可梅克枯瘦的手中如今揮舞一把奇特的玉質魔杖，杖頭色紅，狀似石榴。他把魔杖當矛刺出，石榴杖頭噴出一道紅火，她連忙跳向一旁。火焰錯過塔西拉，竄向抓住瓦勒莉亞腳踝的女人。火焰擊中女人肩膀中央。就聽見啪啦聲響，火光爆出她的胸口，擊中黑祭壇，激起藍色火星。女人側身翻倒，渾身顫抖，宛如木乃伊般皺縮。

瓦勒莉亞從另一側翻下祭壇，手腳並用衝向對面的牆壁。歐梅克的王座廳中當場化爲人間地獄。

第二個死的是抓住瓦勒莉亞手腕的男人。他轉身逃跑，但還沒跑出六步，托可梅克已經身手矯健地跳到讓男人介於他和祭壇中間的位置。紅火再度噴出，泰庫特拉人在火焰於祭壇上濺起藍火星時倒地死亡。

然後屠殺就開始了。人們驚聲尖叫，慌忙逃竄，撞成一團，東倒西歪，到處亂摔。托可梅克在他們之間蹦蹦跳跳，隨手殺人。他們無法從門逃出去；顯然門上的金屬就跟金屬框架的石祭壇一樣能夠用以完成老人手中魔杖噴出閃電般地獄力量的迴圈。每當有男人或女人介於他和某扇門或祭壇之間，那個人就會瞬間死亡。他沒有特別挑選目標。他遇上了就殺，衣衫隨著手臂轉動飄擺，陰森怪笑蓋過慘叫，迴蕩廳中。屍體宛如落葉般倒在祭壇和門附近。一個情急拚命的戰士衝向他，舉起匕首，結果還沒出手就倒下了。但剩下的人就像發狂的牲口，完全不想抵抗，也沒有機會逃生。

塔西拉跑到辛梅利亞人和躲在他後面的女人旁時，最後一個泰庫特利人已經死了。塔西拉彎腰觸摸地板，按下其上的一個圖案。鐵夾立刻鬆開滲血的小腿，沉入地板內。

「有辦法就殺了他！」她喘道，在他手中塞了把沉重的匕首。「我的魔法對付不了他！」

他嘟囔一聲，跳到女人面前，鬥志高昂，絲毫不把受傷的小腿放在心上。托可梅克朝他迎上，怪眼綻放精光，但看到科南手中明晃晃的匕首時微顯遲疑。接著上演了一場冷酷競賽，托可梅克圍著科南繞圈，企圖讓野蠻人處於他和祭壇或金屬門中間，科南則努力避免這種情況，伺機出刀。兩個女人緊張觀戰，屏息以待。

現場只聽到迅速移動的腳步聲。托可梅克不再蹦蹦跳跳。他知道此刻的對手比那些在尖叫逃竄中死亡的傢伙冷靜多了。他在野蠻人眼中的原始火光中看見與自己同等強大的意志。他們前進後退，一個人動，另一個就相應移動，彷彿讓條隱形絲線綁在一起。但科南一直都在朝敵人逼近。正當他緊繃的大腿肌肉蓄勢待發時，瓦勒莉亞突然大叫。那一瞬間，腳不停步的科南跟一扇銅門成一直線。紅光激射，在科南側身閃躲時燒傷他脅腹，他則趁移動的同時拋出匕首。老托可梅克倒地，終於死透，刀柄插在他的胸口抖動。

塔西拉拔腿就跑——不是衝向科南，而是宛如活物躺在地上發光的魔杖。但在她撲出的同時，瓦勒莉亞也搶了上來，手握從死人手中取來的匕首；那把匕首挾帶海盜一身肌肉擠出的力量，插入泰庫特利公主背心，從雙乳之間破體而出。塔西拉尖叫一聲，倒地死去，瓦勒莉亞把屍體一腳踢開。

「為了自尊，我必須親手幹掉她。」瓦勒莉亞喘道，隔著屍體面對科南。

「好吧，世仇煙消雲散了。」他嘟噥道。「真是忙碌的夜晚！這些人把食物放在哪裡？我餓了。」

「你那條腿須要包紮。」瓦勒莉亞從掛毯上撕下布條，捆在自己腰上，然後又撕下幾條比較小塊的布，熟練地幫野蠻人包紮血肉模糊的小腿。

「我還能走。」他向她保證。「我們走吧。天亮了，離開這座地獄城。我受夠了祖喬托。

他們自己把自己殺光是好事。我不要那些被詛咒的珠寶。搞不好有鬼魂作祟。」

「世界上有很多清白的財寶，夠我們兩個搶了。」她說，抬頭挺胸，昂然而立。

他雙眼恢復神采，伸手將她擁入懷中，這一次她沒有抗拒。

「這裡到海岸有很長的路要走。」片刻過後，她的嘴唇和他分開說道。

「那又怎樣？」他大笑。「世上沒有我們克服不了的難關。我們會在斯堤及亞人開放港口迎接貿易季節前踏上某艘船的甲板。到時候我們就讓世界見識見識掠奪的眞義！」

〈喋血紅釘〉完

《蠻王科南III》完

國家圖書館出版品預行編目資料

蠻王科南. III, 黑河彼岸 / 勞勃・霍華（Robert E. Howard）著；
戚建邦譯. -- 初版. -- 台北市：蓋亞文化, 2023.02
冊；　公分. --（Fever；FR083）
譯自：Conan the barbarian : beyond the black river
978-986-319-743-0（平裝）

874.57　　111022202

Fever 083

蠻王科南 III：黑河彼岸

作　　者　勞勃・霍華（Robert E. Howard）
譯　　者　戚建邦
企　　劃　譚光磊
封面插畫　布克
封面設計　莊謹銘
責任編輯　盧韻亘
總 編 輯　沈育如
發 行 人　陳常智
出 版 社　蓋亞文化有限公司
地址：台北市 103 承德路二段 75 巷 35 號 1 樓
電話：02-2558-5438　傳真：02-2558-5439
電子信箱：gaea@gaeabooks.com.tw
投稿信箱：editor@gaeabooks.com.tw
郵撥帳號 19769541　戶名：蓋亞文化有限公司
法律顧問　宇達經貿法律事務所
總 經 銷　聯合發行股份有限公司
地址：新北市新店區寶橋路二三五巷六弄六號二樓
電話：02-2917-8022　傳真：02-2915-6275
港澳地區　一代匯集
地址：九龍旺角塘尾道 64 號龍駒企業大廈 10 樓 B&D 室
電話：+852-2783-8102　傳真：+852-2396-0050
初版一刷　2023年02月
定　　價　新台幣 330 元
Published and printed in Taiwan

GAEA
ISBN／978-986-319-743-0

Gaea

GAEA